第九届（2018—2020）小小说金麻雀奖获奖作家自选集

{杨晓敏　尹全生　梁小萍　陈兰　主编}

黑羊白汤

赵文辉 .... 著

中国出版集团
中译出版社

小玉	096
绕床弄青梅	099
自行车上的恋爱	102
抬新娘	106
香胰子	108
借鱼	112
七能人	115
和稀泥	119
九月授衣	123
刘棉花	126
四叔	129
村级广播站	131
丢碗	134
一把火	137
乡医	140
付庄的路	142

头狼	146
化验瘦肉精	149
打电话	151
对手	153
喝药	157
菊妞	160
看庄稼	162
大脚婶	165
新闻	168
升降	172
手机掉进了便道里	175
要账公司	177
抢种	180
烟蒂上的舞蹈	182
裂缝上的小草	184
挂在树梢上的月亮	187

目录 CONTENTS

- 黑羊白汤　001
- 清白如水　005
- 刨树　007
- 母亲离开之后　011
- 崖上人家　015
- 百羊川　019
- 父亲和鸭贩子　023
- 转让　026
- 凉菜上齐后，我们在等待什么　031
- 酒风　035
- 爱心设计　038
- 乡村恋爱方式　040
- 论剑　043
- 篱笆　045
- 生活中的考试　047
- 苦水玫瑰　050
- 滑县乞客　053
- 卖牛　056
- 柳暗花明　059
- 一把小红伞　063
- 一票　065
- 群众文化　068
- 盖房　071
- 买手机　074
- 一九九八年，猪肉掉价了　077
- 门　080
- 小马叔叔　083
- 考中专　085
- 羊肉烩面　087
- 不懂感情的男人　090
- 打酱油　093

精神抖擞	189
逆境之中	192
断槐	195
发表	197
结巴	200
有病	202
坐电梯	205
卖大蒜	208
好事	211
装大	215
目光	218
老实人	221
传菜少年	223
老笨叔	227
艳菊	231
二灶徐小胖	235
一九九八年的花酒	240
亲家来访	244
赴宴	248
韩大国的失踪	253
腰椎间盘	258
杨兄弟	262
回家	268
面点师	273
逃无可逃	277
转盘事件	281
一只离家出走的热气球	284
与生活保持必要的距离（代后记）	290

黑羊白汤

一个清冷的冬夜,我和老婆骑着电动车,在这个江湖气十足的豫北小县穿行。我们的饺子馆转让五年了,我很想念它,也时不时地下下馆子,找找那种感觉。老婆鬓角已见醒目的斑白,我也成了一个双下巴的蓝围裙大叔——如今我们在家包饺子,去小吃店推销,还上了美团外卖。

这时,一家"黑羊白汤"的吸塑发光招牌吸引了我,进门时,老婆像往常一样提醒我:"一人一碗羊肉汤,不准要菜。"她知道我爱面子,像很多下馆子的人一样,总觉得单吃一碗烩面不是那回事。

这是一家民院改造的饭馆,主营烧烤、烩面、羊肉汤。院子里黑乎乎一片,楼梯、烧烤炉集满了黑烟,给我印象最深的是地面非常油腻,粘掉我两次鞋底。里面生意却不孬,满满一屋子人。厨房是明档,一口直径近一米的大铁锅里咕嘟咕嘟冒着热气,一套全羊骨架在锅里起伏,时隐时现。"好汤!"我情不自禁在心里叫了一声。有一桌客人刚走,我们坐下来。服务员边摆餐具边问我们吃什么。老婆报了一碗羊肉汤、一碗杂碎汤,说咱俩可以换着吃。

一会儿工夫,羊肉汤和杂碎汤端了上来,浓香的白汤上漂了一层翠绿的香菜末。一眼就能看出是纯骨头熬的,没有借助三花淡奶增白。我挖了一勺羊油炒制的辣椒面儿撒进去,很干的那种,见了热汤便融化开了,红灿灿一层,口水都快出来了,我迫不及待盛了一勺。热汤正要进口,啪一声响,接着是一声严厉的喊叫:"服务员!"

我手中的勺子一哆嗦。

扭头一看,邻桌坐了四个和我年龄差不多的中年人——那种在城内三关混油了的生意人:有俩小钱儿,到哪儿嗓门儿都贼大贼大。给我们点菜的那个服务员笑吟吟走过去,问他们有啥需要。一个"地包天"指着桌上一盘湘味小炒肉,责怪五花肉过油了,不是生炒的,他一口就吃出来了;另外酸辣土豆丝是用刨菜器刨的,没有刀切的味道好。"地包天"一副内行得意的样子,服务员连连道歉,说下回一定注意。另外仨人黑着脸不说话,一人嘴角叼了一支香烟,像是要跟人打架一样。我心里突然七上八下起来。凭我的经验,一碰见这样的客人,麻烦就到不了头。

后来他们点了主食,一人一个手工馒头,还吩咐服务员送一碟小米椒,切成细圈,再倒点生抽。我咧了一下嘴,今年的小米椒跟去年的香菜差不多,死贵死贵,18元一斤了。果然,服务员迟疑了一下,说需要请示老板。"地包天"马上变了脸,手中的酒杯狠狠一摔。柜台里的老板娘看出他们不好惹,忙起身吩咐服务员:"快去厨房端吧!"

对这一碗靓汤的兴致全没了,我额头瞬间挂满了汗珠,老婆也全身紧绷。我在心里提醒自己,又不是自家开的饭店。但我还是管不住眼睛,留心着那边的动静。

馒头端上来,只一会儿,一碟小米椒就完了,他们要求再送一碟。老板娘犹豫片刻,还是答应了。第二碟小米椒上来,其中一个人突然一拍桌子,我心里猛然一咯噔。当年在我们饺子馆,不少客人招呼你的方式就是这样。他一脸怒气,举着手里的手工馒头叫老板娘看,说他们饭馆竟敢拿发霉的馒头来坑人。老板娘赶紧从吧台里出来,说她愿拿小店13年的声誉保证,手工馒头都是今天下午新蒸的。"地包天"在一旁冷笑一声,问这些黑点如何解释,老板娘答不上来,喃喃道:"真是新蒸的呀!"那四个人很不好惹,扬言要给食监所打电话。服务员从厨房端出一个不锈钢蒸格让他们看,里面的馒头还冒着热气。他们依然不依不饶,又是拍照,又是录视频,扬言要发朋友圈。"其实是发酵粉没揉开,我们在家蒸馒头,也遇见过这种情况。"屋角就餐的一对老夫妻替他们解了围,这对白发苍苍的老夫妻轻声慢语,却不容质疑。我进来这么长时间,愣没注意到这对老夫妻。最后,"地包天"他们很不情愿地安静下来。

我和老婆额头沁满了汗珠,只想赶快喝完汤走人。按我平时的习惯是要加一次汤的。这时那四个人先去结账，问多少钱，老板娘告诉他们二百七十六元。"地包天"以命令的口吻说："把零头免了！"老板娘点点头："好吧，给二百七吧！""地包天"差点儿跳起来："你打发叫花子吧！"看来他心目中的零头和老板娘理解的零头完全不是一回事。他们沉默了一会儿，见老板娘没有表态，就把账结了。"地包天"扫完微信问老板娘要发票，老板娘给他们撕过票，笑着说："慢走，欢迎下次光临！"话音刚落，她的笑容马上凝固了，只见"地包天"把发票一点点撕碎，像电影里的慢镜头一样，又一片一片扔到了吧台上。我的心颤了一下，我老婆比我还紧张。我再次提醒自己，这不是我们开的饭店。我想起开饺子馆那些年，我们一直小心翼翼，还是不能让客人满意。他们走后，台布上会留下几个烟头烙的窟窿，还有的临走撂下一句，"再不会来第二回了"，吓得我们追到车跟前苦苦哀求，他们却不告诉我们原因。

"地包天"他们走后，我喝完最后一口汤，又抽了一张餐巾纸，打算去结账。我站起身的时候，听见有一桌客人喊道："服务员，开水！"

"嗯，来了！"我怎么都没想到，我老婆居然脆生生地答应了一声，接着，她的腿像装了弹簧一样跳起来，拎起我们桌上那壶开水飞奔过去。"黑羊白汤"那个慢了半拍的服务员和我一样瞪大了眼睛。

清白如水

古山西出清官，寇准、刘墉、于成龙……给后人留下几多美谈。却说清朝雍正年间，平遥县出一举人，姓张名菊人，后钦点到河南辉州任知县。在任期间，清正如水，俸禄尽皆周济穷人和学子。妻儿在山西种地，秋麦两季，都要托商贩把磨好的麦谷捎到辉州来，张菊人不食辉州粮，只饮辉州几瓢水，人称张白水。

雍正八年，张菊人任满，朝廷升他到广西任知府。张菊人年事已高，恋家之心顿生，未去赴任。卸任后的张菊人两手空空，连回家的路费也没攒着。县里几个大户听说后，给他凑了三百两银子，恭恭敬敬送来。张菊人连连摆手，说："民财岂可贪！"说了半天，就是不收。一大户急了，兜着银子到一口井边，对张菊人说："老爷再推辞，我把银子全倒井里去！"张菊人吃了一惊，叹口气，权且收下。可是才隔一天，就悉数送给了县里几个大儒，儒子们早就想为全县学子建一所书院，奈何资金一直凑不够，这下好了，"百泉书院"终于破土动工，圆了一代学子之梦。

张菊人却到东关一油坊做起了短工。九九八十一天之后，才挣够了回家的盘缠。张菊人用皂角把一袭青衫捶洗又捶洗，青衫穿得太久了，起了皱角，油坊的女主人帮他浆洗了一遍，挺括了许多。张菊人没有别的行囊，只几本书相伴，收拾进褡裢里，准备明日启程。青灯之下，张菊人戴着老花镜，一针一线，把开缝的青衫缝了几处。噗地一口吹灭灯，和衣而卧。"过陵川，走长治，要翻不少山哩！"张菊人心里说。

次日一大早，张菊人悄悄起床，穿上浆洗过的青衫，背上褡裢，手拄油坊主人送他的桃木棍。主人说桃木棍一可以避邪，二可以拄着走山路。张菊人轻轻推开大门，出来后，又回身把大门掩上。当他转过身，一抬头，却愣在那里：台阶上，石墩上，长长的街道上，坐满了人，站满了人。都是城里城外的百姓，听说他要走，天不明就来了，怕打扰他，一个个都缄了口不出声。露水打湿了绾带儿，风儿吹歪了瓜皮帽，这时，一声声、一声声深情地唤："老爷——老爷！"

张菊人眼眶霎时潮湿了。他走下台阶，一个个搀扶，一个个执手，口里埋怨："走就走了，还送个啥？"一个白发老者走上来，向张菊人揖礼，然后端上一杯酒："请老爷饮了这杯辞别酒！"张菊人这才看到，街上摆满了筵席，一眼望不到边。张菊人问："这队伍有多长？"老者答："一直到城东五里之外的五龙庙。"又问："这筵席有几桌？"老者再答："人有多长，席有多长。"张菊人立时恼了，将桃木棍扔在地上："毁我一生清白也！"说罢转身进了大院。老者与众人面面相觑，更不敢去烦张菊人。

许久不见张菊人出来,老者率先推门而入,却见张菊人悬于皂角树下,气已绝。老者扑通一声跪下,身后之人一个个都跪下来,膝盖跪击青石板的脆响声一直传到五龙庙。头一声哭声之后,一片呜咽。

老者痛悔:"千不该,万不该,摆酒席,搞浪费,坏了张老爷一世清名呀!"

张菊人灵柩要运往山西。走的那天,十里无空巷,人人皆穿白,祭奠张菊人的竟是一杯杯素酒——清清白白又略带甘甜的百泉水!若早献一杯素酒,张老爷也不会……悔之晚矣。

老者哭,少年哭,学子哭,农人哭……白日哭过,梦里又见张菊人,不知多少百姓在夜里湿了枕巾。不少人哭肿了双眼,半月不下。过往客商以为辉州流传红眼病,传到朝廷,朝廷派太医下来巡诊,才知道了事情的真相。朝野上下为之震动,皇上亲赐御碑一块,上书四个大字——清白如水。

刨树

这年冬天的一天,男人吃了饭,去邻居家打麻将。今天男人手气真臭,一个劲儿点炮,兜里的十元钱没几圈就输光了。欠人家,人家不让,男人急得脸红脖子粗,说:"我还会耍赖?"人家就揭他的老底:"谁不知道你家里媳妇当家,去她手里掏钱比解大闺女腰带都费劲儿,她要不给你钱,你拿啥还我们?"男人觉得脸上无光,只好腾了位子。在麻将场待了一会儿再没人搭理他,觉得无趣就起身回家。小北风像刀子一样刮着,卷起一股股雪面堆到墙根处。一到街上,男人就把脖子缩进了袄领里,真冷呀!

到了家门口,却见两个汉子蹲在他家门口墙角避风,两辆破自行车像两个醉汉一样歪在一边,每辆车上都绑了一个铁铲子。"刨树的?"男人问他们,他们点点头,身子缩得更小了一些。男人又问:"没找到活儿?"一个汉子答:"这鬼天气,喊了半天,除了一嘴雪,连个鸟也没有。"男人瞧他俩冻得脸色乌青,清水鼻涕挂在鼻尖儿下,就有些不忍,对他俩说:"去家里暖和暖和?"两个汉子捂着快要冻僵的手,连说遇上好心人了。

进屋的时候,男人瞅了一眼南墙根那棵榆树,男人有了一个想法。可是进了屋,却又不敢跟媳妇说。给两个汉子倒了白开水,拨开煤球炉让两人烤火。汉子掏出烟,男人也拿出烟,推让一番,只好交换吸了。过了一个时辰,风一下住了,只有零星小雪飘着,两个汉子站起身。"得去寻活儿了。"一个汉子说,另一个汉子接话:"这鬼天气,寻也是白寻。"这时男人又隔着窗子瞅了一眼那棵榆树,望一眼媳妇，等两个汉子快出门了，才鼓起勇气对媳妇说："要不，把咱那棵榆树刨了？"男人说罢，看着媳妇，有些不安。

媳妇正在专心致志地剪一只花喜鹊，喜鹊眼总是剪不好，急得她头上快冒汗了。听了男人的问话，她连头也没抬，只啊了一声。男人犹豫着，不知这一声啊是同意了还是没听清，就又问了一遍。这次女人回答清楚了："刨吧！"却又问，"不是还不够一根檩条？"男人不吭声，望了媳妇好一阵，才开了口："刨吧，这雪天，他俩……"媳妇没再说啥。

两个汉子一听说有活干，浑身是劲儿，也不觉得冷了。他俩对男人说："刨树还是老规矩，不收钱，树皮归俺，不过晌午得管一顿饭。"又补充说，"好孬饭都中，只要叫吃饱，俺的饭量大。"男人知道他们把树皮铲去是做香的，过春节烧的香都是用榆树皮做的。刨树时逢上树大了高了，他们除了铲树皮，还会收一点钱。男人点点头。一个汉子来到榆树下，往掌心喷了两口唾沫，双手抓着树干嗖嗖嗖就上去了。男人心里一惊，这身手要是去偷东西，厉害着呢！这时汉子从腰后抽出斧头，开始卸树杈。

媳妇也开始做饭。男人凑过来，问："啥饭？"

"大米。"

"啥菜？"

"白菜，还有一疙瘩豆腐。"

男人迟疑了一下，怯怯地问："不割点肉？"

女人瞪他一眼："才吃过两天，割啥肉？"

男人不吭了，出去瞧了一会儿刨树的汉子，进屋又对媳妇说一遍："割点肉吧？"媳妇忽然明白了，笑了一下，说："想割你去割吧！"男人却磨蹭着不走，女人问："你咋不去？"男人说没钱，女人说："早上不是给了你十块钱？"男人脸红了，说输了。女人心疼钱，想发作，却见刨树的汉子正站在院当中，就忍住了。从兜里摸出一张票子递给男人，白了男人一眼。男人前脚跨出门槛，后脚留在屋里，他转过身问："割几斤？"女人说："想割几斤割几斤，还用问我？"声音很大，仿佛说给院子里的汉子听的。媳妇就是这样，平时在家霸道得很，一个人说了算，可一有外人，却处处让着男人，很给男人脸面，让男人没法儿不死心塌地听她的。

这棵榆树对两个汉子来说是小菜一碟，很快就放翻了。接着他们开始铲树皮。

吃饭时，汉子见碗里稠稠的肉片，着实意外了一下。两人吃过饭，把树皮捆扎好，绑到车梁上，一个汉子说："大哥大嫂真是好心人，还专门割了肉，当客待俺呢！"媳妇又往男人脸上贴金："都是你大哥的主意。"两人推了车要走，男人发现一个汉子没戴手套，这寒冬腊月的！就拿眼瞅媳妇，媳妇明白了，跑屋里拿出一双手套递给那个汉子："把你大哥的手套戴上，要不手会冻烂的。"汉子接了，也不会说啥客气话，跨上车，瓮声瓮气丢下一句话："过两天俺来给你家拗一对小椅子。"

过了几天，两个汉子果真来了，在院子里点下一堆火，拣从榆树上卸下来的几根大树杈放上熏，熏软了开始拗。他们还带了钉子和扒角，拗过了，又钉一阵，一对新崭崭的小椅子放在了男人和媳妇面前。小椅子模样很乖，像两个穿了新衣裳准备过年的娃娃一样。

母亲离开之后

那些年，单位的人经常开着车来我家喝酒。母亲喜滋滋卷起袖子给我们张罗酒菜，父亲会端着他的大茶壶到街上照看客人的车辆，唯恐有小孩子在上面划下印痕。父亲常常等我们到深夜，大口大口地抽他的"彩蝶"牌香烟。后来我在城里安了家，星期天，一家三口都要回老家团聚。每次返城的时候，母亲会拾掇一些干豆角、干萝卜丝，还有她腌制的芥菜疙瘩，用食品袋装了挂在摩托车把上。妻子抱着我们的儿子跳上后座，母亲会追出胡同口冲我们喊："用呢子大衣包住孩子的脚，路上风大。"

有一天，母亲坐在门槛上，膝盖上放着一只簸箕，老花镜耷拉在鼻尖上，簸箕里面是父亲开小片荒收获的黄豆。母亲起身后，突然一阵头晕，一下子栽倒在地。送到县医院做CT后，是脑干出血。从此母亲丧失了行动和语言功能，把自己的余生交给了轮椅和父亲。我和妻子上班，只有星期天才有时间。父亲倒是满不在乎，他腰杆挺拔，脸色红润，六十多岁的人了找不见几根白发，身子结实得像一截老树墩子。他抱着母亲，就像抱了一口袋麦子似的，噔噔噔，从里间一口气抱到院子里的柳圈椅里，让母亲晒太阳。母亲坐在那里，垂着头，瞪着岁月在小饭桌上留下的道道划痕。小饭桌上经常晾着一碗加热过的羊奶，鲜羊奶。父亲热好羊奶，从小铁锅倒进花瓷碗里，用调羹刮掉上面的奶皮，一口一口喂母亲，不时用毛巾擦去顺着母亲下巴淌下来的奶水。几只母鸡蹲在墙头上，眼睛一眨不眨地盯着两位老人。院墙根儿那棵上了年纪的老榆树下，功勋满满的老母猪独自哼哼，几只满嘴乳汁的小猪崽竖直耳朵谛听风刮树叶的沙沙声。父亲一年出售两窝猪崽，我们给他零花钱，他坚决不要，硬给了，也会趁我们不注意塞进他孙子的书包里。

母亲又一次复发，再也没有醒来。母亲安详地躺在床上，看起来很瘦小，她手上的青筋几乎要撑破皮肤。虽然没有挽留住母亲，但在母亲卧床的这几年，父亲尽心尽责，呈现了一生中从未有过的温柔,一个豫北乡下农民的温柔,一路上有很多相随的美。我们担心父亲过分悲伤,见他在母亲的丧事上忙前忙后,饭也没少吃。我们放心了。但是我们很快发现自己错了。有一天,父亲醒来在床边独坐了很久,叫了他两次吃饭也不见出来,忽然双手啪啪拍着床沿哭起来,声音不大,却很揪心。这是一个乡下老人的哭泣:安静、孤单、精疲力竭。我被父亲的哀恸震惊了:年近七十,满头白发仿佛一夜丛生,有生以来第一次如此心碎。

厕所墙角里堆满了输液瓶,还有针头没来得及拔出来的输液管,上面黏着胶布。屋里屋外到处都有母亲生前的气息,我想给父亲换一个环境,于是把他接到了县城。

还不到半年,我发现父亲苍老得可怕,脸上的皱纹像是刀刻出来的一样,头发灰蓬蓬一片,用手一抓一把碎头发。晚上我回到家,经常是这样一副样子:父亲瘫坐在沙发里,电视频道还是我离开时给他换好的中央十一套,茶几上几块饼干完好无损,一杯热水早已变凉。前些年,只要电视里播放《梨园春》,那他说什么都不会出门。可现在,他只会在电视机前打盹儿。躺下后又总是睡不着觉,吃安眠药也不管用,枕头和沙发上到处是父亲的白发。我提议让他去体育场找老头儿们打打麻将,父亲半天不说话,最后摇摇头:"你妈一走,我的魂儿也叫她带走了。"

父亲开始变得痴呆,老是找不到回家的路。迷路的时候，好心人问他儿子的名字，他想半天竟然想不起来，最后呜呜哭了。遗忘是一个巨大的海洋，上面只有一条船在扬帆破浪，那就是记忆。对于绝大部分人来说，最后这条船都归结为一条可怜的破船，随时都有可能进水。父亲的这只船破裂得太严重了，水几乎淹没了船只。

父亲的状况越来越不好，接连住了两次院。医生发现他有严重的早搏，还有骨质疏松引发的脊柱疼痛，走路摇摇晃晃。出院后，我们给他配备了一根多足拐杖。父亲很少活动，只有去卫生间时才拿起拐杖，哆哆嗦嗦的，老是滴到马桶外面。后来，他连小便也不知道了。每次给父亲脱了衣裳让他躺下，我都会在他身下垫一块成人尿不湿。半夜里，我起来去看父亲，把父亲的被子往上拉拉，盖住他的半个肩膀。这时父亲会睁开眼，用浑浊的眼睛看着我，嘟囔一句："有仨人在房顶打麻将，你妈等八万。"我知道他在说憶怔话，他经常梦见母亲。

最后一次住院，父亲已经离不开轮椅了。在院里时常狂躁，手足乱舞，把送到脸前的水杯和药片打掉。有一天，妻子打来电话，说父亲的情况不太对头。等我从单位赶到医院时，父亲的床前站满了医生。我大声呼叫父亲，他的头歪在一边，没有回答我。父亲的胸膛上下起伏，床头监视器里弹跳的绿线条记录下那机械的跳动越来越弱。无论医生护士如何尽力，最后，那根绿线条变成了一根直线，静止在那里。

……我们将父亲葬在母亲身边,母亲才走了仅仅一年。那天,我最后看了一眼父亲的遗像,然后把它面朝下扣在了里间的三斗柜上。这是豫北乡下的规矩,三周年后,才能将其拿出来与母亲的挂在一起。虽然照片扣着,但我相信:他们的婚姻没有消失,那段相随的美,令人不舍的时光,会留存于儿孙,留存于街坊邻居,留存于记忆中。

崖上人家

根叔打了几次电话要我回去一趟,他在电话里说:"你是市报记者,又是咱村第一个大学生,叔心里这疙瘩全指望你了——"其实我只是20世纪80年代一名小中专生,村里人高看我了。从电话里,我听出了根叔的纠结和苦闷。

星期天,我爬了十八道弯,又驱车穿越了那条著名的挂壁公路,回到了生我养我的崖上村。这是一个美得不说理的地方,一年四季,天空湛蓝得使人窒息。望着乡邻们院前院后那些正在努力卷心的白菜,乡愁的烧疼瞬间包围了我。我们整个村子都建在悬崖上,地势险绝,清一色的石头房,石巷、石路、石磨、石碾,古老的风格被顽强地留存下来。根叔的"崖上人家"更是悬崖中的悬崖,石屋的根基是从崖边第一块石头开始的。当年我的一幅照片引来了数不清的摄影爱好者,也有千里迢迢跑来瞄一眼扭头就走的游客。如今,这里已经提升为5A级景区,乡里、县里、市里都在争抢这块宝地。

根叔还是老样子,快七十岁的人了,身子骨依然如山枣木般结实,他给我让烟。几十年来,他一直抽这个牌子的香烟:软蓝色的河南产的散花烟,他一直有勇气把这款三元钱一盒的香烟当作自己的口粮,尽管"崖上人家"给他挣来了意想不到的财富。当初来这个景区的客人,一半冲着挂壁公路,一半冲着他家的炖土鸡(在山坡捡吃松子青草的走地鸡,肉质鲜嫩紧致有嚼头,出锅时,上面黄澄澄一汪鸡油)。那时的景区还很纯真。

烟从根叔鼻孔里喷出来,汇入秋分时节清冷的空气中。根叔叹一口气,讲了不久前发生的一件事。当时他下山去镇里修理柴油三轮车,像以往一样,修车师傅一打开水箱就笑了:"崖上来的吧?"根叔很骄傲地点点头:用了五年的三轮车水箱里愣没一点水垢,就像"崖上人家"那些电热壶一样。修车师傅冷不丁问他:"听说你们一只土鸡卖到一百八十块了?"

根叔摇摇头,五一、十一的时候,景区门口黑压压一片,部分游客排一天队都进不去。炖土鸡的价格也从最初的六十、八十、一百、一百二十、一百五十一路飙升到一百八十。根叔狠不下这个心，一直标价八十八元。三轮车快修好的时候，那位师傅突然说："你们卖的是假土鸡！"接着他告诉根叔："县里农贸市场送小鸡的在他这儿修过车，一整车宰好的白条鸡，全是鸡场淘汰的蛋鸡，都被送进景区当土鸡卖了。一只蛋鸡不过二十多块钱，那里的人收人家一百八十，真敢要啊！"修车师傅愤愤不平地说。临走，他又指着修好的水箱说："崖上的人心不如崖上的水清啊！"

根叔像被人狠狠抽了一巴掌，脖子根都红了，恨不得找个地缝钻进去。

我听了，叹一口气，人心不古，乡邻们的确变了。刚才来崖上的时候，经过那个著名的小陡坡，上面晒满了玉米，多次上过电影、电视的陈奶奶端着簸箕坐在门洞前的一块青石上。陈奶奶的脸是核桃壳颜色的，上面皱纹累累。有几个采风的艺术家冲她举起了相机，还有两个美院学生支起画夹。这时我看见陈爷爷从门洞里走出来，手里举着一块牌子，上面用粉笔歪歪斜斜地写着：当模特，一次五元。

我问根叔："这次要我回来做什么？"根叔的指甲边缘上落了一坨烟灰，他说他心里憋屈得很。这些年来，一心想保证土鸡品质的他在后山用铁丝网圈了十几亩山坡。他没卖过一只假土鸡。但是客人并不买账，人家一百五十元，他八十八元,很多客人摇摇头走了。那些饭店门口都用笼子圈了几只土鸡,客人相中哪只,便把哪只拽出来到厨房宰杀。一进厨房,小鸡的嘴就被铁丝绑住了。

根叔的表情很痛苦,他的身后是一棵被闪电劈开的古柏,树干枯焦,树顶却是绿意盎然。根叔摇摇头:去年,香菜涨到二十五元一斤,他仍然使用香菜,客人却没有叫好。最后,根叔仿佛做了一个重大决定似的抬起头看着我:"你能不能写一篇报道,假土鸡的报道?"

我沉默了。我想起了另一件事,那一年的蜂蜜事件。一对从信阳来的夫妇在山弯处支下一百多只蜂箱,天天穿着防蜂衣在现场割蜂蜜,游客抢着买,甚至留下联系方式要求邮购。后来村里一个发小告诉我,那一百多蜂箱只有三十几只有蜜蜂出入,后面伸进山坳里的都是空箱。我一时很愤怒,就写了一篇报道。结果县领导找到报社,指责我在扼杀一个刚刚起步的景区,阻挠家乡的经济发展。再回村里,很多人见了我都绕道走。为此我郁闷了好长时间。

除非我不想再回老家了,也可能涉及我的饭碗问题。假如我答应根叔的话。可是我又不忍拒绝根叔,根叔的忧患深深灼疼了我。我需要时间来处理这件事。这时已近中午,来"崖上人家"就餐的客人多了起来,根叔带着几个家庭成员忙了起来。

那天中午,根叔一共卖出六份炖土鸡,有一个长期在山里创作的老画家带着几个朋友来品尝,离开的时候,冲根叔伸大拇指:"他们捆到一块儿也不如你!"他对山里的农家饭庄了如指掌,他清楚那些鬼把戏。

当时,根叔还在院子的地锅上炒最后一道菜,手掌与勺子的接触在他的心中猛然唤起一股柔情。令他自己都吓一跳的是,泪水瞬间盈满了他的眼眶。

百羊川

豫北乡下走一走,要不就是黄土丘,要不就是尖山洼,平原总是被村庄阻隔,辽阔不起来。黄土丘蹚过,除了绕脚的灰土和地头几棵狗尾巴草,再没有什么让你注目的地方。"呸,亏你还是吃小米饭长大的!茄庄百羊川知道不知道?长贡米的,皇帝,皇帝老儿吃的!"弓身如虾、眼角挂着眵目糊的老人很不满,把轻视豫北乡下的后生训得一溜跟头:"大碾萝卜香菜葱,茄庄小米进北京!知道不知道?"

百羊川坐落在茄庄屁股后面的山坡上,别以为真能容得下百只羊撒欢儿。豫北不好找策马扬鞭的场地,更别说在山上。百羊川才一亩几分地,居然平平坦坦,就像山水画上摁下一枚印章。这可是块好印章:茄庄的坡地靠天收,没有机井，山又是个旱山，一秋不下雨，坡上还真的收不了几把米。唯有百羊川旱涝保收，越旱小米还越香！老辈人迷信，说百羊川是神田，其实是这块田占对了山脉，下面一定是一根水脉。因水质特别，加上土是黑红黑红的胶土，长出的谷穗又肥又实，碾出的小米喷香喷香，黏度好。明朝年间，潞王落魄于此，一尝便不再相忘，居然餐餐不离茄庄小米，并且年年上贡茄庄小米，又修了一座望京楼天天眺望，以表忠心。这不过是一段野史，无从考证，倒是当年从豫北走出去的那个农业部副部长，因为爱吃茄庄小米，要把百羊川的主人提拔成公社书记，却是千真万确。

这主人就是水伯。水伯的祖上有过要被提拔的经历，说是提一个县令，祖上没去，依然布衣老农，守了下来，就一直守到了水伯这一辈。水伯不稀罕什么公社书记，他只稀罕百羊川的秋天，风吹嫩绿一片朔朔，最后变成满坡金黄沙沙作响。农闲的水伯在屋前屋后堆积草粪，坑是上辈人挖好的，水伯只管把青草、树叶、秸秆一股脑儿填下去，再压上土，浇上大粪，沤成肥壮肥壮的松软的草粪，一担一担挑上百羊川。要不就是去拾粪，跟在牲口后面，牲口一撅屁股，便抢宝一样撵上去。水伯从祖上接下这个活，一直干到了现在。茄庄的大人小孩都知道，百羊川的小米一直到今天还这么好吃，都是沾了草粪的光。

每年秋后，水伯家的小米都有人开着小车来家里买，买的人多，米少，买主常常为此吵嘴。后来干脆提前下订金，再后来就比价，比来比去，一斤小米比别人家的竟高出几倍。水伯的儿子受人指点，把"茄庄小米"注册了，进城开起了门市部，兼卖一些土特产。几年之后，在城里置了房，又要接水伯去。水伯确实老了，锄头也不听使唤了，好几次把谷苗当成稗子锄起来。儿子要留下来照看百羊川，水伯不放心，进城前一再关照："山后的草肥，多割点沤粪。这几年村里掀房的多，给人家拿盒烟说点好话，老屋土咱都要了，秋后翻地撒进去，'老屋的土，地里的虎'，百羊川离不开这些！"千叮咛，万嘱咐，水伯才步履蹒跚着离开了茄庄。

儿子却不老实在茄庄侍弄谷子，三天两头往城里来。水伯很不放心，问："你来了，谁看着百羊川？"儿子说："雇了村里的光棍老面，老面多老实，叫给地上十车粪，保证不会差一锨。老面又是种地的老把式，爹你还有啥不放心的？"水伯信了儿子的话，不再为难儿子。再说腿脚也真不中用了，下个楼都要人搀着。有时想回去看看百羊川，又一想自己的腿脚，也就作罢了。

这一天，楼下忽然响起一声吆喝："茄庄小米！谁要？"

水伯的心一阵痒痒，他知道又是一个冒充者。但他知道这冒充者一定是茄庄一带的，他很想去揭穿他，但又不忍让他太难堪。家里没有其他人，水伯就强撑着下了楼，

问卖小米的:"哪儿的小米?"

"哪儿的?还用问?百羊川的!"

水伯笑了,说:"别说瞎话了,我是百羊川的水伯!"几个正买小米的妇女一听,扔下装好的小米走了。卖小米的很恼火,瞪水伯:"你百羊川的咋了?还不跟我的小米一个样,都是化肥喂出来的?"水伯还是笑着说:"你可不能瞎说,百羊川的小米没喂过一粒化肥,这我还不知道?"卖小米的收拾好东西推着车往外走:"哼,百羊川才一亩几分地,能产多少小米,撑死不过一千多斤!你儿子一年卖十几万斤茄庄小米,莫非你百羊川能屙小米?把陈小米用碱搓搓,又上色又出味,哄死人不赔命。哼!"

想再问,卖小米的已走远,水伯愣在那里。

……水伯一人搭乘中巴回到茄庄,见人就问:"我儿子真的在卖假小米?"被问的人都摇头:"说不清楚,问你儿子吧!"水伯明白了,踉踉跄跄爬上百羊川。此时正是初冬,翻耕过的百羊川蒙了一层细霜,一小撮一小撮麦苗拱出来。麦垄上横着几只白色化肥包,阳光一照,泛出刺眼的光,直逼水伯。水伯嗓子眼儿里一阵发腥,哇的一口,把一片鲜红喷向了初冬的百羊川,接着扑通一下倒了下去。这时除了一只山兔远远地窥视着水伯,初冬的山坡再无半个人影。

百羊川静极了。

父亲和鸭贩子

1984年的初夏,十点钟的天空像牵牛花一样发蓝。父亲的作坊门口,猫高高地蹦起来进攻尺蛾,一对来杭母鸡在原色的柳圈椅扶手上打盹儿,喉咙发出咕咕的叫声。那时那刻,我的"嘉陵100"梦已经破碎,断了三根肋骨的父亲正躺在床上呻吟。

几日前,父亲还蹲在这把柳圈椅上,手里端着一只漆皮剥落的搪瓷茶缸,笑意盈然地看着一簸箕又一簸箕破壳而出的鸡崽从作坊端出来。十里八村捉小鸡的大婶大妈围了一圈,每人胳膊上都挎着一只竹篮,提前在里面铺好了麦秸。一只只鸡崽被她们捧在手里端详,遇见特别漂亮的,她们会忍不住亲一口鸡崽的小嘴嘴。最后,挑好的鸡崽被大婶大妈小心翼翼地放进竹篮,用带来的小棉被盖住,仰起头问父亲:"赵师傅,小鸡捉回家咋喂呀!"

父亲不厌其烦地一一回答:"小米先用温水泡软了,一次少喂点,勤饮水……"其实她们都知道怎么喂,但还是觉得问一问父亲心里踏实,仿佛只有听了父亲的交代,这些鸡崽才肯长大似的。

那一年,极度厌学的我任凭父亲用鞋底抽打,就是不肯拿起书本，最后，无奈的父亲只好收留他的儿子做了一名学徒。其实我的理想要么是养长毛兔，要么学无线电修理，但没敢说出来，怕父亲揍我。父亲开始手把手教我孵小鸡的技术。最先学的是照蛋：一只空纸箱两边各挖一个小孔，里面悬一只60瓦的电灯泡。作坊的灯全关掉，红色的光从两只小孔射出来。已经孵化了7天的鸡蛋需要全部在小孔里照一遍，我跟着父亲学习识别已经开始发育的胚胎，无精蛋被筛了出来，然后被做成松花变蛋出售，我经常被派去赵家祠堂折松树枝，扔进熬料的大锅里。我一直认为变蛋上的松花就是这样修炼而成的。

我学艺很上心，专门买了一个笔记本，松花蛋配方、鸡的发育过程一一记在上面。父亲早已从当初的不快中解脱出来，对我疼爱有加，郑重其事地告诉我："等攒够了钱，给你买一辆摩托车。""真的？"我都不敢相信自己的耳朵，问父亲："'建设50'还是'嘉陵100'？"父亲一撇嘴："'建设50'算个球，连个挡位都没有。"我差点儿蹦起来。要知道，当年看过《人生》之后的我一直以高加林自拟，在悄悄寻访身边的"刘巧珍"。我相信，一辆"嘉陵100"肯定会缩短我与"刘巧珍"之间的距离。

不只孵小鸡，父亲的作坊也孵鸭子。母鸭崽值钱，公鸭崽不值钱，那时候，豫北一带不兴吃鸭肉。但是公鸭崽从没积压过，每次都被鸭贩子尅光。有一个叫江山的鸭贩子，是我一个远房表哥，老是抱怨给他留得少。起初我很纳闷儿，当地人都不稀罕的公鸭崽，为什么到他们手里这么受欢迎。直到有一天，姥姥被二舅用手推车推着闯进我家，气冲冲给了父亲一巴掌，还把我家熬稀饭的牛蛋锅掷到地上，我才知道了事情的原委。

父亲和我当初一样，都以为江山他们能耐大——他们往南到过南阳，往西到过山西，一定是找到了公鸭的大买主。但是我们错了。他们只要一出方圆二十里，就开始他们的买卖：把公鸭崽的生殖器掐掉当母鸭卖，早在两年前就开始这么做了。捉鸭人醒悟后采取了措施，不再付全款，而是只付三分之一。鸭贩子的坏主意也跟着来了：给公鸭崽灌石灰水，赊给人家不到七天，肠子烧坏全死掉。三分之一鸭款到手，他们已经赚了——逮我们的价钱很低很低。

他们打一枪换一个地方，手段也在不断升级。江山居然带着两大笼子公鸭崽去了我姥姥那个村，在我姥姥的帮助下这些公鸭崽全赊了出去。中午姥姥还管了他一顿鸡蛋卤捞面、半斤烧酒。没几日，江山又来了，头戴孝帽，脚穿白鞋，去赊过他鸭子的人家挨个叩头，鼻涕一把泪一把，说他娘倒头了没钱埋葬……不到半天，赊出的鸭账收回七八成，不少好心人家甚至一分不差给他结清了。又过几天，这些鸭子全蹬腿儿了。大家觉得不对劲，找村里的兽医解剖后，真相大白。又有人打听到，江山的娘在几年前就已经去世了。捉鸭人愤怒了,寻上门来,把姥姥家的门框都快挤崩了,还有人用石头把姥姥过年给我们蒸"十大碗"的一口"20印"铁锅砸了个大窟窿。

父亲涨红着脸,二话不说,找出存款折去村里的信贷员家把钱全取出来,骑上车就出了门。他沿着江山他们行骗的足迹,走村串户,赔礼退钱。父亲一天走了方圆几十里的十几个村庄,返回时天已经彻底黑了,加上两顿没吃饭,精疲力竭的父亲一不小心栽进了路边的深沟,车把狠狠戳住了胸脯,当场就晕了过去。我们找到他时已是后半夜。那天晚上,天色凝重,一片漆黑,黑得似乎可以用小刀一块一块切下来。

来年春天,我们家的作坊又开工了。鸭贩子来我家趸鸭崽都小心翼翼——父亲的脾气变坏了,一句话不顺,就把他们撵出门外。公鸭崽一个都不卖,倒入村西的黄水河里。我记得那时候的黄水河水深流急,在石头上翻卷着白色的浪花,公鸭崽被岸两边茂盛的灯芯草收留,生死未卜。

转让

今天又是一个重霾天气,压得人喘不上气来。他们在等一个人,给饭馆供应木耳的那个东北人。

两人都没有吃早餐,大伟给艳菊冲了一碗鸡蛋水,艳菊根本没有心情碰它,那碗鸡蛋水慢慢地变凉,变凉。饭馆里空空荡荡,曾经的喧哗和人声鼎沸已成过往,明天,这里的一切就不属于他们了。

两人是从农村来的80后,属于那种"家里没矿、身后没人"的阶层,能在城里安个家、考个驾照、让儿女顺利进入县城某所学校成了他们这一代人朴素而热烈的愿望。他俩在同一个饭店打工,非常优秀。大伟英气逼人又舍得吃苦,从配菜工干到厨师长,尽管他出身寒门,母亲天生残疾,但是艳菊那个圈子里的女孩们却依靠私下里抓纸蛋来决定谁做他的女朋友。艳菊从收银员做到大堂经理,付出了常人无法付出的辛苦。三十岁那年,他俩用全部积蓄和借款开了一家不到一百平方米的小店,主营私房菜和鸡汁面,还起了一个特别亲切的店名——小菜一碟。大伟的拿手菜——百年老汤鱼锁住了很多客人的胃,加上艳菊丰富的管理经验和人脉,"小菜一碟"开业后,生意出奇地火爆。有一天,"小菜一碟"的营业额突破了五千元,两人都吓了一跳。他们像编制绳索般严谨地还清了最后一分钱,并在开店的第三个年头分期付款买下一个118平方米的单元房。

自从度过最初艰苦奋斗的岁月,他们懂得了珍惜,每一分钱都花得恰到好处。就在他们计划购买一辆"哈弗"

小型越野车时，艳菊一个在秦皇岛发展的闺蜜找上门来，执意带她去见识一下自己的事业。艳菊去了一趟秦皇岛，立即被那种热血沸腾的赚钱方式迷住了。先是说服大伟把酒店的节余全部拿出来，后来又动用了供货商的材料款，再后来就身不由己地借了高利贷。待在秦皇岛半年，她收获了两件事：一次小型车祸造成的挥鞭式头疼，另外就是刷新了对闺蜜的认识——所谓闺蜜，就是让你在最短的时间内倾家荡产的人。最后，他们不得不把住了不到一年的房子卖掉，同时把"小菜一碟"转让给了一个觊觎已久的同行。这个同行没有趁火打劫，而是给出了一个不菲的价格，交接期限也很宽容。

　　签过转让合同，他们开始着手退还客人寄存的酒水和发放出去的充值卡，供货商的欠款更是头等大事。他们不打算逃避，转让费根本不够支付这些欠款，剩余的他们重新打了欠条，然后认真地摁下自己的指头印。今天是最后一天了，木耳商去东北订购木耳，他在微信里回复今天一定来，还说有一个重要的消息告诉他们。大伟和艳菊决定等到最后，虽然囊中空空，但他们还是要等到最后。他们非常留恋这里的一切，转让后，他们不知道还有勇气踏进"小菜一碟"没有。

　　一整天，两人都在打扫收拾饭馆，从前厅到后厨，里里外外，每个角落都不放过。在这个小店里，随处可见一个脚踏实地的女人的精明和细心。傍晚的时候,终于结束了,大伟摘下蒙在头上的毛巾。两人坐下来喝水,艳菊额头冒着细密的汗珠,她把脖子上那条货真价实的千足金项链摘下来。她想不出别的办法了。大伟一阵惊慌:"不,不!"他的眼睛里噙满了泪水,艳菊装作没看见:"等将来有钱了,你再给我买。"接下来,艳菊迅速转移了话题,谈起了那个木耳商。

木耳商是一个完全不像东北人的东北人,他清瘦单薄,双眸明亮,每次来送货,过完秤拿到收条就走,他活得不声不响,即便是那一次月结,他把几张欠条都丢了也没着急。那是饭店给供货商的唯一凭证。不像那个粮油供货商,长了一副亵渎神明的模样,丢过一张欠条仿佛天塌了一样跑来找他们。这一回又是第一个跑来要账,一分钱的欠条都不让打。那次,艳菊和大伟翻看存根后就把木耳商的账结了,从此以后,他们就成了朋友。

暮色一点点加重,整个城市的街道开始变幻,准备融入黑夜之中。商家纷纷拉下卷帘铁门。艳菊头又开始疼了,好像有根铁丝在脑袋里搅动一样。她把十根手指插进头发里,使劲揪拽。她让大伟去药店买复方羊角颗粒,她决定加大剂量。大伟出门时差点儿跟一个人撞上,四季自吸门帘被撞开又合上,木耳商一脸倦容地站在他们面前。

木耳商端起桌子上的水就喝,脖子鼓了一下又一下,水珠顺着下巴滴下来。放下水杯，他就从夹克兜里掏出"红旗渠"牌香烟，抽出一根递向大伟，又抽出一根，捏一下海绵嘴，往嘴里送。两只鼻孔冒出第一缕烟雾后，他开始说话了："我刚从老家订购木耳回来，你们知道不知道，今年木耳丰收了，品相好，价格也不贵，我订购的数量是往年的双倍。"也许这就是他在微信里说的重要消息了。艳菊给他续上水，请他坐下来。木耳商又开了口："我需要帮手，需要在各县区设立送货点，你们明白吧？要是你们不嫌弃的话……"这时，木耳商抬起低垂的眼睛，面孔大大张开了，出现了一个男人的全部诚意。艳菊面对这个木讷、诚实、不善于花言巧语的东北人感到很踏实，她轻轻叹了一口气。

大伟愣在那里，点燃的火柴燃疼了他的手指。他从内心感激木耳商的好意，显然，木耳商来之前已经知道了他们的遭遇。木耳商等待着他们的答复。"小菜一碟"出现了从来没有的寂静，只有门帘被风掀动的声音。

最后，大伟和艳菊还是拒绝了他的好意。他们有自己的打算，他们决定还去干老本行，他们已经联系好了打工的地方。他们觉得自己还年轻，希望之火没有熄灭。无论如何，那个傍晚因木耳商的到来突然明媚起来。头突然不疼了，艳菊的手指从头发里抽了出来；她的头发很黑，像是上过漆似的。她去洗了洗手，开始张罗"小菜一碟"的最后一场酒宴。

大伟进厨房精心烧制了一锅冬瓜排骨汤；余下的菜交给艳菊了。一瓶"牛二"被木耳商拧开口，咕嘟咕嘟倒进了两只酒碗里。

凉菜上齐后，我们在等待什么

那天晚上，县医院神经内科黄主任的儿子结婚宴请，预订了二十五桌宴席，凉菜上齐后一数桌数，才十六桌，人还坐得稀稀拉拉。

黄主任没有来，不久前，医院组织去西安学习，其实是给几个即将退二线的中层干部安排的休假，他却栽倒在宾馆的浴池里了，回来后，磁共振查出右脑一个缺血灶，两处毛细血管堵塞。替他来张罗事的是他的女儿黄一萍，还有口腔科田医生和放射科孙医生。田医生是个热心人，做事干净利落，无懈可击，医生护士家里有了红白喜事都找他，是名副其实的"老总"。孙医生是个大下巴，习练过庞中华字帖，记礼账的事一般离不开他。他总觉得自己被埋没了，要是让他当"老总"，会更出色。

二十五桌凉菜上齐后，有人提出开席，田医生望了一下门口，说："再等等，说不定还有科室在开会。"十几分钟后,又有人来催,说晚上还值班哩!没等田医生开口,孙医生就宣布:"再等五分钟,五分钟之后上筷!"五分钟后,孙医生自作主张把十六桌合并成十五桌,然后吩咐我们的大堂经理:"上筷,上热菜!"

大堂经理站着没动,没有去执行孙医生的命令。孙医生一脸疑惑,黄一萍也一脸疑惑。大堂经理不得不认真给他们解释:"你们预订了二十五桌,实际只有十五桌,少了十桌。"

他们点点头,孙医生说:"对呀,十五桌,为啥不上筷子?"

"剩下的十桌怎么办?"大堂经理很着急,不知道孙医生是装马虎还是真不知道规矩。这时,黄一萍开口了。我认得她,在县报和几个公众号上读过她写的诗——其实就是一些分了段的句子;我还有她的微信,知道她是诗词学会理事,经常跟一些自称才华逼人、怀才不遇的诗人们去采风。黄一萍一脸懵懂地瞅着大堂经理:"我们坐几桌就开几桌,那十桌菜你们留着卖吧!"

大堂经理哭笑不得,指着已经上桌的凉菜让他们看:飘香带鱼、千层脆耳、香菜木耳、肉丝带底、苦菊杏仁,还有自制牛肉——都是上等牛肉,筋腱部分透明,盘饰是经典的香芹配杨兰。这时,我也上前来,帮大堂经理给他们解释:"除了凉菜,还有部分热菜也做好了,清蒸鲈鱼、西红柿炖牛腩……这些菜不可以二次销售,饭店损失会很大!"

"那你说怎么办？"孙医生晃动着长下巴，很不满意地问，"总不能一直不发筷子吧？"

大堂经理实话实说："按惯例，主家要把欠坐的凉菜和部分热菜打包买走。"孙医生一听，跳了起来："打包？十桌啊！真是岂有此理！"

我很抱歉地对他说："没想到会欠坐这么多。"

黄一萍又开口了。她脸上有一种叫人十分惊讶的防御性神色，她转移了我们的话题："人都不来，还不是因为我爸有病，不当主任了。"她叹一口气，眼圈忽然红了。

田医生一直没说话。我知道，他的沉默不语中含有一种指责意味。这些年来，县医院的红白喜事他都安排到我们饭店。我心存感激，有一年春节备了一份大礼包送到他家。他坚决拒收，说选择我们饭店，一是饭菜质量不错，二是离县医院近。后来他出嫁闺女也在我这里宴请，最后一分不少把账结了，他是我遇见的头一个不肯接受打折的顾客，他只要求把饭菜做好，干净卫生味道足。

我想我应该主动站出来给田医生一个面子——这是一个非常值得尊敬的人。没等我开口，田医生却说话了，他提出双方都退让一步，把人员再调整一下，把十五桌变成十八桌，余下的不再提了。他用征求的目光望着我，我连连点头："听田医生的！"黄一萍也同意了，还冲我说了一声："谢谢老板照顾！"

宴席结束后,黄一萍说接下来还有宴请,问一齐结账行不行,我没有拒绝她。

谁知道黄一萍这一去再没回头,一个多月过去了,别说来结账,连个电话也没有。打了她几次电话,老说来送钱但就是不见人影。后来我和大堂经理找到她家,她有些烦躁,但是仍不失礼貌。在她家里,我不明白她为什么把自己写好的诗给我们看,一边给我们看,一边好像在对牛弹琴一样。最后她提出了打折,口气开始变得强硬起来。

"在全县城,你找不到第二家三百八十八元的包桌,硬菜还这么多!"大堂经理告诉她,"况且那天……"

黄一萍脸色突然难看起来,原本柔和的目光变得像一根刺。她指责我们的饭菜有问题:蒜蓉西兰花死咸死咸,撒尿牛肉丸没有大家期待的爆浆,还有一块肉片上看到半枚动物检疫部门的蓝紫色印章。最后,她硬是少给了我们一千元钱。

从黄一萍家里出来,大堂经理爆了一句粗口,埋怨我当天就不该给她上筷。又说:"再遇见这种情况,你交给我们就别管了。"

果真,后来又遇见几次类似情况,大堂经理和收银坚决不上筷,两个细皮嫩肉、柔声细语的小姑娘硬是让主家把欠坐的部分一分不少拿了出来。人都是被逼出来的!大堂经理每次都这么说。

酒风

豫北男人中间,叽叽歪歪、婆婆妈妈的多在辉县、汲县,三脚踢不出一个响屁,来了客人割肉打酒还要看媳妇脸色;原阳、延津、封丘三地的男人却不同,说话瓮声瓮气,放屁都能把地砸个坑,如果媳妇敢顶嘴,一脚踢出门外。最显豪情的是看他们斗酒,一个个脸红脖子粗,撸胳膊卷袖擎着酒碟:"×他姐,喝!"

他们带口病不骂娘骂姐,姐是出门人就像泼出去的水,贱了。

那一年,我去延津茄庄收棉花,住在老姚家,三间破瓦房,一根梁折了用柱子顶着,地面是土地面坑坑洼洼。我说:"老姚你也是个生意人,咋把家整成这样?"老姚嘿嘿一笑:"×他姐,都叫吃喝了,嘴没亏。"我说:"今儿可别麻烦,咱不喝酒。"谁知吃饭的时候,老姚像变戏法一样整出满满登登一桌菜,菜还不孬,油光光的烧鸡、焦黄焦黄的小鱼,还有一盘殷绿殷绿的冻蒜。老姚说庄里有饭店吃啥有啥,我真不敢相信:茄庄走三圈挑不出几座像样的房子,却能整出满桌鸡鸭鱼肉来。拆开一瓶"百泉春",吧嗒一下掉出一只打火机,老姚儿子眼尖一把抢了去。茄庄喝酒不用杯，而是用碟，一碟一两酒。老姚满上，我说下午去看棉样，不能误了事。老姚吱一口干了，抹拉一下嘴："误不了，兄弟。"

三碟下去，我有些头晕，老姚说空肚的事，叨、叨，要我吃菜。我平时就三四两酒量，见老姚又要满，我赶紧挡他。老姚不以为然："第一次来俺家，能不跟你嫂子碰一杯？"老姚媳妇正在轧面条，拍拍手上的面，走过来端起酒碟，我只好硬着头皮和她干了。又要干第二杯，我不敢。老姚媳妇说她喝俩，我喝一个，说罢像喝凉水一样吱吱喝下两碟，菜也不叨，又去轧面条了。老姚说你看事办吧，我只好又硬着头皮干了。胃里立即翻捣起来，我说不能喝了，不能喝了。

话未落地，风门一开，老姚在县城当牙医的二弟给大哥陪客来了。二弟一落座，从胳肢窝掏出一瓶酒，据说是此地的规矩。二弟又要和我干，我说真不能喝了。二弟说我看不起人，我只好端起酒，像喝药一样喝下一碟。我说真不能喝了，真不能喝了，再喝要出酒了，下午还去看棉样呢！老姚已满脸赤红，嗓门儿提高了八倍："误不了兄弟，喝个孬孙！"

这时风门又一响，老姚住的这个片的片长来了，从胳肢窝掏出一瓶酒搁在桌子底下，说来迟了，先罚自己三碟。喝完又要和我干，我说："再喝……我就不中……不中了。"

我的舌头明显短了。片长说:"老姚的客人就是俺们茄庄的客人,我代表茄庄村委……"我只好求助老姚,这碟酒老姚只让我沾了沾嘴边就替我喝了。往下猜枚过圈,老姚的二弟又替我喝了不少。三瓶酒见底,老姚又开一瓶。老姚的眼睛开始一翻一翻,舌头也短了,说误不了,误不了。我一个劲儿咬牙,把涌上来的酒压回胃里。

四瓶酒见底,我长嘘一口,谁知风门又响了,一个老汉歪歪斜斜进来。老汉说他本来喝高了,可大叔的客人来了,今儿喝死也不说孬种话!原来老汉辈分比老姚还低。老汉衣扣开了一半,瘦瘦的胸裸露出来,抻着脖筋,一脸豪壮。接下来,风向自然吹向我,老汉喝三碟,叫我喝一碟,又扯过头问老姚:合适不合适,大叔?我坚决不和老汉喝,我说你啥都不用说了我反正是一滴都不再喝了。一下子就把他堵死了。

没想到老汉竟扑通跪下来,双手举起一碟酒,我傻在那里。

我真的醉了,一直到第二天才醒来,头却沉得抬不起来,还干恶心,就像患了瘟病的小鸡一样。老姚说打一针吧,一针准见效。村医是个瘸子,一高一低地进来,伸出一双手漆黑漆黑。我打一个冷战,问:"酒精球呢?"村医张开左手,一只黑不黑、白不白的棉球露出来。我闭上眼,感到屁股上凉飕飕的,接着噗的一下,想反悔也来不及了。

村医收了针,一边往外走,一边对老姚说:"保证管用,狗蛋家的老母猪三百斤,拉稀拉得站不起来。一针,就一针!"

爱心设计

热恋中的男孩和女孩在一天里遇见了两件使他们心动的事。

第一件事是在男孩接女孩的时候,女孩住的家属楼上有一位老人,在阳台上用细铁丝捆绑水泥栏杆上的花盆。女孩知道他姓王,同他打招呼:"王大爷,你绑花盆干什么?"老人回答她:"掉下去会砸住人的。"跨上摩托车后座,女孩搂住男孩的腰,俯在他耳边说:"我能从王大爷眼里读到爱。"

第二件事是在男孩带着女孩兜风的时候。一个单身骑士和一个带着小男孩的男士赛车,原因是单身骑士超车时按了几声喇叭,带小孩的男士可能太好胜了,双方加大油门,风驰电掣一般。就在单身骑士又一次超越那个男士时,他听见了男士摩托车上的小男孩惊恐的叫声:"爸爸,我怕。"然后他一下子松开了油门。带孩子的那个男士以为自己得胜了，回头望一眼，得意地去了。男孩和女孩一直跟着他们，男孩问单身骑士："怎么慢了？"单身骑士瓮声瓮气地答："他带着小孩呢！"

这时，男孩感慨地说："爱心真的无处不在啊！"女孩提议："咱们也做一件这样的事吧？"男孩说好。

谁知一天下来，两人竟没做下这样一件事，临分手，女孩命令男孩："什么时候，你设计了爱心行动，才可以来找我。"男孩笑笑，以为女孩是说着玩的。

后来男孩打电话约女孩，女孩问他做了没有，男孩说没有，女孩就挂了电话。一连两次，男孩对这事认真了。专门去做，却又无从做起，还闹出几个笑话，男孩约不到女孩，挺着急。

有天早晨起来，男孩去扔垃圾。街上起风了，纸片、塑料袋被刮得满天飞，甚至有一张脏纸片刮到了男孩脸上，男孩很烦恼。正要离开，又忽然想，塑料袋打个结，脏东西不就飞不出来了？于是他这样做了。男孩打上一个结，又打上一个……后来干脆回家找出一块木板，在上面写上"塑料袋请打个结再扔"几个字，然后挂到了堆垃圾的地方。

不少出来扔垃圾袋的人都这样做了，有几个不理睬的，男孩就替他们做了，他们很不好意思，脸微红地冲男孩点点头。

第二天，男孩早早地把木板挂出去，大家都如此做了。

依然有风的日子，却没有满天飞的碎纸片和塑料袋。男孩突然欣喜起来，他想，现在可以给女孩打电话了。

乡村恋爱方式

小亮把摩托洗得一尘不染，上蜡的时候还没忘往自己头上喷了几下摩丝。拾掇停当，冲妈伸出一只手，妈摸出一张百元票子拍在他手上。小亮皱皱眉，也不吭声，直接把票子扔到地上，妈赶紧拾起来："嫌少妈再给，扔地上算啥哩？"又摸出一张，两张一齐拍在小亮手上。

出了门，村里村外都是水泥路，小亮不停地加油门，一、二、三、四……一口气轰到五挡，十几分钟，小亮就到了王村小艳家。小艳和她妈迎出来，一齐说："来了，小亮？"进了屋，又问："吃了没？"小亮答吃了，小艳说："驴才相信，你平时不吃早饭的。"小艳妈一听，赶紧张罗去拍鸡蛋水。小艳狠狠捅了小亮一下，小亮疼得直咧嘴，朝小艳瞪眼。小艳不怕，反把小亮瞪回去："也不给俺妈买点东西？"小亮理亏了，就嘿嘿笑。这时小艳妈把一海碗鸡蛋水端上来，小亮用筷子一挑，真是丈母娘亲女婿，海碗里卧了八只荷包蛋。

今天两人是去马桥赶会的，马桥会有百年历史了，全国著名的杂技团和商贩都往这儿来，热闹得很。几天前，小艳嚷嚷要给自己的头发点颜色看看，没想到还真把头发染成了棕色，今儿穿了一件三件套，胸前两个硬东西像歌星们一样鼓出来，鼓得小亮心里一热一热的。打着火，挂上挡，扭头和丈母娘告别："您回吧！"丈母娘叮咛："路上慢点。"谁知一松离合器却灭了火。小亮又打着火，告别："俺走了。"丈母娘又叮咛："早点回来。"小亮一松离合器又灭了火。第三次打着火，都没话说了，小亮加大油门，摩托猛一蹿，小艳吓得赶紧搂住了小亮。

出了村口，小亮忽然一个急刹车，小艳胸前那两只硬东西狠狠顶了他后背一下。小艳问："咋了？"小亮答："你没看见有一个坑。"一会儿又一个急刹车，小亮答："有一个砖头。"小艳来回瞅，却没有，一下子明白了，不觉羞红了脸。心里骂："这个鬼小亮。"

两人在马桥会上看了一场杂技，打了一通气枪，吃了两碗马桥凉粉和一盘油炸螃蟹，小亮给小艳买了一对"红蜻蜓"皮凉鞋，小艳又给小亮买了一件"天地人"衬衣，最后两人踏上了回家的路。小亮又玩急刹车，小艳警惕着，双手使劲撑着后座，就是不向小亮身上趴。小亮急得脸红脖子粗，到了王村口，却不进村，而是一下子拐进了村口的老树林。小艳问："咋哩？咋哩？"小亮把摩托停到一片空地，答："天早着呢，回家干啥？咱俩喷会儿吧？"

两人选一片草地坐下，草很绿也很干净，有一根钻进小艳衣裳里，痒痒的，怪舒服。小艳问："喷点儿啥？"小亮不接话，盯着小艳看，先盯着脸，又往下边移，很放肆。小艳恼了，站起身就走。小亮一把拽住她，说："开始喷，开始喷，喷咱小时候的事吧！俺在俺村树林扎过杨叶，用铅笔刀把筷子削尖，后面系一根麻绳……"小艳一噘嘴，不屑的样子："这有啥稀罕，俺还在这儿耍过摸鱼摸虾哩！一堆人，在地上画一个大圈，用手巾蒙住你的眼，摸住别人还得仔细摸，不叫出名儿不算赢……"

小亮一听，眼睛不由得一亮，说："咱俩也耍一回摸鱼摸虾吧？"

小艳说两人没法儿耍。后来禁不住小亮死缠，便同意了。两人一边跺脚，一边叫，"石头、剪子、布"，小亮输了，先摸。小艳咯咯笑着拽下他的领带蒙住了他的眼。小亮把领夹塞给小艳，说你将它藏在身上，我要是一下子摸住才算赢。小亮开始摸，一连跌了几个跟头，才摸住小艳。小艳咯咯笑着，喊："还有领夹，快摸！"其实领夹她根本没往身上戴，逗小亮玩呢！小亮嘴里说着："我保证能摸到……"一伸手就直奔主题，紧紧攥住那两个硬东西。小艳羞得直跺脚，小亮却不松手，后来小艳的身子软了……

两只正专心恋爱的缺翅虫差点儿被压住,一激灵跳开了。

论剑

仗剑者心高,再能抚琴,就更气傲了。楼兰王便是如此。他有一手精湛的剑术,从未逢过对手。而他引以为荣的还是自己的琴艺。宫内外,再好的琴师在他面前,都会韵律错乱而抚琴不成。此次他动身去中原,为的是找一个叫钟玉的朋友,因为这个朋友能帮助他找到一个在他面前不会乱弦的人。楼兰王一直因为找不到可以较技的琴师而苦恼,这下好了。他为此而心切,一路上累死三匹快马。

钟玉把楼兰王安顿下,说"我给你说说这位琴师吧!琴师乃一村夫,喜欢在山林中盘桓,和百鸟为友。有一次,琴师路过一个小山庄,见一老妇人在烧火煮饭,柴火燃烧,传出噼里啪啦的声音。琴师驻足片刻,忽然跑到妇人面前,急速从灶中取出一截桐木,在地上用脚踩灭了。然后拿出一把银两,将这节桐木买了去。琴师听火烧的声音,便知道是一根上好木材,于是请工匠制成一把琴,琴音果然美妙极了。琴师于林中拨弦,百鸟竟齐来和唱。但琴尾是焦的，琴师就名之为'焦尾琴'。"

楼兰王笑："虚也，虚也。"心里却迫切得很，催钟玉引琴师一见。

琴师抱"焦尾琴"来到钟玉府上。侍人引琴师上客厅，钟玉和楼兰王已备下水酒。琴师穿越花径，忽听客厅内琴声传出，便停下来。是一曲《阳春白雪》，刚刚雪融而闻水声。琴师听着听着，忽然脸色大变，对侍人说："这音乐中暗藏杀心。为什么呢？"言罢便回身离开钟府。

侍人报告了钟玉，钟玉不信，策马追赶。琴师坚决不回，说抚琴之人已动杀心，自己不可以身践之。钟玉没办法，只好打马回去，将事情如实告诉了楼兰王。

楼兰王本想用自己的琴声挫一下琴师的威风，之后再与他比个高低，不承想却发生了这等事。钟玉问楼兰王："你真想……"楼兰王摇头："我岂是那般心胸狭窄之人？"钟玉不明白："那是为什么？"楼兰王将一杯水酒饮了，放下杯的一瞬间恍然大悟：自己刚才弹琴时，见窗外矮槐上一只螳螂正对着一只鸣蝉，蝉将去还没有飞起，螳螂忽进忽退，迟迟不肯出击，自己担心蝉飞跑，想让螳螂出击捕蝉。楼兰王把刚才的一幕讲给钟玉听，钟玉呆了："难道这就是杀心形于声音？"

楼兰王满脸愧色，长叹："三十年磨炼，不及一村夫呵！"猛然抽出长剑，将从塞外带来的那把名琴斩为两截。

从此，楼兰王潜心剑术，终生不再鼓弦。

篱笆

每天放学回家，女孩都要抬头望一眼二楼的阳台。

二楼阳台不大，但生机盎然，一盆吊兰从顶棚垂下来，仿佛少女一般秀发飘飘。水泥栅栏上摆满了花草，足有二十几盆，月季、丹顶红、国庆菊、虞美人……热热闹闹，该绿的绿了，该红的红了，该笑的笑了。花草簇拥的阳台上常有捧读的身影，是文静的女主人。也常有古诗佳句从花草间滚落，撞了女孩的梦，必是男主人在吟诵了。女孩最不能忘记的是那场小雨之后的早晨，"一夜雨声凉到梦，万荷叶上送秋来"，诗句从二楼飘落，女孩倚窗而立，凉意扑面而来，心便如荷花一样绽开了。

男主人是大学讲师，不清高也不迂腐，见了每一位邻居都打招呼。女主人在中学教书，也很热情礼貌，颔首浅笑间，邻居的心里就都是春天了。两口子爱干净，楼道一天打扫一次，打扫必洒清水，怕扬灰扰了邻居。不知是男主人还是女主人，用细铁丝把阳台上的花一一固定了，是担心掉落，不细心的发现不了，但是女孩发现了，心里便有阵阵感动涌过。

每天晚饭后，男主人和女主人都要出去散步，回来后，屋里就有低低的笑语飘出来。楼上楼下住的大多是工人，他们都很羡慕这对文化人的生活，都想去他们家里看看有什么不一样。机会终于找到了。那天，二楼搬新书柜，邻居们一个个跑来帮忙。他们的屋子和邻居们一样，只是干净，只是书多，只是有一种别人家没有的暗香。女孩的母亲也去了，回屋后说："他们家墙上挂了一个好大好大的横香扇。"女孩知道母亲说的是檀香扇。其实女孩也很想去搬书柜，却缺乏勇气。她是一个害羞的女孩。

之前二楼的主人是一对不太讨人喜欢的夫妇。女的是个泼妇，楼上楼下吵了个遍；男的是个酒鬼，经常半夜醉醺醺回家，把门踢得如雷响。二楼更换了主人之后，楼上楼下一下子清静下来。慢慢地，清静中居然有音乐产生了，是一种和谐得让人心爽的旋律。渐渐地，邻居们评价一件事时，总喜欢说一句："看人家二楼！"有夫妻吵嘴的，男的必把自家女人跟二楼女主人比："你连人家的一半都不如！"女的必把自家男人跟二楼男主人比："你连人家三分之一都不及。"这么一比，都惭愧了，就不再吵了。这一切，女孩全看在眼里。二楼的生活如磁石一般吸引着她，让她经常想多望几眼。

一天，女孩放学早，就在阳台下站了好长时间，心有无限眷恋。后来她的眼中出现一道美丽的篱笆，上面缠满了各色好看的小花。女孩闭上眼睛又睁开，篱笆没了，她就无声地笑了。正好母亲下班回来，问她："在看什么？"

女孩回答："篱笆。"女孩的母亲没听清，又问。女孩却不答，蹦跳着进屋去了……

不久，市里举办作文比赛，女孩的《篱笆》获一等奖。同学们围住她表示祝贺，还说星期天要去她家看邻居那道篱笆。女孩笑笑，不说话，忽然想起了一句著名的美国谚语：

好篱笆造就好邻居。

女孩想，是不是可以说：好邻居造就好篱笆呢？

生活中的考试

在广州火车站，一个二十多岁的乡下妹子背着一个用化肥袋改制的行李袋，手提一只破包，目光焦灼地四处张望着。看她脸上挂着的那副焦灼可怜的样儿，就知道她肯定遇上了什么难心事。车站人来人往，但碰见她目光的人，尤其那些衣着整洁的旅客，都赶紧躲开。谁知道她会冷不丁提出一个啥要求呢？

"你好……"果然,她开始主动与人搭腔,可是不等她把话说完,人家就赶紧冲她摇头,然后快速走开。她有点失望,却不灰心,继续挨着候车室,一个通道一个通道地踱过去,目光依然在旅客的脸上扫视,好多人都用报纸挡住脸或头一歪闭上眼装睡。她很奇怪,自己像一个骗子吗?

这时,她踱到了广州至东莞的候车通道。她看见一个学生模样的小伙子离开售票窗口,一边朝长排座椅走去,一边很小心地把车票装进衣兜里,还用手摁了摁。她走了过去,朝他怯怯地问:"哎,对不起,帮帮我好吗?"

"你要我帮你什么呢?"他很奇怪,在这个世界上,他一直都是被可怜的对象,可现在,居然有人请他帮忙。

她说:"我要去找我的姐妹,可我身上一分钱都没有了。你能给我买张车票吗?"

他听后,脸腾地红了,摇摇头,片刻,又点点头,随即从身上摸出一张钞票:"我……我只剩下十块钱了,够不够?我刚买过车票,在广州找不到工作,想换个地方。我是中专毕业,文凭太低了。"他很窘迫地揉着那张钞票,倒像是他在向别人借钱。

"谢谢你的好心。"她很失望地离开了他。

忽然,他好像一下子想起了什么,冲她喊了一声:"你准备去哪儿?"乡下妹子回头望了他一眼,说:"东莞。"

他听了后，从身上摸出刚买的那张车票，稍微犹豫了一下，但还是走过去，把车票递到她手里："去找你的姐妹吧，祝你好运！"

她微微笑了一下，接过车票后，问："那你怎么办？"

他想了想，说："就这十块钱，坐到哪儿是哪儿，我就在到站的地方下车找工作，没准儿还能找到一份意想不到的好工作呢！"

十元钱只买了两站路，很快就到了。车停下来后，他下了车。走出车站，望着人流如织、车辆穿梭的广场，他茫然不觉身在何处，又该往何处去。正惆怅间，他隐隐觉得身后站着一个人，一回头，竟是她！

她冲他粲然一笑，问："后悔了？"

他摇摇头。

她招手叫来一辆出租车，打开车门，冲他做出请的姿势。

他惊讶地望着她。

他真的得到了一份好工作，一份意想不到的好工作，因为她是一家玩具公司老板的女儿。其实她在广州车站的举动是一次化装招聘，目的是想替父亲寻找一些在商业社会中未被污染的人，以此来充实公司的中层管理队伍。

一张车票改变了一个中专生的人生。很多人都认为这纯属偶然。其实，这种偶然中绝对蕴藏着必然。不是有那么多人都在这场考试中败下阵来了吗？生活处处是考场，只有那些腹藏"黄金"的人才能拿到高分！

苦水玫瑰

大学毕业后，吹雪作为青年志愿者去了大西北一个叫苦水的小镇支教。

一听这个名字，便可以想象那里的生活。苦水虽贫，却是一个充满诗意的地方。它盛产玫瑰，一到花季，空气中到处飘逸着浓郁的香味，从早到晚，梦里也拒绝不掉。由于当地特殊的地理环境和红黏土质，苦水玫瑰香型独特、纯正，含油量特高。

当地提炼玫瑰油的高手也就数扬花了。

扬花是民办教师，和吹雪教碰头班。吹雪亲眼见过她用土法提炼玫瑰油，竟是用木笼蒸炼而出，要三蒸三晒。玫瑰油能当香水，扬花送了一瓶给吹雪，吹雪用后，便把随身带着的香水全扔了，说是假货。夏天的时候，玫瑰油还能驱蚊除痒。吹雪缠着扬花教她蒸炼，说"授人以鱼，不如授人以渔"。扬花笑着答应了。

其实扬花的日子过得很难，几年前，丈夫出意外瘫了，还有一个女儿和婆婆。上完课,就得忙家务,收种庄稼也是她的事。吹雪在苦水待了两年,没见扬花添过一件衣裳。于是吹雪就把自己的几身衣裳送给扬花,扬花不收。吹雪说:"都是旧衣裳,我真的穿不着了。"最后扬花收下,笑着说:"我成讨饭的了。"吹雪说:"你家改善生活,回回叫我,我才是讨饭的呢!"

扬花家里欠着债,一分钱总想掰成两半花。可她也有不心疼钱的时候。一回,一个叫魏娟的学生因交不起学费,家长让她退学。扬花去给家长做了几回工作,眼见魏娟的家长借也借不来学费。魏娟又泪水涟涟,扑通一下跪在扬花眼前:"老师,俺知道您的好心啦……"扬花转过脸,泪水也下来了。回去后就找校长,给学校打了个欠条,让魏娟又回到了学校。那张欠条是她半个月工资。

扬花的丈夫爱喝酒,瘫了以后,这个爱好就取消了。逢年过节,家里才买瓶酒,解解馋。平时呢,闻见酒味,他就一副馋猫的样子。有一回,邻居家的啤酒放的时间长了,要扔,他见了立马要过来,说多可惜。中午的时候,他找螺丝刀撬开一瓶,咕咚咕咚几口就见了底,接着又要开第二瓶。扬花看见啤酒颜色都变了,散发着一股不正常的酸味,知道是变质了。她不让丈夫喝,丈夫却执意要撬开。两人争来夺去,螺丝刀扑一下把丈夫的手划了一个口子。扬花心里说不出的难受,捧住丈夫的手,泪水吧嗒吧嗒地掉。这一幕恰被进屋的吹雪见到了。

两年很快过去了,这批志愿者要返回了。离开苦水的那天,吹雪跑到供销社买了一箱"苦水大曲",送给扬花丈夫。扬花送了吹雪两瓶纯度很高的玫瑰油,说:"带给你那一位吧,玫瑰象征着爱情。"说到"爱情"两字的时候,吹雪发现扬花的眼睛里有什么东西一闪而过,她猛然想起其实扬花比自己大不了几岁,可生活的担子早把她压出了一副老相。

吹雪回到内地。一下火车,那个等了她两年的"傻小子"正张着双臂冲她微笑,她像燕子一样扑了过去。恋人端详她的脸,问:"是不是成天啃咸菜萝卜,舍不得吃,舍不得喝?"接着又责怪她,"结婚费用我已准备好了,还用你操心?"恋人的话使吹雪有些丈二和尚摸不着头脑,她问:"怎么回事呀?"恋人告诉她:"苦水那边打来一个电话,说你的一万块钱几天就汇过来了,我猜肯定是你省吃俭用攒下的。"吹雪更是纳闷儿。

几天后,果真有一张汇款单从苦水飞来,还有扬花一封信。扬花在信里写道:"谢谢你送给我们的'苦水大曲',真幸运,第一瓶就喝出了大奖,真是好心有好报。我去兑奖后,按你留下的你恋人的地址将钱汇了过去,注意查收。"扬花还写道:"吹雪,来年花开时,我再给你蒸两瓶玫瑰油,我知道你喜欢。"

吹雪手捧书信,望着苦水的方向,分明闻到了千里之外的玫瑰花香,喃喃道:"扬花,你就是一株苦水玫瑰呀……"

滑县乞客

不安门的院子才算真正的庄户人家。没有拒绝和设防,乞客可以一步跨入,径直走到风门外站定,敲响手里的呱嗒板儿:

呱嗒嗒,呱嗒嗒,老大爷,寻个馍。给我黑馍我不要,给我白馍笑哈哈,笑!哈!哈!

成了,嘴这么甜,一天要半篮子馍没问题了。

也有较恶的乞客,不满施舍者的居高临下,生着法戏弄人家一下。人家给了东西,随便问一声哪儿来的?表面毕恭毕敬,心里却在冷笑,答:"滑县的大爷。"

这句话,断开是尊称,不断便是让你唤他大爷了。

滑县多盐碱地,粮食收成薄,水淹的时候又多,口粮总不够吃。立了冬,一拨一拨的乞客开过来,在新乡辉县一带挨门讨要。这一带民风纯朴,狗都不咬人,乞客连棍子也不用带,任何一家都可以长驱直入,只是不要碰上比乞客还穷的人家。

真有，王村赵麦根便是一家。四个儿子，大驴、二驴、三驴、四驴，一个个跟驴一样能吃：一锅馍蒸好了往外揭，揭完最后一个，一回头，揭出来的馍竟全没了；从菜园摘回一篮子黄瓜，准备拌饭吃，不到吃饭的时候，驴们便咔嚓咔嚓消灭个精光，只好吃淡饭。几个儿子吃得赵麦根两口子心惊肉跳。肚子都填不满，更别说穿了。四驴过冬没棉裤，就干脆钻被窝里不出门。穷归穷，赵麦根却是个乐观人，对未来充满了幸福的憧憬：掀三间，盖五间，南屋房后泥黑板。翻盖房子不说，还要把合作社的黑板泥到自己房后。几个儿子一齐笑他："吹牛不脸红。"

那一年过年没钱买炮，大小驴一齐噘嘴，扬言不放炮，大年初一就不起来磕头！这急坏了赵麦根，眼睛猛然一亮，庄严宣布："大年初一保证有炮放，万支鞭！"大年三十，风卷雪卷了一夜，一大早，赵麦根就在院里喊几个儿子出来拾炮。大驴、二驴、三驴兴冲冲穿衣，四驴没棉裤穿，急得在被窝里嗷嗷叫。院里噼里啪啦响起了炮声，隔一会儿还咚一声炸个大雷炮。几个儿子扑出来，却又全晾在了门口。地上连片炮纸都没有，赵麦根抡圆了牲口鞭子朝树上抽，嘴里噼里啪啦喊着，他媳妇在一边敲锅排。几个儿子被耍了，气得要把赵麦根的牲口鞭子剁成碎段。

他们决定去别人家拾炮。一出门，二驴就被绊倒了：

"这儿躺着个人!"三驴也叫:"还有一个!"原来是两个乞客,一老一少,母女二人,已经被冻昏了。赵麦根从屋里跳出来,把母女二人往屋里抬。又往被窝塞,四驴对炮事耿耿于怀,不腾窝。赵麦根说:"你滚一边吧!"说完,拎起赤条条的四驴像扔猴子一样扔到了地上。一家人都是菩萨心肠,装热水瓶,熬姜汤,拿出半瓶烧酒给母女俩搓身子,忙得一个个头上冒热气。

乞客醒来,为了报恩,当场让闺女翠玲认给了赵麦根。在赵麦根家住了一整月,临走,翠玲娘说:"知道了你家的底细,有一句话我才敢说。"她要把翠玲许给大驴当媳妇。天上掉下个大锅盔!喜得赵麦根双手直颤抖。送走她们,赵麦根又开始吹牛:"我说了吧,咱儿们谁也打不了光棍。敲敲'猪不灿',大闺女来一院!是不是?"

大驴二十岁那年冬天,从地里出了萝卜,一家人正忙活腌萝卜。一个本家跑得上气不接下气,告诉他们:"大驴媳妇来了,在马路口等接呢!"一家人听了,半天回不过神儿来,大驴手中的菜刀当啷一声掉落在地。赵麦根醒悟过来,赶紧跑去给大驴借自行车。又转过头去买鞭炮。四驴嗖嗖嗖爬上树梢,把一挂鞭炮挂上去,又嗖嗖嗖滑下来,和一帮小孩准备闹洞房。这一年,花骨朵似的翠玲做了大驴的媳妇。

大驴娶了翠玲,就像老母鸡下蛋放了引蛋,二驴、三驴也都娶上了媳妇。赵麦根两口从心底感激翠玲母女，逢人就夸："滑县客，说个绿豆就是绿豆！"

卖牛

五更里，小顺起来去西屋给牛添料，一出门，感到有什么东西湿湿地打在脸上，伸手一接，是雪！小顺心里一阵欣喜：明儿不用去集上了。再回屋，小顺心里像卸了一块石头一样扯起了呼噜，还做了一个梦——大雪把门都封住了。

天亮后，娘叫小顺起床，小顺翻一个身，说："下雪了，去不成了。"娘说："你这个懒货，睁眼瞧瞧，哪里有雪？"小顺一骨碌爬起来，来到院子里，嘿，昨夜那雪才湿了湿地皮。

喝过粥，娘催小顺上集，小顺磨蹭着不想去。娘眼里噙了泪，说："你爹去得早，娘没本事，让你跟着受罪。再不给你娶一房媳妇，娘哪有脸去见你爹？"小顺不敢惹娘生气，赶紧牵了牛往外走。

往日里，小顺家的牛很听话，叫往东，不往西。今儿却一个劲儿扯缰绳，不想出门。到了路上，小顺一回头，吃了一惊：牛竟在流着泪跟他走。小顺的泪也扑簌簌掉下来。泪眼蒙眬中，小顺仿佛又看见娘一手提肉一手提米往媒人家跑的情景。媒人在邻乡给小顺说了一家闺女，谁知没见面，人家就要三千元钱做彩礼。闺女她爹说："这钱我家一分不花，到时候全陪送闺女。要是三千块都拿不出来，我的闺女不是跳进穷坑了？"原来人家是想探探小顺的家底哩！小顺娘凑了又凑，还是不够，最后盯上了这头牛。

到了集上，小顺把牛牵到牲口市。一股刺鼻的马尿味扑面而来，一个戴红袖箍的管理员手握一沓票据站在小顺面前，要收两元钱管理费。小顺兜里没装钱，说卖了牛再交。管理员不依，说："一会儿你跑了咋办？"正说着，一个老汉凑过来相牛，那理直气壮的样子一看就是个买主。管理员见有希望，也就不吭声了。

老汉摸摸又软又顺金黄金黄的牛毛，又掰开牛嘴看了看牙口，再退后几步端详了足足十几分钟，最后一拍大腿，说要和小顺谈价钱。

经纪人闻讯赶到，问老汉："相看呢，还是真买？"老汉一拍鼓囊囊的衣兜，气很壮："哪个闲了愿闻这马尿味！"于是经纪人先拉了老汉的手，伸进自己的大布衫下"咬牙印"，咬罢，又拉了小顺的手。几番下来，价格就谈妥了。一手交钱，一手交货，经纪人也抽了几个交易费。

老汉牵着牛快走出牲口市了，小顺忽然想起什么，撵了上来。老汉问他："想不算数？"小顺摇摇头，告诉老汉："一个月前我的牛得过烂蹄病，我用草木灰和硫黄治好了。"老汉愣在那里。小顺又说："你要嫌亏，我退些钱给你。你要不买，也中。"

老汉听了，就把缰绳交给小顺，小顺又把钱给了老汉。还差几个钱不够，刚才给经纪人了。小顺说："今儿我没装钱，先给你打个欠条，改日给你送去。"说罢找来纸和笔，给老汉打了一个欠条。又问了老汉家住哪里，姓啥叫啥，一一记下。最后关照老汉："放心吧，我一定送去。"老汉点点头，说："我相信你。"

没卖成牛，小顺反倒比卖了牛还高兴。回到家，娘的脸却愁得像要下雨了。娘说："我再去亲戚家借借。"小顺心里很不好受。不过他还紧惦着老汉的事。隔了一天，正好一个本家哥去那老汉的村里办事，小顺就让他把钱给老汉捎去了。

又隔了一天，媒人流星般跑来，一进门就拽住小顺娘的手，高兴地说："大婶呀，你行了哪辈子好？女家不要彩礼了！人家闺女他爹还说和小顺打过交道，这样的女婿，倒贴钱也得把闺女嫁过去！"

小顺娘不相信，一个劲儿地掐自己的手背说："这不是在做梦吧？"

媒人转身对小顺说："快给你娘说说那事的经过！"

一旁愣着的小顺忽然明白是怎么回事了。

柳暗花明

　　菊英下岗之后一直为生计苦恼着。

　　没技术托不到关系，她硬是找不到一份活干。在化肥厂上班的丈夫一月才二百元工资，养活一家人着实不易。家里一年到头改善不了几顿，偶尔吃一回肉还是猪血脖；洗头没舍得买过洗发膏，用的是洗衣粉；菊英最害怕带儿子经过商场商店，六岁的儿子看见玩具就坠在她腰上不走了，带儿子出来，她总是像躲雷区一样绕过那些商场商店。为了这个家，菊英到菜场拾过烂菜帮，到麦地挖过野菜，还到药交会上捡过代表们扔下的空饮料筒。可是日子再苦，菊英没说过苦；日子再穷，菊英没做过一回对不住良心的事。

　　去年秋天，菊英终于找到活了。县供销社建了一个城北市场，专门安排下岗职工。菊英东挪西借了两千元租了一个菜摊经营新鲜蔬菜。开业头几天，市场又是广播，又是电视，还在县报上了专版，引来不少人，着实热闹起来。谁知菜摊太多，只门口几个买卖好，顾客都懒得朝里走，里面的生意淡极了。菊英的菜摊在里面，号是丈夫抓的。见生意不好，丈夫一个劲儿骂自己手臭，说不如剁了的好。

菊英笑笑说，我就不信一直这么淡。又过几日，左右几个摊子生意不行，都收摊到家属区做起了流动菜贩。菊英一天只是卖个十元二十元，加上烂菜，根本不赚钱。和丈夫一商量，也准备收摊不干了。菊英想好了，干脆去蹬三轮赚个力气钱。

收摊这天，菊英低价处理蔬菜，到下午，菜就不剩多少了。这时来了一个中年男人，要买西红柿，问："啥价钱？"菊英说："反正是最后一天了，赔钱卖吧，八毛一斤，人家摊上都卖一块半呢！"中年男人买了五斤。称好，付过钱，中年男人对菊英说："西红柿先在你这儿放一会儿，我去里边再买点儿东西。"菊英点点头。谁知一直到收摊，那人也没来。菊英等到只剩下她和管理员，心说这人准是忘了，才拎起五斤西红柿回家。

回家将事情说给丈夫，丈夫说："反正咱也不干了，他丢下就白丢下吧！"菊英头一扬，说："那咋行？明天我去市场看看，瞧他来不来？"第二天，菊英果真拎了那五斤西红柿去市场，一直等到天黑，中年男人也没来。

第三天，菊英不顾丈夫劝，又去了市场，还是没见那中年男人，可是西红柿却有个别放烂了。丈夫斥她是个呆子，说："你想想自家的日子吧！"菊英不吭声，眼里噙满了泪。天快亮时醒来，菊英对丈夫说："人家给了钱没得到东西，我心里不踏实。"丈夫骂她神经病，说："人家买菜的早忘了，五斤西红柿值几个钱？"菊英说："东西多少，咱咋也不能昧着。"吃过早饭，就又去了市场。

等了大半天，终于看见那中年男人大包小包地在市场里转。菊英冲他喊："哎——"中年男人听到喊声走过来，冲她笑："那天我忘了拿西红柿了。"菊英也冲他笑："这不，一直给你存着哩！"中年男人连说谢谢，拎起西红柿一闻，又放下了，说："都烂了，扔了算了。"菊英赶紧打开袋子，可不是，三分之一都烂了。菊英的手下意识地伸进口袋里，立即触到家里唯一的一张票子，她心里不由得一紧，那是全家一个星期的伙食费啊！犹豫片刻，她对中年男人说："你等等。"然后拎起袋子跑向门口的菜摊，买了一些好西红柿换上，转回来递给中年男人。中年男人不知说啥好，提起西红柿却没急着走，瞅着菊英的空摊，他猛然发现了什么，问："你不干几天了？"

"三天。"

"每天都来？"

菊英点点头。

"来还我这几斤西红柿？"

菊英又点点头。中年男人感动了，再问："买卖真的顾不住？"菊英告诉他："一天才卖十几块，再烂点菜，本都赔了。"说罢冲那男人告辞。中年男人想说谢谢，却没说出口，见菊英快走远了，忽然大喊了句："大妹子，你等等——"菊英回过头。中年男人追上来,对菊英说:"明天你重新摆摊吧,我来买你的菜。"

菊英苦笑了一下说:"谢谢你的好意,光你买几斤菜也解决不了问题。"中年男人赶紧问:"你一天卖多少钱菜才能顾住?"菊英算了一下,回答:"咋说也得卖个二百多块,百分之二十利润。赚个三十四十,交交管理费,折折烂菜,才能顾住生活。"中年男人说:"中,我一天买你五百块的菜,咋样?"菊英一愣,见中年男人一副认真的样子,不像是开玩笑,就纳闷儿了。中年男人怕她不相信,从身上找出笔和纸,刷刷开了一个菜单,又掏出五百元钱,一齐塞给菊英,说:"这下你该相信了吧?"菊英捧着钱,不知所措地望着中年男人。中年男人给她解释说:"咱县建了个大铝厂你听说了没?三千多人上伙吃饭,我是食堂的司务长,以后食堂的菜全买你的……"菊英明白了,眼泪一下子淌出来,说:"我遇见好人了。"

中年男人是个心软的人,见不得菊英落泪,就转过身,心说:"我才是遇见好人了。"

菊英按捺不住自己的喜悦,回家告诉丈夫,丈夫非常惊喜,问:"咱不是在做梦吧?"菊英把五百元钱拿出来,说:"他是铝厂司务长,菜钱都先给了。"丈夫一声轻叹:"咱真是遇见好人了。"这时,家里那台黑白电视正播放点歌节目,头戴耳麦的李娜刚好唱道:"……咫尺天涯皆有缘……好人一生平安。"

菊英听着歌,泪水一下子模糊了双眼。

一票

文玉被乡里任命为村支书后,村主任一职空出来,小星和福堂成了候选人。小星是副书记,年轻,村里的事总是趟着头干,修学校就从脚手架上掉下来一回,现在走路还不利索,所以有威信,文玉对他也很器重;福堂是个体户,有一个纸厂、一个鸡场,他说如果选他当村主任,他就把村里通往公路的一截土路修成柏油路。于是两人都等着选举的日子,来个公平竞争。

谁知选举头一天,福堂忽然开始活动起来。为了拉选票,他把本家走了个遍,一再嘱托:"胳膊肘可不能朝外拐!"外姓人呢,他拉了一车啤酒,一家一捆,请人家关照。小星闻听,有些慌了,他可没钱买啤酒。于是买了方便面和香烟,去文玉家,请支书想想办法。文玉却让他把东西拿回去,还说:"本来我可以理直气壮替你说话,可一接你的东西,我就硬不起来了。"小星很泄气,心说:"听天由命吧!"

选举结果出来,福堂的票并不多,小星当了村主任。福堂恼了,骂他的本家们"吃里爬外",又去外姓人家挨门挨户收啤酒。收到屠户肉蛋家,肉蛋不给他,说:"我投了你一票。"福堂说:"一票顶个屁,我也没当成主任。"肉蛋还是不给,说:"我不能白投你一票。"结果两人打了起来,最后福堂让肉蛋掂着杀猪刀撵跑了,没收完的啤酒也不收了。第二天,除了肉蛋沾光,其他人家把啤酒全给福堂送了回去。村民们在街上见了小星,一齐喊"村主任",接着七嘴八舌地说:

——福堂不是个好东西,那年我老婆打药中毒去住院,手边一分钱都没有,朝他去借,他说得比我还穷!

——福堂赖着呢,前年欠我的麦秸钱,跑了一百趟,还没给清!他说修路,谁敢信他?

——他有钱有得恶心,我们不稀罕他的啤酒!我们信你,你给学校盖房,把腿都跌折了。

……

小星不好意思起来,脸也红起来,一个劲儿冲大家点头。大家很希望他讲点什么,他却什么也没讲,就回家去了。大家便有些失望。

几日后,村里召开党员大会,文玉让小星代表村委会讲几句。小星吭哧了半天,也没讲出个子丑寅卯,最后趴在桌子上呜呜哭了,哭愣了一屋人。文玉问他为什么哭,小星抬起头,却不敢看大家,又低下头来,说:"我对不起大伙儿……"

大家问:"啥事?"

小星说:"大伙儿相信我,投我的票,我却有私心,自己也投了自己一票,我不配当村主任。"

大家齐"嗨"一声,却不知该说什么好,一齐瞅文玉。文玉也没想到会是这个问题,他想了想,对小星说:"你先出去,让我和大伙儿合计合计。"小星出去了一会儿,文玉又喊他进来。文玉说:"大伙儿商量过了,还让你当村主任。"小星坚持不干,说:"副书记我也不配当了。"谁知党员们急了,一齐吼他:"叫你当你就当!你能把私心说出来,我们早原谅你了。"小星不再吭声,头却埋在了两腿间。

党员会继续开下去,文玉说:"咱们讨论讨论村小学改建二期工程的事,还差几万块砖呢!"

群众文化

初中同学文玉来宣传部找我,一见面就拽住我的手说:"小辉呀,我真发愁死了!"见他双眉紧锁,一脸愁容,我猜他八成是喷了假农药,庄稼要绝收,要不就是媳妇让人拐跑了。一问，却是另一回事。"咱村的群众文化搞不出成绩，年底写总结，我没啥写的呀！"我这才想起文玉也是一个村官，村十字路口黑板上写有他的职务——支委，分管群众文化。今天他是为这事来找我讨主意的，他说："你在县委搞宣传，我在下边抓群众文化，都是精神文明建设一根线上的，你有经验，可得指导指导我！"文玉话音刚落，我的同事石小芳就憋不住笑出了声。

我给他泡了一杯茶，劝他别着急。我问："你是真想弄出成绩，还是为应付一个总结？要是一个总结，我给你写几页就能对付过去。"文玉回答说想弄出点真东西，还讲了实情：村委会主任年龄大了，想让他接班，现在群众眼睛雪亮，没点真本事，谁服你？我说："那你就把村里的基本情况说说，兴许我能给你提点建议。"文玉一听挺来劲儿，说："那我就汇报汇报咱村的群众文化工作。"瞧他一脸认真样，几个同事产生了兴趣，都围过来听他讲。文玉又紧张了，说话还有点磕巴："咱村总人口2045人，党团员218人，文艺队伍不下150人。有八叔领的舞龙队，就是那龙架破得露骨了，蜘蛛也丢了，过年过节就用学校的篮球代替；有三婶领的秧歌队，一堆老头儿老婆，初一、十五都去小庙烧香，烧完香念完经就正式训练，一个比一个有劲儿；有小翠的舞蹈队，全是大闺女，平时在城里打工，过年回家就是一支现成的舞蹈队；还有会唱豫剧的关大炮和会写文章的白剑平,也算文艺骨干,那年,你三叔家丢猪让人送回来就是白剑平写的表扬稿,县广播站播了……"

我打断他:"照你这么说,过年过节一组织,不是一场很热闹的演出吗?再让白剑平编几句反映当代农村生活的顺口溜,说不定能和赵本山的小品比赛呢!"文玉连连摇头,说:"你不知道,咱人才不缺,关键是缺钱呀!龙身要扎新的,秧歌队的老头儿老婆要求戴墨镜,舞蹈队不得一套乐器?这都跟钱说话呢!"我说:"我们宣传部也是清水衙门,这可帮不上你的忙。"文玉这次来原本指望我能给他找个单位赞助赞助,一听我这话,他泄了气:"一分钱难倒英雄汉啊!"我和几个同事都被他的精神所感染,中午就拿科里卖废报纸的钱请他吃了一顿新疆大盘鸡。

文玉回去后没几天又来找我,一进门,满脸笑:"办法有了!办法有了!"

原来是村里的个体户福堂愿意赞助几千元钱,条件是由文玉出面请宣传部的几个秀才为他新建的大酒店起个好名宣传宣传。我说这没问题,就带几个笔杆子回了一趟老家,给福堂建的那个集桑拿、美容、饮食于一体的大酒店起了一个很醉人的名字:风飘飘歌舞娱乐大世界。福堂高兴得拢不住嘴,招待了我们一桌,还一人送了我们一条太空被。

谁知没过几天,文玉又来了一趟宣传部,要我们把太空被退回去。文玉说福堂那货干的是见不得人的事。我们问:"怎么了?"文玉告诉我们:"他的大酒店招了几个女的,陪客人喝酒不说,还给男人搓背,一次一百元钱,村里的老少都戳他脊梁骨哩。他赞助那钱我也不要了,脏!我去抠他的牌,他说不能白搭进去几条太空被。我来找你们讨太空被,回去就把他的招牌抠下来。"石小芳惊呼:"我的已经用了!"文玉说:"我替你买个新的退给他。"我的几个同事都很感动,说:"哪能让你买,我们买。"

太空被凑齐,文玉要走,大家不让,坚决留他吃饭。一个同事说:"还吃大盘鸡,再弄点辣水喝喝。"

一把小红伞

一把小红伞,撑在一对恋人手中,便会旋转出无限的浪漫;撑在一个孩子手中,就会旋转出无尽的快乐。可是现在它却撑在一个坐在轮椅上的年轻人手中。

他是谁?为什么每天一手撑着小红伞,一手转着手摇轮椅车,慢慢地,慢慢地从那片家属区经过,风雨无阻。他不时抬头张望,搜寻每一个窗口,希望那个女孩探出身来对他挥手微笑。但他却一次一次失望,甚至连女孩的身影也没看见过,倒见路人常常对他侧目。进入冬天时,有人议论:"不下雨、不下雪打什么伞?一定是个神经病。"人们都躲着他走路。只有熟人见了他,才上前打招呼。其中打招呼最多的是他的中学语文老师,她已退休在家。每次见到他,语文老师都要像小时候那样摸摸他的头,眼睛里充满了怜爱。记得初一那年,看了武打片《少林寺》,他就一个人去到少林寺要出家学武。语文老师听说后,在办公室哭了,她一直很喜欢这个学生。现在语文老师就住在这座楼里,可惜他无法上她家拜访,尽管他知道她不会嫌弃自己。他很想把心中的秘密告诉她,但好多次话到嘴边,又咽了回去。他只把写作上取得的成绩告诉她,有时也带给她一两本刊登有自己作品的报纸杂志。

"我会像史铁生一样。"他不止一遍在心里对自己说,"还有保尔·柯察金。"从他身边经过的人群中,不少人穿着奇装异服,头发染成各种颜色,他们是新世纪的人类,当然与史铁生与保尔距离很大。能够和他一起谈论保尔和史铁生,体味共同心情的,唯有那个陌生的女孩,那个给予他力量的女孩。

女孩是去年开始给他写信的,那时他因为车祸而失去了双腿。他是县长秘书,马上要当局长了,事业正是如日中天,却出现了意外……他失去了继续生活下去的勇气,无法面对眼前的现实,于是两次自杀被送进医院抢救。他的恋人——一个副书记的千金也离他而去。就在这个时候,他收到了女孩写给他的信："我是一个暗恋了你五年之久的女孩，不要问为什么，你不是发表过很多才气横溢的文章吗？为什么你不能像保尔一样与困难做斗争呢？为什么你不能像史铁生一样把人生的沧桑与苦难诉诸笔端呢……"女孩要求他每天傍晚从她居住的家属区经过，还让他撑一把红色的伞。她说："撑起生活的希望，我等着你成功的佳音，等着……与你走上圣洁的婚礼殿堂。"女孩写到这儿，一定羞涩地红了脸，他想。他终于开始了新的生活。

女孩时刻关注着他的消息，不时写信给他，却迟迟不肯露面。她说："我等着你取得更大的成功。"等待是美丽的，他更加倍地努力，为体现人生的价值，为深爱他的那个女孩。

深秋的一天，落叶飘零，风有些凉了。经过那片家属区时，再一次与语文老师相遇，一夜间，她的额际仿佛增添了很多白发。她在他身边停下来，摸着他的额头："孩子，让我告诉你一切吧……"语文老师未语已是清泪两行，他心里一惊。"是我的女儿给你写的信。两年前她患了癌症，但是她对生活却充满了信心与勇气，她说在她人生的短暂时间里，要把最宝贵的东西留下来。于是在听说了你的遭遇后，她决定帮助你，让你振作起来……给你写那些信，她都是忍受着巨大的病痛才完成的。她还写了很多诗歌，都是热爱生命和阳光的，有厚厚一大本。在她生命的最后时刻，又完成了一首诗，等到实在不能握笔了，她躺在床上念,我给她记……"他听着,心灵震撼了,身体剧烈颤抖,一阵秋风吹过,手中的小红伞被吹落在铺满枯叶的地上。他猛地扑过去,跌在地上后又奋力往前爬去。他无声地流着泪,秋风吹得树叶哗哗响,他心中只有一个目标:朝前爬,永远把小红伞紧紧地握在手中……

盖房

秋旮旯儿,是庄稼人的一段闲散时光。爹要趁这段时间翻盖房子,并且把我召到跟前,跟我商量:"咱是盖水泥现浇房呢,还是盖红砖蓝瓦房?"望着爹一本正经的样子,我有些不知所措,要知道,以前家里的大事小事爹都是和娘商量的,从没跟我说过。这时娘在一边说:"你都十九了,秋儿盖了房,冬儿给你说媳妇。说了媳妇,你就是个大人了。"我一边听娘说话,一边习惯地抬手抹了一下嘴,我清晰地感觉到手背被胡茬划拉的麻酥酥的感觉,突然一下子欣喜起来。

第一步是掀旧房,需要请人来帮忙。我家是独门小户,请人不太好请。爹报了几个对劲儿的,娘说了几家合脾气的,我在一边心里一涌一涌地,小声说:"我也有几个朋友，一喊就来。"爹听了，高兴地一拍大腿："都请来！"我去请他们，果真一口应了，说："从掀到盖，我们干到底了。"我说："不用跟家里商量商量？"几个人笑了，说："家里说了，我们都到说媳妇的年龄了，是大人了。"又说，"大人的事就该自己说了算。"那段日子里，干活最卖力的也就是我这几个同龄人。后来不管谁家有活，大家总是不请自到，一个个抢着干，吃饭的时候，都主动往后排。

第二步是垫地基，石头夯已经不兴了，现在都用电夯。方圆几里，就一家有电夯——电工二狗。二狗媳妇和我娘吵过嘴，两家不大对劲儿。男的见了面还搭个腔，女的却是谁也不理谁，有时走过去了，二狗媳妇还照地上狠狠唾一口。如果去二狗家问电夯的事，他媳妇十有八九会不让用。于是一家人犯了愁。娘鼓了鼓精神说："我去吧，大不了低个头说几句好话……"爹不吱声，却拿眼角瞟我。我拦住了娘，爹在用眼神儿鼓励我去处理这件事呢！其实也没什么好法，就是挨了二狗媳妇一顿数落和挖苦。当时我很委屈，眼泪快要掉下来了，可是一想起我是在替娘挨骂，又觉得不委屈了。

第三步是砌墙，料备齐了，也很快。才几日工夫，就该第四步了——上梁。房后的邻居抓钩家却不愿意了，说我家的梁照住他家的正门了，不吉利，叫挪挪。但是墙已经砌好了，梁的位置是固定的，不能挪。抓钩恼了，叫来他的兄弟们大吵大骂,不让我家上梁,还爬上墙头掀掉几块砖。抓钩家势力大又霸道,打我记事起,他家就一直欺负我家。爹打不过他们,娘骂不过他们,忍气吞声了这么多年,可现在……去找村干部,村干部和稀泥,根本不管。爹叹一口气,娘叹一口气,还不住地抹眼泪。这次,爹没拿眼角瞟我,可我的胸膛却燃烧了。我脱掉上衣,拎着一把斧头向抓钩他们冲去。抓钩正骑在我家墙头说俏话,我顺着梯子爬上去,二话没说,抡起斧头照他就砍。抓钩吓得"娘呀"一声叫,从墙头上滚下来,他几个兄弟拉起他屁滚尿流般逃了。事后我的心怦怦直跳,心说:"他要不躲,我真砍下去准伤了他,那可麻烦了。"这一斧,吓得他家再不敢来找事了。

终于等到上梁这一天了。正中一根横梁披红挂彩,中间被刮平的地方用毛笔写上了宅主的姓名、泥工和瓦工的大名以及盖房日期。抬时要一个人抬住大梁头,这里很重很关键。爹要抬,我拦住了他,说:"我来!"几百斤重的大梁搁在我肩上,梁头系着绳子,上面有人拉。我咬紧牙关,顺着梯子往上抬,一节、两节……爹在下边喊:"挺直腰。"梁终于稳稳地搁上了墙头。娘早蒸好了"飘梁糕",盛进一只木斗里,又掺进水果糖、大枣、核桃,交给匠人师傅。匠人师傅上一节唱一句"上梁歌",扔几把"飘梁糕"。院子里站满了妇女小孩,都冲匠人师傅喊:"往这儿扔！往这儿扔！"匠人师傅上到房上，歌唱完了，糕也扔完了，这时墙头垂挂的鞭炮也响了。

娘高兴地用围裙擦眼睛，爹也用手揉眼睛。鞭炮声中，我却感觉肩头怪疼的，一摸，肿了很高，是刚才抬大梁时被压的。一分自豪从我心底涌过，我对自己说："你是个大人了！"

买手机

村里要进行农网改造，拆旧线，换新线，家家户户还要装触电保护器。这是乡里的电工说的，支书文玉听后，不由得眼睛一亮，问乡里的电工："触电保护器去哪儿买？""愿意去哪儿买就去哪儿买，不过必须有合格证。"文玉眼睛又是一亮，晚上悄悄把村主任小星召到家里，把自己的想法说了。

小星听了，一拍大腿，说："早该弄个威风威风了。每回去乡里开会，人家那些有手机和传呼的支书村主任一进会场就扣耳朵上喂喂个不停，多神气。咱村穷死了，屁也没有，老被人看不起。"说到这儿，文玉想起一件事："那次乡里开会，散了会，人家腰粗的都悄悄拉了副乡长们下馆子了,剩咱几个穷村的干部在乡食堂吃大锅饭,你说脸红不脸红!"小星叹一口气:"要是咱腰里别着手机,他敢门缝里瞧人——把咱看扁了?"

几天后,小星就在广播里宣布了一项规定:触电保护器一律用"红星"牌,由村里统一购买,买别的牌子或去别处买,电工不给接线。这条规定一宣布,就有人来村委会问:"为啥非要买'红星'牌,听说上海产的'人武'牌便宜10来块钱!"小星说:"你们问乡里的电工去吧!"乡里的电工正忙着拆线,不耐烦地告诉他们:"别的牌子质量不敢保证,要是小孩老人不小心碰了电,只有'红星'牌能保证一秒钟断电,安全得很。"大家信了电工的话。文玉和小星偷偷地乐,电工的话是他俩头天串通好的。

小星跑县里联系了一批触电保护器,最后人家给了一千多元钱回扣。小星和文玉喜滋滋地跑电信局买了一只手机,还余点钱,又给小星买了一只传呼机。两人约定:在村里千万不能露。

文玉天天把手机充足了电,然后藏在内衣兜里,只有回到家,才敢掏出来欣赏一番。他也不敢把号码说出去,所以手机从没响过。这天正在街上和人说话,手机忽然响了,文玉吓了一跳,赶紧往厕所跑,还假装捂着肚子。到厕所打开手机,竟是小星的声音。原来这家伙的传呼机也是天天闷着,心里痒得慌,又不敢在村里打电话,于是就跑到县里给文玉打了一个手机,还叫文玉给他打个传呼试试。文玉说:"你吓死我了。"就给小星打了一个传呼。刚从厕所出来,手机又响了,吓得他又钻进厕所。还是小星,问他什么事?小星答:"我在县城一个电话亭,传呼响了,人家看我,要不回,人家还以为我戴个假的哄人呢!"文玉训他:"你烧包个啥?弄得我心里怪慌的。"

从厕所出来,文玉心里七上八下,对刚才跟他说话的村民说:"我闹肚子了,得去弄点药吃吃。"说罢转身就往家走,那个村民喊他:"支书!医院在这边,你走反了。"文玉一愣,赶紧编了个谎:"我家有药,回家吃。"说罢,文玉脸就红了,一路上像做了亏心事一样也不敢跟人说话。匆匆回到家,一进门就把手机锁进了箱底。

农网改造结束了,却有两户因交不起电线和触电保护器钱而没接上电。一户是特困户老姬,一户是张寡妇。小星来找文玉,有些蔫蔫的,说:"张寡妇的小孩夜里做作业都得去别人家——"他说到这儿停了,拿眼瞅文玉,瞅得文玉低下头。半天,文玉才抬起头,说:"我当支书,是大伙儿相信我,你这个村主任也是大伙儿投票选出来的……"

小星接上话:"以前咱可没做过一件对不起大伙儿的事,这次……咱把那东西退了吧?要不,心里面踏实不下来。"

文玉点点头,说:"我也是这么想的。"

两人去电信局,人家说没有这理,但是可以帮助他们贱卖，结果只卖了一半的价钱。还差那一半钱，回去后，文玉把一头猪卖了，小星把存的玉米粜了。凑够那个数，两人挨家挨户去退触电保护器多出的差价，村民问是啥钱？两人支支吾吾，脸热得像被人打了两巴掌。办完这件事，文玉说："咱这是犯了大错误，没脸再干了。"于是两人就写了辞职报告，一起去了乡里。

谁知村里一拨人先他俩到了乡政府，拦住他俩，说："犯了错误可以改，我们原谅你俩了。"文玉和小星更是羞愧难当，执意要去辞职。村民们不让，见劝不住他俩，一个村民就威胁说："你俩要真不干，大年初一往你俩院门上泼茅粪！"又一个跟着威胁："往你俩家送花圈！"

两人互相瞅瞅，叹一口气，只得脸红脖子粗地回去了。

1998年，猪肉掉价了

1998年春节刚过，文星就去县城找初中同学化勇。一见面，他紧攥住化勇的手说："完了，完了。"化勇吓了一跳，问他发生了啥事？文星哭着脸说："猪肉又掉价了！"原来去年文星养了百把头小猪，到年底该出栏了，猪肉却掉了价，卖出几十头，一算账，几千元钱赔进去了。剩下

的挨到年后出栏，满指望正月十五前卖个好价钱，谁知毛猪价格跌了再跌，一斤比年头又少了几毛。这次可就不是赔几千元了。文星来找化勇，想让化勇在城里联系几个单位发一批福利肉，价格高些，挽回一些损失。化勇摇摇头，说："我在城里一不官，二不衙，哪有这个本事？再说，各单位年前发的肉还没吃完呢！"文星很失望地去了。

过几天，文星又来找化勇，文星的样子像是一下子老了许多。化勇知道文星肯定还是为那事，问他，文星只是叹气："唉，这下要倾家荡产了。"文星把猪卖了，赔了三万多。猪圈只剩下八九头母猪，有一头快分娩了却害病死了，剖开肚，整整十二只小猪娃呀！"心疼死个人了，真是人倒霉了，称二斤盐都生蛆。"文星说，"我这次是来躲账的，建猪场在乡基金会贷了一万，借私人两万，都来要账，没法儿在家待了……"化勇一听，也替文星发愁，给文星倒一杯水，让他坐下来好好想想有啥法没有。文星不坐，靠着沙发蹲下来，水也不喝，眉头拧成一个多沟多壑的"川"字，愁得几乎要拧出水来了。化勇心里特别不是滋味，两人谁也不说话。忽然，化勇一拍大腿说："不用愁了。"文星望着他："你有啥法？"

化勇反问文星："你忘了没有？上初中的时候咱们练长跑，跑到一半就没劲了，上气不接下气，失了到终点的信心。体育老师说这是长跑的盲点，咬咬牙挺过去就没事了。

后来咱们做了，真是那样。现在你也是遇到了盲点，挺过去，肯定能成功。"文星点点头，又摇摇头。化勇继续鼓励他："猪肉掉价了，粮食没有掉价，猪肉价格肯定还会回升。你这几头猪就是星星之火，下了猪娃，一个也不要卖，到时候肉肯定涨价。搞养殖都是这样，有时赚，有时赔，等赚钱的时候再动手就迟了……"文星叹一口气，说："是这个理，可是我哪有钱买饲料喂猪呀？"化勇没再说什么，却拿出了家里的存折，一万五千元一分不剩全取出来给了文星。文星感激得说不出话来，化勇笑笑："谁让咱俩打小就对脾气呢！"

　　文星恢复了元气，不但挺过了难关，后来还发了，成了很有名气的养猪大户。那天他去还化勇钱，化勇一数，说："不对呀，借给你是一万五，现在咋还我两万五。"文星笑笑，说："还有利息呢！"化勇不高兴了，把那多出的一万元抽出来还给文星，说："自己人说啥利息？太刻薄了。"文星非要留下那钱，化勇坚持不要，文星急了，说："你不要，我拿火机烧个球。"化勇也急了，说："你烧个球我也不要。"文星没办法，只得收兵。化勇送他去车站，他盯着化勇那辆小木兰摩托车，非要借骑几天，化勇答应了。

　　谁知第二天文星竟给化勇骑来一辆崭新的踏板摩托，说："你嫂子不会骑大摩托，相中你的小木兰了。"要跟化勇换车。小木兰才值两千多，大摩托咋也得一万多，化勇知道这是文星捣的什么鬼,所以坚持不换。文星也知道化勇的脾气,只好让了步,说:"这车咱是换定了,你要还不答应我,这回真砸了它。不过不让你沾光,两车价格相差一万块,你给我打个借条,日后慢慢还我。"文星缠了半天,化勇只好给文星打了个借条,心说:"过几天就还你。"然后送文星到车站。

汽车开动了,文星探出头冲化勇挥了挥手中的一张纸条,把它撕成了碎片,然后像赢了别人一场棋那样得意地坐回座位。化勇一见,轰地一声发动摩托追过去,冲文星喊:"你下来,我再给你打一张!"

门

我们豫北乡下名医不少,像百泉李小平的疮药,一元钱一包,多难摆治的脓疮撒上就长肉;还有黄塔骨科,到处被人假冒,广告做疯了,而正宗的只有一家,人家从不打广告。大医院的专科大夫提起,免不了冷哼一声,满脸不屑,却挡不住病人往那儿跑。我母亲洗澡不慎摔折了股骨颈,到县医院就诊,门诊室就大夫一人在看报纸,我真怀疑他们的医术,就去了滑县黄塔。

黄塔的条件比较简陋,病房只有一个陪护床。第一个晚上,我和大姐只能轮换睡。病房制度是一床一人,护士发现后,把我赶了出来,在院子里冻了一夜。这终不是个办法!大姐忽然想起一个人——入院时物品发放处的那个明师傅,我们交谈过了,明师傅曾在我们老家贩过牲口。明师傅关照我们:"有啥事找我!"第二个晚上,大姐偷偷观察过了,晚上明师傅不在医院睡,他的办公室空着,还有一张床。"问问试试吧?"大姐说。于是我就找了明师傅。

没想到明师傅一口答应下来,说:"这点事算个啥,当年在你们老家贩牲口,没少让老乡们照顾!"

我喜滋滋告诉大姐,大姐说:"还不买包烟谢谢人家?"

我给明师傅送烟,明师傅高低不接,说:"出门在外,谁不被人帮?"我只好把烟揣了起来,心说:"遇上好人了。"

母亲干结几日,吃了果导片后一个劲儿大便,这一天,把我和大姐忙得晕头转向。到晚上睡觉时,我一惊:"明师傅没有给我钥匙!"大姐起了疑心,说:"一般情况该他主动给咱的,咱咋好意思去找他要?万一人家不是真想让咱住呢?"大姐又问:"你给他买烟没有?"我说买了他没要。大姐分析说:"肯定是嫌烟赖,这事黄了!咱还是一递一会儿睡吧!"半夜里,护士又要赶我们一个人出去,大姐心疼我,去院里冻了半夜。

第二天碰见明师傅,明师傅笑吟吟地,还给我递了根烟，问："昨夜睡好没有？一条被子冷不冷？"问得我支支吾吾，没法儿回答。

一直到天黑，也没见明师傅来送钥匙，我故意和他走了几个对面，仍见他没提这回事。晚上，我只好仍然和大姐轮流去院里。不睡觉又没事干是很难受的，我只好在院里闲转。不知不觉转到了明师傅那间办公室，心里就很惆怅。此时此刻，里面那张床对我诱惑太大了，躺上去美美地睡一觉，该多舒服呀！

次日，明师傅见到我又问："昨夜睡好了没有？"想想夜里受的罪，我的火气就噌噌冒上来，答："没睡好！"明师傅笑了："想媳妇了？"我懒得理他，往一边走开了。

这天晚上，当我又一次转到他办公室门口时，心里很气愤，不让睡还气我，哼！我朝那门抬腿就是一脚。我怎么也没想到，门竟然开了，原来门根本就没锁！

怪不得明师傅没有给我送钥匙，他天天给我留着门呢！

我好一阵激动，之后轻手轻脚迈进去，打开了灯。屋里一下子如白昼一样亮起来，我的心也霎时装满了暖意。这天晚上，我躺进洁白干净的被窝里，久久不肯入睡。临睡前，我想，明天见了明师傅，不用他问我就会告诉他：

我睡了个好觉！

黑羊白汤

小马叔叔

　　小马叔叔是个司机,有一张很年轻的脸和一撮很好看的胡子,鼻尖和下巴沾了炭黑,他是从山西拉炭下来经过我们村子的。那一年,我刚学会骑自行车,在连接村子和公路的那条乡间土道上练习,心里痒痒的,一直想上公路威风威风。当我拐上公路时,并不知道自己是在逆行,汽车都躲着我。一辆小四轮拖拉机没有躲我,我被挂翻了,车轮从我左腿上碾过。我听到了骨头碎裂的声音,钻心的疼开始袭击我。那辆小四轮减了速,司机还离座起身回头看了我一眼,然后加大油门跑了。我疼得喊叫起来,汗水和泪水一把一把地往下淌。一辆辆汽车从我身边开过,我向他们求救,司机伸头看一看,又一个个飞也似的去了……我已经坚持不住了。这时,一辆草绿色解放牌汽车在我身边停下,于是我看到了那张年轻的脸。我一下子昏了过去。

　　我被拉到县医院,被抱到外科手术床上,那个司机替我交了手术费,一百四十元钱,那时候钱是很管用的,五分钱就能买一根油条。见我没多大危险,他就悄悄离开了医院。这一切都是医生说的。出院后,爷爷每天带我到路

上守候，等那辆草绿色的解放牌汽车，等那个有一撮好看胡子的司机。有不少解放牌汽车让我们拦住，但司机却不是他，爷爷说："你会不会记错了？"我让爷爷放心，那张沾满炭黑的脸我一辈子都不会忘记的。我们挨个打听，有一个老司机根据我描述的模样猜测："可能是小马吧，他爱帮助别人。"我记下车号，等呀等呀，还是没有等来。"小马叔叔，你在哪儿啊？"我在心里喊。

我没有放弃，一天天等下去，盼下去。后来老式解放牌汽车渐渐少了，公路上"东风""依发"大卡车多起来。有一天，我的嘴唇上边也生出一撮密密匝匝的小胡子。再后来，我也成了一名司机。

有一次，经过一个市场门口，见围了一堆人。我把车停到一边，走过去。原来是几个痞子在打一个十二三岁的小孩，一个痞子一脚就把小孩踹一个跟头，又把他拽起来，另一个痞子拿半截砖头照小孩后背就是一击。小孩已经被打晕了，忘了求饶，可他的眼睛却哀哀地望着围观的人群。围观的人谨慎地观看，随时准备跑开，没有人救他。小孩绝望的目光与我的目光相撞，我心里不由得一震。于是我上前阻止几个痞子打他，这时一个痞子拿水果刀在我眼前晃，另一个拿砖头照我头上就是一击。血顺着我的脸颊流下来，我抹了一把血，夺过痞子手中的砖头猛然还击。我吼着，满脸是血，痞子们被吓跑了。那个小孩子已经有些痴呆了，一半被吓，一半被打。我送他到医院，医生了解情况后，对我说："你别走，我马上向院领导汇报。"他们还问我叫什么？我猛然想起了小时候，想起了那张沾满炭黑的脸："小马……"后来我还是悄悄离开了医院。

几天后，我在电视上见到了那个挨打的小孩。他说他要寻找他的救命恩人——小马叔叔，他说这已经是他第四天在电视上寻找小马叔叔了……看到那小孩脸上缠着绷带、泪水直流，我又想起了小时候，想起了那些个在公路边守候的日子，我的眼里也溢满了泪水。我去擦脸时照了照镜子，看见镜子里有一张很年轻的脸，还有一撮好看的小胡子。于是跑回房间用手指蘸了一点墨水又返回镜子前，在鼻尖和下巴处轻轻点了几下。我一下子欣喜起来。

镜子中的人不就是我寻找了多年的小马叔叔吗？

考中专

我家里很穷。父亲是极老实的庄稼人，不会做生意，也没啥手艺，挣不来轻巧的钱。农闲的时候，他就去建筑队打小工，一天五元很辛苦。那一年初中毕业考试一结束，我就提出辍学，回家帮父亲种地干活。父亲听了，立时恼了，斥我："我忙死忙活图个啥？还不是指望你能有成色！"又说："我就是打破锅卖生铁也要供你读书！"为了能早日挣钱，我的志愿报了小中专。

转眼间到了考试的日子，一家人都跟着我紧张起来。

考试前一天晚上，全家坐在一块儿商量第二天给我做啥吃的。小妹在一旁插嘴："哥最爱吃烙馍炒鸡蛋。"父亲和妈当即决定第二天做烙馍炒鸡蛋、玉米稀饭。

第二天天未亮，父亲就起床到做饭的小屋扎火，火竟在昨夜里灭了。父亲大惊，回屋把妈叫醒。小妹也一骨碌爬起来。妈慌慌张张穿衣服，问："这可咋办？"父亲说："赶紧生火，说啥也不能叫娃空着肚去考试。"父亲找来麦秸和劈柴，小妹很有眼色，早把火柴找到递给了父亲。父亲生着了火，又用一把破扇扑扑扑狠命地扇风。一直到他满头大汗，火终于熊熊地燃起来了。这时，小妹接过父亲的扇子，妈也开始和面烙馍炒鸡蛋。

父亲擦一把汗，见我在一旁愣着，就训我让我去学习。我说不在乎这一会儿，父亲不同意，说："临阵磨枪，不快也光。"我只好捧了英语书去记单词。

油光光的炒鸡蛋和香喷喷的烙馍做好后，我狼吞虎咽，一会儿吃了个肚圆。搁下碗还不见小妹从做饭的小屋出来，我推门一看，她的右胳膊已经像发面馒头一样肿起来……小妹眼里噙着泪花告诉我："哥，我总共扇了九千一百三十下，妈就把饭给你做好了。""妹。"我唤一声，泪水滚滚而下。

家里没有自行车，村子离考试的乡中学还有七八里路。我准备步行去，父亲不允，说："走累了身体还咋考试？"他说昨个儿他就把架子车胎气打饱了，要用架子车拉我去。父亲撑起架子车，让我上。我不上，我怎能让父亲拉我？结果父亲恼了，黑着脸，妈硬把我推上了架子车。父亲拉着我，一出村就小跑起来。我双眼含泪，父亲的背影在我面前一跳一跳地模糊起来……

那年9月，我被新乡一所中专录取。当我穿着妈纳的千层底布鞋踏进这座北方城市时，这个城市正是一派热闹景象：车辆穿梭，红绿灯闪烁，大街上柔曼的歌曲袅袅飘荡……我的心却出奇地平静。

羊肉烩面

在豫北，烩面馆比比皆是，很多人家都能自做自吃。可在20世纪80年代，一个乡下人吃一顿羊肉烩面却是一件奢侈的事。

那一年，张林在新乡读中专。

秋后，爹从老家打信来，说今年柿子丰收了，家里卖八分钱一斤,问张林新乡的价钱贵不贵。张林一打听,暖好的柿子摆摊可卖到两毛五,便赶紧打信告诉了爹。

过了一个星期,张林正和同学们做课间操,有人喊他说校门口有人找。张林跑去一看,爹笑眯眯地站在那里,还是那件对襟布衫,脚上穿着姐纳的千层底布鞋,肩上搭一条毛巾。张林欢喜地跑过去,问:"爹,你咋来的?"

"走来的。"爹朝旁边一指,"我来卖柿子。"

满满一车柿子,红嘟嘟的真好看。车子是老家那种独轮小车,两根车把中间系一根宽布带,搭在肩上省力气。老家到新乡一百五十多里路,张林瞅瞅爹,又瞅瞅那满满一车柿子。问爹:"走了几天?""夜儿个鸡叫头遍打家里出来,山路不好走,天擦黑才到县里;今儿个天不明从县里上路,一直走到这会儿。"

张林心里一阵发烫,忙对爹说:"先去宿舍歇歇脚吧!"说罢来到小车旁,扎下马步,把布带朝肩上一搭,两手抓住车把,腿一挺就站了起来。爹在一旁连连摆手,说:"使不得,使不得,这会儿你是中专生了,同学瞧见了会笑话你。""你推他们才笑话我呢!"张林推车就走。

张林一直把车推到宿舍楼跟前,果然招来好多吃惊的目光。

中午,张林和爹去餐厅吃饭。爹一身太行老农的装束挺扎眼,又有不少目光投来。有一个同学低声问张林:"家里来的老乡?"张林往爹身边靠了靠,声粗气壮地回答:

"这是俺爹！"这一声，叫得爹心里热乎乎的。

爹住在学校，白天出去卖柿子，中午饭在外面吃。晚上，张林给爹打来洗脚水，问爹："你在街上吃的啥饭？"

"羊肉烩面。"

爹说罢擦擦嘴，一副味道好极的样子。张林笑了笑，心说："味道再好，也不能从中午留到晚上，爹真是没吃过啥好东西。"

过一天再问，爹仍说吃的羊肉烩面。

瞧爹那高兴的样子，显然是很爱吃。

爹卖完柿子要走，给张林留下一叠毛票，叫张林买书瞧："你打小就爱瞧书，咱家难，买不起。你为了借人家书瞧，放罢学去给人家割猪草，礼拜天给人家出猪圈粪，爹听说，心里不知多难受。"说着眼圈红了，"将来你挣了钱，家里一分钱也不要，都留着买书……"

就在这年冬天，爹的肺病犯了，跑过几家医院，说是肺癌，用了不少药，却越来越坏，眼看不行了。张林守护在爹的床前，瞧爹眼中分明有什么话要说，问爹，爹生满皱纹的脸生硬地笑了一下，竟显得有些不好意思："前时……爹去新乡卖柿，头回见羊肉烩面，嘴里都快流口水了。老想吃一碗，老舍不得那几毛钱，天天闻着那香味啃你娘给烙的饼……嘿嘿，快入黄土的人，咋就这么贱，又想起那香味了……"张林紧握住爹的手，泪水吧嗒吧嗒砸在床沿上。

夜里，爹去世了。一想起爹生前竟没能吃上一碗羊肉烩面，张林心里就潮潮的，不是个滋味。

不懂感情的男人

海山的妻子去世了，爱云也离了婚，经人一撮合，两人做起了半路夫妻。都是过来人了，也没啥新鲜的。只是第一次同房，两人还真有点不好意思。过后，海山告诉爱云，他有脚气病，洗衣裳时，袜子和裤头不要搁在一块儿洗，要不容易传染的。爱云也告诉海山说她有肾病，身子又虚，还是少做那事的好。海山笑笑说："成天开车，起早摸黑的，怕是想做也没空呀！"

海山是单位的小车司机，贼忙。一大早起来，他三两口喝下爱云给冲的一碗鸡蛋水，就心急火燎地赶去单位开车接领导，中午一般随领导在外面吃饭，晚上回来更迟。星期天也少歇，轮到偶尔可以歇一次，他俩正盘算着怎么过这个周末，不料海山腰间的传呼机又响了。更让爱云生气的是，海山对这种生活早已习以为常，对她居然一点歉意都没有。有几次领导出差了，海山本可按时回家的，不料他下班后又和同事"斗地主"去了,之后又下馆子,还是到了半夜三更才回家。爱云气得直跺脚,说海山不顾家。

在一块儿生活时间长了,爱云又给海山下了个结论:不懂感情。两人结婚一年多,海山没陪爱云逛过一回商场,没给爱云买过一回衣裳。有时爱云提醒他,故意在他面前说她单位的张姐四十几岁啦,过情人节老公竟拉她去拍婚纱照,还给她买了"三金"。海山听了,像木头似的,跟没听一样。一次,海山要和领导去上海出差,爱云对他说:"上次我们单位小关去上海,给他爱人捎回一件羊毛衫,听说上海产的羊毛衫款式又新又便宜……"话说到这份儿上了,是个傻子都能听得出来是什么意思。谁知海山从上海回来,连根羊毛也没给爱云捎,爱云气得有话无处说,心想,就是跟一块木头过日子,敲一敲它还有声音呢!

平时爱云有个头疼脑热,本指望海山跟她坐床边按按头、揉揉肚说说话,做梦吧!每次海山都是找出一堆药,再扔下几句多喝开水之类的话,人就没影了,这时候,爱云委屈得直掉眼泪。过后,她还不死心,想考验考验海山。那天清明节,她提出和海山一起去给他前妻扫墓。到了墓地,烧纸上香,等事情完了,海山连句话也没说就离开了。她偷偷打量海山脸上的表情,一点伤感的样子也没有。"真是个冷血动物!"爱云想,"要是自己死了,怕也难指望他掉一滴清泪。"

爱云的肾病时轻时重，重了吃点药，轻了就不管它了。这年春天，忽然，爱云脖子和脸全肿了，到医院一检查，吓死人啦——尿毒症！医生说爱云的双肾已坏死，必须换肾，否则有生命危险。爱云问换一个肾多少钱？医生说二十万。二十万？爱云一听，连院也不住就回家了。家里也就两三万存款，卖了这个家也换不来那么多钱，她打算找中医吃些草药，其实这想法是不管自己的病了。上高中的儿子听了妈妈的事儿后哭得像泪人一样，说要把他自己的肾换给妈妈。爱云笑笑，说："傻儿子，将来你还要传宗接代，这是不可能的事儿。"一旁的女儿呢——其实就是海山前妻生的，竟也是泪人一般。她说："那就用我的肾！"爱云一把搂住她说："我的好闺女。"再看一旁的海山，低着个头还是像没事一样，居然连句安慰她的话也没有。爱云心想，自己的命咋就这么苦啊？

想着想着，泪水啪嗒啪嗒落了下来。

过了几天，海山突然说借了几万元钱，要爱云赶快住院治疗。爱云说："住院也是白搭，治不好，再给你和孩子们留一堆债咋办？"海山说："借的钱加上咱家的钱够换一个肾，医生不是说了，一个肾就能保住性命，只是以后不能干重活，以后也不要你干重活了呀！"爱云说："这么多钱，以后咋还呢？"海山笑笑说："慢慢还吧，有人在，还怕赚不来钱？"听了这话，爱云心里一下子好受极了，心想自己咋就没看出来，关键时候，海山还是顾着自己的，起初她还以为海山不会管她呢！

爱云进手术室前，医生允许她和家人见一面，却只有儿子和女儿，不见海山。他们告诉她，爸爸签字去了。爱云心里沉了一下，都这个时候了，他还不在身边。这样想着，眼睛就又发起涩来。手术进行了七八小时，爱云一直处于昏迷状态。手术后，她被送到了隔离病房。

爱云醒过来时，第一眼看见的是天花板，一扭头见邻床也躺了一个病号。定睛一看，竟是海山。爱云以为海山是来伺候自己的，再一看，海山也穿着病号服，床头挂着吊瓶在输液，脸色苍白得像变了个人似的。海山见爱云正在看他，他也扭过脸来，疲倦地冲爱云笑笑，又努力将一只手伸向爱云。爱云一下子明白了，泪水如泉涌一样模糊了双眼，她把自己的手也伸出来，去迎接这一瞬间让她灵魂震颤且终生挚爱的男人。

打酱油

秀娟和喜顺是大学同学，毕业时，秀娟已经留校，可为了爱情，她还是和喜顺一起来到了这个县城。县教育局分配时只准两人留一个在县城,另一个要到最艰苦的地方。于是喜顺去了离县城七八十里的尖山洼小学,条件苦不说,还不通车,一个月才能回来一次,家里的事就全丢给了秀娟。

一开始不怎么忙,后来有了孩子,可把秀娟给累苦了。两人工资不高,还要给喜顺老家的父母寄钱,经济很紧张。秀娟省吃俭用操持这个家,曾经一连三年没添过新衣裳。秀娟对喜顺的母亲很孝顺,一次老人来看病,秀娟给老人找医生抓药熬药,拣可口的饭菜做。晚上又给老人端来洗脚水,老人穿着棉衣裳,笨得弯不下腰,正作难着,秀娟蹲下身,抓起老人的脚就撩水。洗过,又给老人剪了指甲。老人说:"我一冬天都没剪过一回指甲……"这一晚,老人幸福得掉了半夜眼泪,枕头都洇湿了。后来老人把这事儿说给了喜顺,喜顺握住秀娟的手:"让我这辈子咋报答你呀?"

那时候,两人感情真是稠得没法儿说。喜顺住校的日子,无时不在想念秀娟,夜里还经常梦见秀娟在送孩子去幼儿园……有一次,因山洪暴发,断了路,喜顺两个多月没回家,路好后,他便迫不及待回家探望。

一进门,看见秀娟,眼里都快冒出火星来了。可他们也不敢表达,五岁半的儿子还在一边呢!儿子先和喜顺亲热一番后,又缠着喜顺给他讲故事。喜顺一边讲故事,一边摸秀娟的手。秀娟对喜顺的感情也在传递着,她的手在微微抖动。两人都感到时间过得太慢了。这时秀娟给儿子一元钱，叫儿子去胡同口那个小卖铺买方便面吃，儿子欢天喜地去了。秀娟和喜顺刚拥到一块儿，门"砰砰砰"响起来，儿子又回来了。这次喜顺想了个好法，从厨房拿出一只盘子，让儿子去小卖铺打半斤酱油，还鼓励儿子："你一定能完成这个任务！"儿子像小大人一样挺了挺胸脯，接了盘子去打酱油。

这次，喜顺和秀娟终于把感情传达完了。这时儿子也回来了。一进门就哭着说："我慢慢走，酱油还是洒了，我没完成爸爸交给的任务！"秀娟一把抱住儿子，又羞又喜地笑了。

后来喜顺改行进了乡政府，从秘书开始，一步一个脚印，副乡长、乡长、书记，再后来居然回城当上了县化肥厂的厂长。化肥厂是县里的支柱企业，喜顺的车是全县最好的，经常出入高级宾馆，人也慢慢变了，后来居然跟厂里一个新分来的女大学生好了起来……起初秀娟不相信，直到有一天喜顺提出了离婚，她才知道，以前在电视里看到的故事也在自己的生活中出现了。

已经上大学的儿子知道后，专门请假回来劝爸爸，但是喜顺却听不进去。儿子说："你要一定和妈妈离婚，我就不认你这个爸！"喜顺铁了心，回答儿子："你不认我，我可认你这个儿子。但这次婚姻革命，我一定进行到底！"话说到这份儿上，秀娟知道没希望了。

一听说秀娟同意，喜顺好不欢喜，拿了离婚协议书要秀娟签字。秀娟握笔的手抖着，儿子在一边拉她："妈！你别签字……"秀娟狠狠心，还是签下了自己的名字。喜顺将离婚协议书收起来，对秀娟说："以后有困难可以找我！"秀娟不吭声，喜顺想走，又觉得不好意思一下子离开。仨人都不说话，屋里静极了。

良久，良久，秀娟忽然起身从厨房拿出一只盘子，命令儿子："去打半斤酱油！"儿子不解地望着秀娟，身体却没有动。秀娟大声厉害儿子："你也不听我的话啦……"见秀娟的泪水在眼眶里转圈，儿子赶紧接住盘子去打酱油。

喜顺在一旁愣了！那只盘子像一只小锤一样，照他的灵魂猛敲一下。一堆堆往事浮上心头……他像被人打了几巴掌一样面部发热起来，头垂了下来。

儿子再从外面进来，看见喜顺正用打火机烧一张纸片。

小玉

小玉中师毕业，分在家乡一所中学教书。有人去家里提亲，妈说："闺女还小呢，才十八。"小玉一旁听了，脸上发烧，心里扑扑直跳。过两年，又有人来说亲，妈说让他俩先见见面再说。

对方也是中专生，在乡里粮站做会计。

小玉从来没有想清楚自己未来的恋人是一个什么模样。可是当这个戴着宽边眼镜，秀气、儒雅，名字叫峰的同龄人站在面前时，她竟感到如此亲切。她和峰的距离一下子拉得很近，很近。

过了一些日子，和小玉教碰头班的张姐见小玉在织着一件男式毛衣，一下子大呼小叫起来，问小玉对象是谁，是不是常来找她的那个"眼镜"？小玉不吭声，只是痴痴地笑。和峰相处一段时间后，她发现峰是一个相当刻苦的男孩，而且不做作，深深吸引住了自己。

他们几乎天天约会，学校到粮站，粮站到学校，总有走不完的路。有时待得晚了，峰的目光就很特别。小玉心里怦怦直跳，却还是主动提出告辞，或者毫不留情地撵跑峰。

小玉是第一次织毛衣，快两个月才织好。峰要求试试，小玉就开门出去，又回头冲峰努努嘴，说快点儿，小心着凉。小玉躲在门外，雪下得正猛，她穿得单薄，就不住地跺脚，拢住双手吹热气。

再进屋，峰单穿了她新织的毛衣，说正合适。望着挺拔的峰，小玉更感觉寒冷，她想峰的胸脯一定很暖和，于是就投了过去，峰显然很激动，手忙乱间碰到了不该碰的地方，他和小玉同时一惊。小玉拦住他，峰却用目光乞求。

终于小玉抵挡不住,投了降。后来峰又赖着不走,小玉急了,说:"要是那样,明天早上学生知道了,我还咋有脸当他们的老师?"峰绷着脸穿上风雪衣,小玉赶紧把自己的一条白围巾拿出来替他围上,用目光表示歉意,峰这才露出笑脸,踩着雪,咯吱咯吱地走了。

第二天早上进教室,见学生在议论一件事情,一个个还挺紧张的样子。小玉一问,说是昨晚学校东边路口轧死一个人,是个男的。小玉听了,心里咯噔一下,没有心再辅导学生了,她丢下书就走出教室。见人就问,知不知道轧死的人是哪里的,人们都说不知道。一种不祥的预兆紧紧箍住她……等她气喘吁吁跑到出事地点,却一个人也没有,一辆拖拉机歪在路边,雪地上只有一摊殷红。

在赶往粮站的路上,小玉的脚步开始踉跄起来,小玉感到周身冰凉。她拼命砸峰的门,没有一点动静。又砸,门猛然开了。

是峰!此时他还穿着她昨天织成的毛衣,笑吟吟地望着她。"你早啊!"峰调皮地向她打招呼。小玉哇地哭出声来,抵住峰又打又捶,把头使劲往峰怀里拱,惹得邻居都跑出来瞧是怎么回事。

峰急忙把小玉拉进屋,关上门。问小玉,小玉只是嘤嘤地哭,不回答。

峰终于弄清楚了是怎么回事,他一把抱住小玉,用脸紧紧摩挲小玉的鬓发，口中喃喃说着："好小玉，好小玉……"泪也热热地滚了下来。

绕床弄青梅

童年

他穿着红肚兜，留个小"茶壶盖"，骑着一根竹竿，驾驾地在院子里转圈。她也穿着红肚兜，跟在后面拽住小竹竿，嘴里驾驾喊着赶"马"。又玩"过家家"，从屋里拖出棒槌，还拉出一只枕头当他们的小孩。她捶衣服，他哄"小孩"，两张脏兮兮的小脸上满是认真，极力模仿大人的样子。

少年

老师布置背诵《天上的街市》。他亮开嗓子："远远的街灯明了……"同桌的她嫌吵，先用手捂住耳朵，然后扯开嗓子念，以吵攻吵。还是她的嗓子亮，压住了他。他命令她默念，她不听，依然摇头晃脑。他恼了，照她后背咚咚就是两拳，她哇一声大哭，跑去告老师了。放学后，他去穿杨叶，筷子一头削尖，另一头系一根麻绳，杨叶穿满了，然后像子弹袋一样背在身上扛回家沤粪。她一蹦一跳跟在后面,也拿了一根筷子,左一声"庆哥",右一声"庆哥",挨打的事早忘了个一干二净。

十六岁

他考上了卫校,她考上了县一中。农村兴早恋,他爹托人去提亲,她娘说没意见,叫俩孩恋爱吧!报到的前一天晚上,两人去村头小路上谈恋爱。萤火虫忽明忽暗,她捉了一只,用空笔管装进去,说要带回枕边。其时正值中秋,野虫吱吱,月色烂漫,两颗心被一种淡淡的柔情融化了。他问:"啥是恋爱呀?""恋爱就是两个人好吧!""啥是好呀?""好就是跟小姑和小姑父一样。""咋样?"他又问。她害羞了,说:"不告诉你。"他揪住她的胳膊,胳肢她,让她说。她咯咯笑着,就是不说,还反过来胳肢他。两人无邪的笑声洒满了那个月色朦胧的秋夜。

十九岁

他卫校毕业分到县医院工作,她考上了一所师范学校。两人去城里看电影,他骑车带着她,回来时天已黑了,这时她就搂住他的腰。到了村口,两人都磨蹭着不想回家。支好车,她偎着他的肩头不说话,他闻到了一种新鲜的毛茸茸的女孩气息,心怦怦直跳。他鼓了很大勇气,双手捧起她的脸,颤颤地低语:"青妹……"她应了,轻轻闭上眼睛,噘起嘴唇,然而半天却不见动静。睁开眼,他还在迟疑,她羞得转身跑开。他好后悔。这一年冬天,她带来一个穿白色运动鞋、背着画夹的"长发",告诉家人说是男朋友。"长发"不叫爹,也不叫娘,而是叫伯父伯母,老人问她是怎么回事?她说城里都兴这么称呼。他也从医院领来一个"大辫子",说是他的女友。两家老人齐叹气,说这哪儿是哪儿啊!

二十四岁

她学业非常优秀,却放弃了留校的机会,坚持回县城教书。一次去医院看望一个病人,碰见了穿白大褂的他,两人眼睛同时一亮。他请她去宿舍喝杯水,她没有推辞。宿舍一片狼藉,生了一个煤球炉,做饭的案板上碎菜叶和面粉沾了一堆。他倒了一杯水,她没有喝,问:"嫂夫人呢?"他苦笑了一下:"我哪有夫人?那年见你谈了朋友,一气之下,就找了一个同事冒充女友。"她听了,也苦笑一下:"什么男朋友,我们只是一般同学,我心里生你的气,哄家人说是男友。我一直没谈朋友,这几年,心里总觉得有块石头压着。""我也是,心里憋得难受。"两人不再说话,沉默占据了他们的空间。后来,她就起身整理那些书籍,冲洗案板上的菜叶,又把一堆脏衣服按进脸盆里。当她哗哗放满水,卷起袖子要洗时,他喊了一声水凉,就握住了她一双手,四目相对:

"庆哥!"

"青妹!"

她扑进他怀里,终于,忍了很久很久的委屈随着嘤嘤的哭声释放了出来。

自行车上的恋爱

那个时候,自行车在村里可算稀罕物,从东头数到西头,再从南头数到北头,也就四五家。数我家最新,牌最亮,"永久"二八车。爹很爱惜车,每次骑罢都要仔细擦净,然后用塑料布包好搁到楼上,村长来借也不借。爹说等我考上了高中让我骑。我还真争气,不但考上了,还是县一中。家离县城少说也有五六十里路,可我不嫌累,第一个星期就回了家。路过乡高中,碰见了我的初中同学秋菊。秋菊家没车,来回七八里路,她就靠"11号"车了。我打了一串铃,冲秋菊喊:"捎你回家吧!"秋菊很高兴,也不客气:"省我跑得腿疼。"她是第一次坐车,我骑车也不行,一扑,便把车扑倒了,跌进了沟里。我的裤管湿了,车也挂了一堆水草。再看车把,歪了,我双腿夹住前车轮扭正车把,心疼地呵斥秋菊:"轻点上吧,你恁大劲咋哩?"秋菊恼了,一噘嘴:"骑个破车有啥了不起,八抬大轿请我也不坐了!"说

黑羊白汤

罢把书包往身后一甩，哼着《军港的夜啊》，自顾自走了。我也很恼火："弄坏我的车你还有理了？你是白雪公主，还是县长的闺女？不坐还不带你呢！"我骑着车从她身边经过，故意打了一串铃气她。秋菊在后面抡着书包冲我喊："让铁钉把你的车胎戳崩！还得跌进沟，把你的门牙跌掉！"我不管她怎样咒，依然打着铃气她，心说："天黑你也到不了家，该！"

第二天返校，走到村口，我一下子想起了秋菊，昨天的事……我觉得对不起她，于是就在村口等她。不一会儿，秋菊一蹦一跳地来了，胸前胸后搭了两大包东西。秋菊不理我，我追着她求她坐我的车。一直走了二三里，她还没搭理我一声。我急了，说："中招考试第二道几何题不是我事先猜到告诉你，你能考上高中？"秋菊听了，冷哼一声："我叔从省里寄来的《中招模拟试题》，全班我可只让你一人看了，老师都不知道。"秋菊一开口，也就是原谅我了。为了弥补昨天的过失，我提议秋菊可以用我的车学骑车。秋菊高兴得一蹦三尺高，从包里摸出一只煮鸡蛋，皮都没剥净就塞进了我的嘴里，算是对我的感谢，噎得我半天没上来气。

之后我几乎每个星期都回家，秋菊也总是在老地方等我。可是一进村口，她就跳下车，我俩都害羞呢，没有勇气一齐进村。一晃三年过去了，我考上了本科，秋菊考上了专科。家里很高兴，为此演了两场电影——《喜盈门》和《咱们村的年轻人》，片名我记得很清。第三夜，赵习拐家也演了一场电影，原因是他家的小花驴产下一对"双胞胎"。我很恼火，把下驴驹和考大学相提并论，我感到受了很大的侮辱。秋菊家也要演电影，我把这番理论一讲，她家立即改变了主意，就请县说唱团的老潘来说了两场书。

　　头一个寒假回家，才半年时间，秋菊仿佛变了一个人，虽然眉还是那眉，眼还是那眼，脸还是那脸，可味却整个变了。"漂亮！"我生平头一次感到了这两个字的存在和逼真。秋菊见了面就给我一拳："咋不给我写信呢？"我也回了她一拳："你也没给我写呀？"于是我们约定，再开学后开始通信，一个月至少两封。娘也发现了秋菊的变化，说："真是女大十八变，要是能给咱小辉当媳妇……"大年初一，秋菊来拜年，娘拉住她的手不放，问长问短，最后竟将五元钱塞在秋菊手里。我们这里的规矩是，只有未过门的媳妇才给钱。秋菊明白了娘的意思，一下子红了脸。之后好几天都没见着秋菊，她在街上见了我家人也躲着走。娘很后悔，说把这事办砸了。该返校了，忽然秋菊来找我，要我第二天跟她去县城玩一天。我不知道她葫芦里卖的什么药。

　　我们先逛了几家百货商店，中午，一人吃了一碗老杨烩饼，又看了一场电影，是台湾片《汪洋海上一条船》，我和秋菊流了不少泪。回家的路上，我带秋菊一会儿，秋菊带我一会儿,秋菊还给我唱了一首新歌,是苏红的《我多想唱》。村子越来越近,我们的车速却越来越慢。我装出吃力的样子使劲蹬,却蹬不快速度,我埋怨:"车胎气不足了。"秋菊跟着附和:"前后连个打气的也没有。"其实她是睁着眼说瞎话,我们刚过一个路口,电线杆上挂了一个大铁牌,"修配站"三个字要多醒目有多醒目。这时天色已经似黑非黑了。

　　我们谁也不说话,车子很不情愿地拐上了进村的土路。忽然秋菊在后边搂住了我的腰,她的脸轻轻贴在我身上。后来又离开我的身,顺着我右侧探过来,她的左手紧紧搂着我。"小辉。"一声轻唤,我低头,看到一张似红非红的脸,一双似颤非颤的唇,那葡萄般晶莹的眼睛忽闪忽闪,仿佛天上的星。这一瞬间,我读懂了她的星语。我腾出右手,轻轻搂住秋菊的脖子,轻轻向上拉近,我垂下头,把自己的唇贴在了秋菊滚烫的唇上……此时,虽然天已经全黑了,但我的一颗心却澎湃不已:

　　我居然在跑着的自行车上完成了和秋菊的初吻!我发誓,我们从没演习过,也从没受过电影或者别人的启发!

抬新娘

三十五岁上下的男人身上迸发的那种魄力是很吸引人的，特别对那些情窦初开的女孩子来说。一旦爱上了，便发疯发狂，全然不顾。小洁和大郭就是这样一种情况，但大郭拒绝了小洁的多情。在咖啡厅里，小洁跪在大郭面前，用眼泪诉说着自己炽热且不能把守的爱情："我不能没有你……"

大郭摇头："我有老婆和儿子。"

"我不在乎！我只要你爱我，现在我就把一切给你……"

唉，女人一旦和爱情沾上边，要么使你聪明，要么使你疯狂。大郭不知道该如何扑灭小洁心头不该燃起的这团火，他对小洁说："我很爱我的老婆，我的老婆也很爱我。"

"爱是可以转移的！我的爱会让你获得更大的满足和意想不到的幸福！你老婆的爱，小巫见大巫，滚一边吧……"

这个女孩真是要燃烧起来了。在大郭正一筹莫展时，他的手机响了，是他老婆打来的，问他怎么上班时间不在办公室？大郭的心咯噔了一下，回答说："我办点事，一会儿就回去。"老婆又说："咱家客厅的开关绳断了，咱们下班后抬新娘？"大郭回答："嗯，抬新娘。"关了手机，一脸幸福的笑。小洁在一边听见了，问："啥叫抬新娘？"

大郭说"抬新娘就是……"忽然打住了,他有了主意,就对小洁说:"你把咱办公室的录像机拿出来,我录给你看。"小洁一脸不解。

这天,大郭先老婆一步进了家,把录像机选了角度支好。这时门响了,大郭问:"谁?"门外答:"张惠妹!"开了门,"张惠妹"嘻嘻笑着进来,问大郭:"儿子还没回来?"正说着,门又响了,他俩会心一笑问:"谁?"门外答:"刘德华!"开门进来的是他们十五岁的儿子。大郭朝墙上的开关努努嘴,儿子立即明白了,欢呼道:"抬新娘,抬老爸!"大郭找来灯绳,老婆和儿子蹲下来四只手交叉一搭,大郭跨上去,老婆儿子齐嗨一声站了起来。大郭在上边干活,老婆儿子在下边唱:"抬、抬,抬新娘,新娘梳了两条辫;抬、抬,抬新娘,新娘蒙了一块布……"唱着唱着,儿子问:"接好了没有?"大郭回答:"好了。"儿子冲他妈一挤眼,两人齐唱:"抬新娘,新娘跌了个屁股墩……"一松手,大郭啪一下跌在了地上。开心的笑旋即溢满了客厅。

……这笑声深深刺疼了小洁的心。她看完录像,大郭告诉她:"最早的时候,是我们抬儿子玩,这两年,儿子长大了,特别有力气,就和他妈抬我玩,或者和我抬他妈……有一次,我往墙上打钉挂镜子,没有梯子,又找不到高椅子,这时儿子灵机一动,说咱们'抬新娘'。就这样,之后,我们家接开关绳、打钉、换窗帘布都不用梯子凳子。抬新娘成了我们一家三口的固定节目,如果我离开这个家,墙上有活了,没了我,他娘儿俩该伤心成啥样?我想都不敢想。"小洁低下了头,大郭又说:"这样温馨的生活,哪个男人愿意背叛?你呢,会爱上一个背叛幸福的男人吗?"

小洁嘤嘤地哭了,双手捂着脸,离开了这个给她讲抬新娘的男人。

香胰子

当年三菊又俊又俏,是个出众的姑娘。俊是长得好看,那腰身,那眼睛,一走一动一回眸,全带出来了。俏是会打扮、爱干净,她娘说:"俺家皂角树上的一半皂角都让闺女用了。"三菊俏归俏,却正派,从不跟男人说不三不四的话。村里人都说:"三菊不找个好婆家才亏呢!"

媒人给三菊说了几个对象,三菊一个也没答应。媒人说:"这闺女心性高着呢!"三菊也不知道自己未来的对象是个什么模样,反正见过的那几位都不称心。媒人又给她介绍了一个,叫张天才,在公社机械厂上班。媒人说:"这个再不中,往后俺就不给人说媒了。"

见面这天,张天才骑了一辆"飞鸽"自行车,三菊心里不由得一喜。那时候,全村才有几辆自行车,大队会计家有一辆,金贵得不得了,每次骑过都用塑料布包扎起来搁到楼上,支书借都不肯。三菊隔着门缝往外瞧,见张天才浓眉大眼,体格匀称,身上穿了一件干净的涤棉布上衣,很精神,心里又是一喜。张天才进了屋,把衣物搁到方桌上,在媒人的引见下,先向三菊爹问一声好,鞠一个躬,又向三菊娘问一声好,鞠一个躬,最后大大方方冲三菊伸出手要和"三菊同志"握个手。三菊害羞得伸不出手,心里却再一喜。有了这三喜,这门亲事就成了七八分。

正式见面这天,两人换了小八件,张天才给她带来一条劳动布裤和一块香胰子。当时时兴劳动布裤,就像后来时兴喇叭腿裤和牛仔裤一样。劳动布裤还要在屁股上和膝盖处打补丁,也算一种时髦,这都是在外工作的人穿的,还有香胰子,村里人都没用过。三菊说:"俺咋好意思用?"张天才鼓励她:"思想咋恁不解放?兴工人穿,不兴农民穿?再说,你又不比她们长得差……"三菊一颗少女的心让张天才鼓动得鲜活起来,整天都想唱点什么。不过她还是没有勇气在村里穿,只是去机械厂找张天才偶尔穿一次。那块香胰子也一次没用过,她怕姐妹们闻见她脸上的香味说她闲话。

结过婚,张天才上班,三菊在家挣工分,日子很美满。有了小孩,乡下不兴叫爸爸,除非是在外工作人员,张天才有这个资格,三菊心里平添了不少自豪。可是后来他们的日子发生了变化。机械厂倒闭后,已经回家种地的张天才却是地种不好,生意也不会做。他家的日子跟不上当时农村的节拍,距离越拉越大,慢慢成了中下等,中间一连几年,两口子竟没钱添新衣裳,此时,三菊当初的优越感早已荡然无存。

那年生下第三胎,计划生育要罚三千元,三菊愁死了。晚上村里建筑队工头老曹突然来串门,说:"三千块算个屁,我包了。"真是喜从天降,三菊感激地说:"天才在你队里干活,现在你又借钱给俺,该咋谢你?"老曹一扬头:"借?这三千块给你就不用还了。"三菊说:"那咋中?"老曹不怀好意地笑了:"啥中不中?像大妹子这样俊的人,三千块还不值!"说着就拉三菊的手,三菊往后躲,老曹一下子扑上来抱住了三菊。这时三菊反应过来是怎么回事,她抽出手照老曹脸上就抓,只一下就抓出五个血道。老曹被骂了个狗血淋头,灰溜溜跑了。后来,张天才从工地上拿回来一千元,说一半是工钱,一半是老曹借给他的。三菊啥也没说,偷偷往县里的血站跑了两趟,把老曹的钱还清,不让张天才在建筑队干了。

张天才也只会出死力,又去煤球厂打小工,脊背早弯了,全没了当年的光彩。他对三菊好起来真好,生起气来却不分轻重地打。有一次拿一根木棍打三菊,木棍断成两截,三菊也差点儿没了气。三菊气得回了娘家,邻居都说,这回三菊不会再跟他过了。谁知没过几天,三菊又回来了,还揣了娘家哥给的两千元钱说要养鸡。张天才心里有愧,拼命地干活,想多挣几个钱。三菊心疼他,给他用鸡蛋补身子,一碗水冲五个鸡蛋。

他们的日子也硬是一日日殷实起来。今年,儿子征上了兵,女儿也定了亲。那天女婿上门,女儿一副爱理不理的样子,三菊责怪女儿,女儿说:"瞧他那土头土脑的样儿。"三菊笑了:"比你爸还土?"女儿也笑,又问三菊:"爸恁没成色,你咋跟了他?"一句话把三菊问了个愣怔。是呀,自己咋就死心塌地跟了他一辈子呢?

过几天,三菊翻箱晒棉衣裳,从箱底翻出一个塑料包,抖开,里面是一块用草纸包着的香胰子。细一看,竟是当年张天才送她的那块"中州"牌的!三菊眼里一下子盈满了泪水,女儿的提问可以回答了:是这块香胰子,叫妈年轻过。

借鱼

豫北乡下缺鱼，河床干涸，偶遇一滩浑水，打捞半天，也不过几条指把长的鱼娃。若捞出一条扑扑腾腾斤把重的就算大鱼了，一村人都来看。在众人羡慕的目光下，用草棒穿了鼻子，拎着回家，后面能跟一堆人。此时捞鱼者比村长还有魅力，众人争着跟他搭话：

"别一顿全吃了，头剩下，熬鱼头汤……"

"开剥时，把鱼鳃掏出来，要不一锅汤都苦了……"

到了家门口，众人不好意思再跟进去，伸长了脖子瞧捞鱼人在院子里忙活，磨一把剪子，又磨菜刀，鱼在脸盆里扑扑腾腾，溅了水花出来。小孩们无畏，跟进去瞧剖鱼，等着抢鱼鳔。众人牙根有些痒，一边往回走，一边低声骂："咋让这狗日的捞了去！"

鱼这么稀罕，自然成了招待客人的一道重头菜。

那一年，我们家盖房，匠人是很关键的，每天除了吃饭有人舀，还一人发一盒烟。上梁的日子快到了，匠人们和娘开玩笑："老嫂子，上梁给俺们做啥好吃的？"

娘正做着打算，到那天要给匠人们办一桌席，啥菜啥酒，就报了几样。

匠人们又问:"有鱼没有?"

娘肯定地回答:"有。"

匠人们听说有鱼,眼睛里立即放出光来,干得更有劲儿了。匠人老黑站在脚手架上砌墙,生怕砌歪了,稍有点不平就重新返工,认真得很。一个徒弟把一块砖的光面朝里,毛面朝外,被老黑骂了个狗血淋头,斥他:"主家还让咱吃鱼呢,你垒这样的毛墙,不怕鱼刺卡住喉咙?"

上梁那天,在院里砌了新锅台,几个本家嫂也来帮娘做饭。匠人们干着活,眼睛很关心锅台这边的事,不时有人忙里偷闲过来说几句话,临走捏一片刚炒好的肉填进嘴里,边嚼边嘱咐:"鱼呢?可不敢忘了!"娘笑吟吟地请他们放心,说做早了还不凉了,最后一道菜做鱼。

该上梁了,娘吩咐我去抓钩婶家借鱼,说前几天就和抓钩婶说妥了,抓钩婶还拍着胸脯保证:"一辈子盖几回房,借鱼的事包我身上了!"娘塞给我一把糖,说:"咱上梁也是喜事,给你婶带个糖!"到了抓钩婶家,抓钩婶正在忙着炒菜,家里支了酒场,我一看,客人认得,是她娘家爹。我从兜里往外掏糖,扑扑嗒嗒放在她家案板上,我说:"抓钩婶,俺娘让俺来借鱼……"

抓钩婶瞅瞅案板上的糖,生出一脸歉意:"跟你娘说,真巧了,俺娘家爹来了,俺能不给他做顿鱼?"

我空手而回。到家一说,娘立时慌了,额头上冒出了汗珠，急得一个劲儿用围裙搓手，说："这该咋办？这该咋办？"鸡蛋炒煳了也不知道。一个本家嫂抢过铲子翻鸡蛋，提醒娘："活人还能叫尿憋死，再去借借呗，听说东北角赵肉蛋家也有……"

娘眼里闪出几丁火星，也不敢支我，她亲自去借鱼。一溜小跑到了东北角，赵肉蛋家只一句话："你来迟了。"原来一个邻家给小孩过满月，把鱼借走了。娘一听就傻了，今儿说好了要办一桌席，匠人们都知道有鱼，这该咋办？为了弥补这突如其来的歉意，娘想了想就拐进供销社买了两听罐头，一听香辣素肠，一听油炸鲫鱼。"也算有鱼了。"娘自我安慰。

上梁要唱上梁歌，还要扔剽梁糕，匠人老黑端了盛满小馒头、花生、核桃、大枣和糖的木斗，一边上梯子，一边唱上梁歌，还东一把，西一把地扔剽梁糕。落向哪儿，人便往哪儿聚，拥挤着抢剽梁糕。这时免不了踩烂鞋被推搡个跟头的，却不恼，上梁是喜事不能恼。老黑抱着空木斗下来，有几个娘儿们埋怨他："喊疼了嗓子也不见扔一把，一个劲儿往东头扔，是不是老相好在东头？"老黑在人家屁股上捏一把，说了句什么，几个娘们笑作一团。老黑放下木斗去洗手，准备吃饭。

娘一颗心揪了起来。

果然，老黑喜滋滋上了席，捋胳膊卷袖准备大喝一场。

当他知道没有鱼后,脸一下子耷拉下来。匠人们都不说话,只喝闷头酒,任凭怎么劝,一个划拳热闹的都没有。娘就背过脸去用围裙擦眼睛。

没有让匠人们吃上鱼,匠人们觉得主家看不起他们,当天下午都黑着脸干活,一个个像是欠了他们二斤黄豆似的。用瓦封顶时,他们故意留了一片瓦不上泥,干砌。一下雨,水便会从这片瓦里渗进去,第二年秋天,家里的房就漏水了。

当时我还小,拿了脸盆去接水,听大人讲这是匠人故意难为我家的,我心里就纳闷儿:不就是一只木鱼嘛,又不能真吃,还用动这么大火气?因为我见过抓钩婶家的鱼,用枣木刻成的,放在盘子里,招待客人时把做好的各种佐料浇上去,客人还有模有样地拿着筷子在上面叨几口,夸主人手艺好:"味不赖。"

七能人

付庄小,才几百口人,大庄的人提起,总是那句话:哼,付庄?一铁锨就铲走了。庄不大却出能人,一年一个,跟中央电视台春节联欢晚会出明星一样。年前,赵小亮跟他表哥从越南芒街倒回一批塑料盆,一毛五一个,运回家才合两毛，一下子发了。赵小亮也一家伙成了庄里的六能人，过年时，一家五口人硬是吃掉一整头猪，院子墙角堆起恁厚一摞空酒盒。庄里人从他家出来都啧啧："日，我日。"

过了年，赵小亮把没卖完的盆拿出来继续卖，开凉菜铺的光明凑了过来，问多少钱一只？赵小亮说一块一只。光明一嗤鼻："屁，谁不知道你一毛五进的，乡里乡亲的，还这么黑？"赵小亮有些不好意思，摸出一根烟递上："进价低不假，但开支大呀！运费、关税不说，还请越南警察一条龙了一回……你说说，你说说。再说咱的盆也不孬，随便摔打都不崩，一块钱算贵？供销社卖一块半呢！"

说着，赵小亮拎起一只盆在胸前双手一箍，圆盆变成了扁盆；又反扣到地上让塑料盆屁股朝天，抬脚踩上去，塑料盆屁股立即陷了下去。收起脚，马上恢复了原形。赵小亮拎起让光明看："有没有踩坏？"光明服了，掏出一块钱，说拌凉菜的那只盆崩了换一只结实的。说完要走，赵小亮又摸出一根烟，问："去年生意咋样？"

光明摇头，说："巴掌大一个庄上，三家卖凉菜，你说说生意能好到哪儿？也就是顾个零开支。"赵小亮去了一趟越南，自觉见识宽了，开导光明："竞争，你死我活的竞争！低价，低价就是硬道理，把那两家竞争死！"光明点着头，心里却说："人家没死，说不定我先完蛋了。"

仔细一想，又觉得赵小亮的话有道理。光明回家和媳妇商量了两个晚上,最后决定把价落下来。"落多少?"媳妇问。

"啥价进啥价卖,一分不挣。"光明下了决心。

一试,生意真的好了起来。那两家却不愿意了,寻上门来不依光明:"啥价进啥价卖,有这样竞争的?"光明是个蔫人,平时人家踢他个响屁股也不敢还手,这会儿更蔫了。媳妇又是搬凳,又是找烟,给人家解释:"年头进的老货,再不卖就酸了,才……"人家信了她,临走扔下一句话:"只准这一批,进新货敢低价卖,小心把门给你封了!"

光明却一直低价卖了下去,那两家没再寻上门来,却雇了庄里几个孬货在夜里把光明家里的窗玻璃砸了,还扔进当院一只死小猪。

人们都说这回光明肯定要把价格提上去,庄里人很惋惜,说以后吃不上便宜凉菜了。谁知光明领着媳妇把玻璃安上,价格照常不变,还进城用电脑刻了几个彩色字贴在玻璃上:低价凉菜,方便实惠,差点儿没把那两家鼻子气歪!

那两家只好也啥价进啥价卖,可坚持到麦罢却再也坚持不住了,先后关了门。又心不甘,寻上门来问光明:"以后会不会提价?"光明搬凳子,找香烟,说:"咋会呢,低价卖就是想把铺里的烟酒带一带,赵小亮说这跟城里超市的捆绑销售差不多!"那两家心说:"赵小亮这个王八蛋去一趟越南真能成个鸡巴了。"又给光明下命令:"敢提价,有你的好看!"

光明果真一直低价卖了下去。

不知不觉又到了年底。年三十晚上一直到十二点才关门,媳妇坐在床上合账,算算一年来的亏挣:"他爹,不挣钱干一年,明年还按进价卖?"光明不吭声,却把年初买赵小亮的那只塑料盆洗了一遍又一遍,用抹布抹净了晾在桌子上。媳妇一边按计算器,一边问:"他爹,你洗那盆干啥?"光明还是不吭声,又去准备供品和供香,老辈人的规矩,大年三十要烧香敬神。这时媳妇忽然在床上叫起来:"他爹他爹,你快来看——"

原来媳妇一合账,竟挣了万把块。她不信,又合了一遍,还把存折找出来对了对现金,不错,一点不错!媳妇吓得大气都不敢出,瞪着光明:"你不是偷了人家的钱吧?"

光明扑哧笑了,让媳妇把心放肚里,说那钱都是靠卖凉菜挣的。媳妇不信,问啥价进啥价卖哪儿来的利?光明指一指桌上那只塑料盆,说靠它挣的。媳妇还是摇头,光明说:"咱家卖凉菜跟他们两家哪儿不同?"

媳妇想不出来,光明又引导她:"咱是拌好凉菜先过称,再装袋,还是先装袋,再过秤?"

媳妇回答说:"先过秤,再装袋……"忽然明白了,

"嘿，他爹，你回回都把塑料盆卖给人家了！"

光明把那只塑料盆放在神位上，领着媳妇叩下三个头，说："这就是咱的财神。"媳妇一脸佩服："他爹，你该是咱庄的七能人了！"光明赶紧捂住媳妇的嘴："可不敢说，一说出来，我就屁也不是了！"

和稀泥

当干部当得久了，文玉变得圆滑了，小星也失了棱角，两人学会了和稀泥。东家吵嘴，西家打架，还有亲兄弟分家分不均的，都要村干部出面解决，关键时候，村干部就得下一句结论：谁有理谁理亏。可是一和稀泥，就都有理了，又都没理了，解决了半天等于没解决。结果文玉和小星的威信一落千丈，村民提起他俩就骂："啥支书主任，一对糊涂蛋！"

这话传到文玉和小星耳朵里，两人臊得不行。小星用了从电视里学来的一句歌词说："再也不能这样过。"文玉也说："得办点实事，树树咱俩的威信，要不脸都没地方搁了。"

机会还真来了。

这天，狗蛋和驴蛋亲哥儿俩打得头破血流，来找村干部评理。文玉和小星联手会审，让他们仔细说来。双方讲了经过：今天上午，狗蛋媳妇小莲从菜园回来，见那只黄母鸡咯咯叫着，像功臣一样迎上来，就知道它又下蛋了，便进屋抓了一把杂粮撒在地上。小莲对狗蛋说："母鸡下蛋了，给你冲碗鸡蛋水喝。"两个鸡窝并排垒在东墙根，一个是堂屋驴蛋家的，一个是东屋狗蛋家的。小莲伸进手摸索半天，除了那只用蛋壳做的引蛋放在那儿，鸡窝里啥也没有。小莲很奇怪，今儿早上她还用手指插进黄母鸡屁股里捅了，有蛋呀！这时堂屋有个人影一闪，小莲心里全明白了。她张口就骂："谁的鳖爪痒了，伸进人家鸡窝里偷鸡蛋，不怕吃了噎死你！"刚才那人影跳出来，是驴蛋媳妇香妞，村里有名的吵架大王，指着小莲骂："你嘴里抹屎了？血口喷人呢？"小莲反问她："骂偷鸡蛋的贼，你接啥话？"香妞不依："这个院只有咱两家，你不是骂我，又是骂谁？说我偷鸡蛋，也不撒泡尿照照你有这个本事没有？怕是不会下蛋的老母鸡吧？"小莲嫁过来多年未怀孕，这下被捅到了疼处，捂着脸呜呜哭着进了屋。一直保持不介入女人争骂之中的狗蛋脸上挂不住了，不会生小孩是他的病，被人揭了短，他脸红脖子粗地奔香妞而去："看我不撕烂你的嘴！"这时驴蛋去供销社买化肥回来了，就迎上去，拉开格斗式，说要自卫还击。哥儿俩干上了。

黑羊白汤

文玉和小星一听笑了,说:"为一只鸡蛋也用动这么大干戈?"小莲说:"偷了东西还骂人这口气我忍不下!"香妞从家里端来了她家的鸡蛋叫大伙儿看,她对文玉说:"俺家母鸡下的是白皮蛋,她家母鸡下的是红皮蛋,支书主任看看罐里有没有她家的鸡蛋?"文玉一听,心里有了底,就对她俩说:"公说公有理,婆说婆有理,今儿个晚上召开支委会专门断你两家的事。"说罢让他们都回去,晚上听通知。

晚上,两家吃了饭就支起耳朵听村里的喇叭,谁知一直等到小孩们上完夜自习放学回家,喇叭也没广播。小莲让狗蛋去看看,狗蛋来到村委会,却见窗户上早趴了一个人——驴蛋。狗蛋等驴蛋离开后才凑上前去,支委会正开着,只是研究的是收秋的事。他回家说给小莲,小莲说:"看来要等到明晚了。"语音刚落,院子里传来一阵脚步声,文玉、小星领着几个支委直奔堂屋而去。

驴蛋香妞赶紧搬座,还用袖子擦了擦小板凳的灰土。支委们坐下来,却没一人提他们两家的事,只管扯闲话,东一句,西一句,把一壶水喝完了,小星高声说:"又饥又困的,回家睡觉吧!"大家应一声站起来要走,香妞慌了,拦住大家,回头吩咐驴蛋拨煤球炉做汤。做了一锅面条汤,每人碗里还卧了一只荷包蛋。大家吃完,打着饱嗝说:"这回真该走了。"一直没说话的文玉临走时扔下一句话:"别看一只鸡蛋,咱也要弄个水落石出,不能让你家背黑锅。"

东屋里狗蛋、小莲见村干部没往他家拐弯，又在堂屋吃了饭，心里就很着急。

第二天晚上，两家仔细听着，喇叭还没广播，小孩们放学的时候，支委们又赶了来，还是不提吵架的事，只管讲笑话。香妞又做了一锅面条汤，每人碗里卧了一只荷包蛋。临走时，文玉还是那句话："一只鸡蛋小看不得，关系到你家的名声，咱一定要查个真相大白。"驴蛋、香妞不住地感谢。

狗蛋、小莲却更着急了。

第三天又是如此。一罐鸡蛋见了底，香妞心疼得不得了，对驴蛋说："明儿个要再来，还得去买鸡蛋。"驴蛋却纳闷儿："为啥不去狗蛋家，偏偏一连三天来咱家，来了又不提吵架的事，文玉、小星真是俩糊涂蛋……"这一细想，两人不禁出了一脑门汗，知道支书主任这是在羞他两口子呢！

两人一夜没睡踏实，天一亮就去了狗蛋屋。一进门，香妞先照自己脸上扇了两下，然后鼻涕一把泪一把认起错来。狗蛋小莲也很感动，把送来的那只鸡蛋扔到了门外，说："一只鸡蛋差点儿伤了咱两家和气，真不值得！"

文玉和小星听说后，不由得会心一笑。小星说："咱俩好像还是在和稀泥？"文玉答："只要和出水平，就没人骂咱了。"

黑羊白汤

九月授衣

秋旮旯，地里的草锄得差不多了，天也凉快了，就收了锄。男人们猛睡几日没命般地跟女人要，最后被女人推下了床，又一头扎进麻将桌，比跟女人还贪。女人们可闲不住，要趁这一段闲时光拆洗一家人的被子和棉袄棉裤，该缝的缝，该补的补，小孩腿长了，棉裤就加一截，实在不能穿了不能用了，就做一套新的。做活时多是几家结合，谁家屋里宽敞就到谁家，地上铺几张凉席，在上面飞针走线，润色光阴，提前置下了全家人一冬的暄和。往年三婶也是和别家结合的，今年娶了儿媳妇，就决定和儿媳妇在自家做，反正活也不多。儿媳妇叫春花，长得细皮嫩肉，咋看咋不像个庄稼人。娶进门没几天，三婶就听到了一些风言风语，说春花别是青花红涩柿——中看不中吃。三婶是个要面子的人，就怕这个。

这话春花也听到了，心里有些不好受。但是她男人却不以为然："别听他们胡咧咧，没娶着俊媳妇心里不得劲呗。再说，你凭那双巧手在纱厂评过生产能手，啥活不会做？"春花听了，又喜又忧，虽然她十七岁到纱厂做挡车工，年年得先进，可缝衣缝被这些活她还真没挨过。正发愁着,偏偏四婶又来凑热闹,非要和三婶家结合。四婶心直口快,她拉过春花的手瞧,瞧完就夸:"这手长得,比仙女的手还巧,做针线活一定又快又好。今年我一直犯腰疼,这下好了,春花你替婶多做点吧!"春花心里着急,嘴上也只好答应下来。四婶是个急性子:"要不明儿个就开始?"春花赶紧推说身上来了,过了这几天吧!三婶在一边看着春花不说话,春花心里却毛毛的。隔两天,四婶又来催。春花从里屋出来,手里握了一团卫生纸,假装去厕所。四婶见了就问:"还没结束?"春花点头。四婶又问:"还得几天?"春花说就两天。四婶说过两天一准儿开始。

眼看着两天过去了,春花心里急得像猫抓的似的。这当口,娘家哥去镇里修麦楼路过来看她。春花仿佛见到了救星,悄悄对哥说:"你回去让咱兄弟来一趟,对婆家人说咱家的棉衣活做不过来,要我回去帮忙。"娘家哥说:"咱家的活娘和你嫂子都做完了,再说,你也不会——"春花急得要掉下泪来,狠狠掐一下哥的手,让他无论如何按她说的办。第二天,就在四婶又来催活的时候,春花的娘家兄弟来叫春花了。四婶急得不行,三婶在一边说:"叫春花去吧,娘家叫咋能不去?先紧着娘家的活做。"四婶没办法,捶捶腰,一再关照春花:"我们等你回来再做,要不非把你娘和我累垮不可。"

春花心里偷偷地笑着,去了。

过了七八天，春花从娘家回来了，两家开始做活。先拆被子、晒棉絮，再缝。春花左手戴着顶针，右手一根银针灵巧飞快地在棉被上穿行。春花掩边掩得笔直，针脚走得又匀又密，还不时往破损的棉絮处添点弹好的新棉花。而且气均神定，鼻尖上不见丁点汗星。在一旁半天纫不上针的四婶早已汗流满面，一边骂自己老不中用，手伸出来跟猪脚差不多，一边夸春花手快手巧。拆洗完被子，又拆棉袄棉裤，都做完了，春花对三婶说："娘，我给您做一件夹袄吧！"春花连裁带缝，掖、掩、抻、拉，飞针走线，两天就做好了。四婶见了说，好、好，也让给她做一件，春花答应了。四婶走后，三婶一把拉住春花的手。春花往回缩，三婶拉住不放，只见春花的指头又红又肿，还有好几处被针扎过的疤点。三婶眼里涌着泪说："春花，娘啥都知道了，你真是个要强的闺女呀！"春花不觉红了脸，心说："咋就没瞒过婆婆呢！"

　　做完了棉衣，稻子也该收割了。割稻可是春花的拿手好戏，在娘家就没服过输，一起割稻的人让她一个一个丢到了后面。四婶早把春花的针线活夸了出去，现在村里人又见识了她的割稻功夫，都冲三婶道喜："您真找了一个好媳妇儿！"三婶一边捆稻子，一边心里乐开了花。

刘棉花

斗大的字识不得半筐，不认磅不会算账，却做大生意，上百万的资金转着圈，屁股底下一辆2.0桑塔纳。在付庄"日儿——"一圈，"日儿——"又一圈，一天不下十来回。这就是刘棉花。

刘棉花当然不是真名，因为倒腾棉花发的家，所以人们都叫他刘棉花。十年前，刘棉花去乡棉站售棉，算账的时候，棉站的丁会计中午喝多了酒，把一沓百元票子当成十元扔出窗口。刘棉花刚哎一声，同来的一个堂哥用手捂住了他的嘴，把他推到一边，然后不动声色接过丁会计扔出来的票子，拉起刘棉花就走。丁会计一口气扔出五万多，等他酒醒后再去各村往回要，却难了：都不承认。丁会计要了两天，见没了希望，就垂头丧气往回走，那时候工资还不高，五万块对丁会计来说简直就是个天文数字。要不回就得自己赔，丁会计越想越没出路，路过供销社时买了一瓶"敌敌畏"。来到村外无人处，拧开瓶盖往嘴里送。这时突然飞来一物打掉了农药瓶，丁会计一看，是一沓百元钞票。

自此，两人成了"厚人"。丁会计让他收棉花来卖，丁会计说："我就是看中了你这一点。"让他找一个会算账的跟着。来棉站售棉,每次都给他长一到二个等级,三五十元就到了手。隔一段时间,刘棉花就钻一回丁会计的单人宿舍,出来时丁会计也不送,好像挺不耐烦似的。几年下来,刘棉花盖了一座红瓦房,惹得一庄人眼红。后来丁会计升成了站长,刘棉花照例倒棉花,只是骡马车换成了大汽车,软包装换成了硬包装,一次三车两车,都是高等级。卖了棉花,几十万现金,大票小票地用化肥包一装,背起就走,接着倒第二趟。有一次,他背着化肥包回到付庄,准备第二天去拉货。家里人一看,嘴都成了惊叹号。爹把院门插上,还用杠子顶住,然后端了一杆填满铁硝和炸药的打兔枪屋里屋外转悠,一夜没敢眨眼。媳妇也一样,怀里抱一把菜刀,身子抖了一夜。天明的时候,爹望着那一堆钞票突然哭了,说他一辈子没见过这么多钱。问这钱是不是儿子挣的?刘棉花一笑,告诉爹:"说它是也不是,说不是它又是。"说得爹和媳妇如坠雾里。

　　刘棉花隔一段时间照例钻丁站长的单身宿舍,出来时,丁站长照例不送。但刘棉花的生意却是真大了,有时棉站司磅员过一天棉花,一看码单全是刘棉花一个人的。他让那个亲戚跟着算账,还买了一辆新桑塔纳,让那个亲戚给他开着,在庄里"日儿——日儿——"地乱窜。庄里人都知道刘棉花发了,据小道消息称,刘棉花还在城里养了一个,不知是真是假。

后来,他的"厚人"丁站长却出事了,有人告他包二奶且有实有据,在城里什么地方买的房子、生的还是男孩已经两岁了。告他的人显然下了大功夫,丁站长知道自己得罪人了。纪检委下来调查,丁站长不慌不忙,说这是诬告,如果真有这回事,他情愿去坐牢。纪检委把那女的控制起来询问,女的承认自己是被人包的。说了出来,却是刘棉花。刘棉花一个农民,纪检委也没法儿处理,自然不了了之。后来丁站长又被告了,检察院传唤去,说是有一批卖给纱厂的棉花掺杂使假,打开棉包外层是好花,里面却是废棉、短绒和石头。丁站长还是不慌不忙,说他们棉站也是受害者,因为收的就是这个样,夜间检验没检查出来。叫来售棉者一问果真如此,就把售棉者逮捕了,判刑一年半还要罚款。这个售棉者就是刘棉花。罚款的时候,刘棉花却说没钱,去银行冻结他的账户,一看,账上只有几千。没钱不说,刘棉花还有贷款,几个银行加一块儿竟有几十万。去扣他的车,车早没了影,一查,根本不是刘棉花的名,就又加了一年刑。

刘棉花服完刑一出来就兴冲冲去找丁站长,谁知丁站长却躲着他不见,打手机又一直关机。刘棉花心里一咯噔,赶紧去银行查另一个账户的钱,账户上的钱早让人取走了。刘棉花心里再一咯噔,还有一个人知道这个账户和密码。刘棉花不死心,再找丁站长,丁站长还是躲他。银行听说他出来，都找上门追贷款，法院巡回法庭把他的房子家产一并收去还贷款。刘棉花全家只好住进了庄口的机井房，爹一急犯了脑血栓，躺床上不会动了。医生来输了几回液，见他家拿不出钱，再去喊，不来了。爹流着口水哇哇说不清还只管说，大概是不让管他了，全家哭作一团。刘棉花从闹哄哄的家里逃出来，他不知道该到哪里，只管瞎转悠，转到供销社一头扎了进去。他拿起一盘绳拉拉又放下，臆怔了一会儿，就买了一瓶"氧化乐果"。

刘棉花来到庄口，也就是当年丁会计喝"敌敌畏"的地方。刘棉花很觉惊奇，自己咋来到了这地方。刘棉花打开瓶盖，一股刺鼻却带着甜丝丝的气味直扑鼻腔，他往嘴里倒的时候突然想：自己的"厚人"会不会也在暗处藏着，使出一沓钞票砸一家伙呢？

四叔

四叔没文化，属于村人说的那种"睁眼瞎"。年轻时，四叔去市里办过一回没成色事，现在提起来还脸红。那回四叔要去市里，小队会计说钢笔坏了，托他捎支"英雄"牌钢笔。一下车，四叔自己的事还没办，就奔百货大楼给会计买笔,要不怎么说四叔是个热心人哩!买好笔,四叔插进上衣兜,然后才去办自己的事。这时忽然四叔小肚子一阵发紧,他已走出百货大楼一段路了,却高低找不见厕所。折入一个小巷,忽见一处厕所,四叔急奔过去,却分不清"男女"二字。那年代,像四叔这种斗大字不识一筐的"睁眼瞎"比比皆是,有的挣了半辈子工分,连自己的名儿都不会写,四叔不认男女厕所一点也不稀奇。小肚子又一阵"告急",四叔顾不得许多钻了进去。刚解决完,裤子还没来得及束紧,进来两个妇女,一见四叔,两人大呼"有流氓"。结果召来一堆人,把四叔捉了,送进了街道革委会。审四叔,四叔说不识字,革委会一个妇女拿鸡毛掸照四叔头上就是一下,指着四叔胸前的钢笔问:"不识字你带钢笔干啥?"四叔如实回答:"捎的。"革委会把"捎的"听成了"烧的",在豫北方言中,"烧"就是不要脸的意思。这下可坏了,四叔着实挨了几老拳和一顿鸡毛掸。回到家,四叔发誓:"往后八抬大轿抬我也不会再去市里啦!"

一晃二十年过去了,这回四叔却违反了自己的誓言,又要去市里。去干啥?河南电视台《梨园春》分部在市里设立,来了一堆名角,银环妈、李豁子、"土特产"范军……四叔是个老戏迷,平时光在电视和广播里见这些名角,却没见一回真人,心里便瘾得不得了,五十元钱一张门票,眉头都没皱一下。过完戏瘾出来,四叔想小解,身边一个戏迷指着前边告诉他:"厕所在那儿。"这回四叔没慌张,要知道,这二十年他就认下两个字:"男"和"女"。这时四叔见前面一个小伙子也正往厕所赶,便跟着他去,心说:"这可比那两个字还保险呢!"四叔三步并作两步跟着小伙子进了厕所。小伙子宽衣要蹲下,一扭身发现了正找小便池的四叔,一下子大呼小叫起来。四叔一听,竟是个女的。惊来不少人,巡警也来了,问是咋回事。这回四叔可没怵场,指着那个"小伙子"对众人说:"她留个小平头,还穿着这身衣裳,从后瞧,谁敢说不是个男的?"

村级广播站

四叔不识字,却干了三十年广播员。村里人都评价四叔的水平差:"换谁都比老四强!"四叔也承认,说自己是气蛤蟆叠桌子腿——硬撑这一摊。

四叔的水平也就是接接电话、喊喊人,通知个会议,要不谁家的钥匙丢了驴跑了,广播找找。几句话就能说清的事,他却颠三倒四广播半天:"小广在抓家钩打麻将……钥匙不见了……两个钥匙用黑绳穿着……谁见了,想吸烟说一声……"一村人都反对,说:"这个老四,比个娘儿们还啰唆！"

四叔最怕村干部让他编节目，就是说个笑话顺口溜，或来几句广告词，比让他翻二亩地还作难。村干部很不满，好几回斥他："东村的广播员自编自演，天天不重样；西村的广播员和你一样没文化，可人家的快板张口就来，村里有啥好人好事都能编成顺口溜。你只会通知个会议！"这一批评，四叔脸上架不住了，经过一番努力，总算挤出几个段子。

先是赵金星家养个公猪专门配种，一次四块半，来找他广播，他几天几夜没睡觉挤出四句"广告词"：赵金星，猪打圈，西北角，四块半。喇叭里一广播，笑翻了一村人。都说："这货，进步了！"另一件事是四叔每天早上用收音机对着麦克风放天气预报，村人很欢迎。有一次，收音机坏了，四叔又吭吭哧哧琢磨出一段"天气预报"，对着喇叭说起来："村级人民气象站，推开窗户往外看，不是阴天是晴天，不是晴天是多云——老四播放。"

又笑翻了一村人。

虽然村人对四叔的广播效果不满意，大人小孩都敢随意评价四叔，可四叔的声音在村子里回荡了几十年，那声音仿佛大年初一那顿饺子，硬是离不开了。后来大家还发现了一个秘密：一直到现在，四叔的声音还和年轻时一样，朗朗有力，没有变老。当年和四叔一般大的，现在已抱上了孙子,头顶秃了,胡子白了,他们一齐嫉妒四叔:"老四咋比咱们年轻,他是沾了这广播的光——"四叔不承认,只一声:"球。"

不久前,四叔退了,支书的侄子换下了他。年轻人毕竟是年轻人,一上任就把那旧喇叭换成了新喇叭,说音质不行了。四叔一遍一遍抚摸那两只喇叭,像摸自己的孩子一样,眼里汪了一摊水。年轻人不光广播用普通话,节目也是天天不重样,流行歌曲、相声、豫剧啥都有,热闹了一村。支书逢人就跷大拇指:"有文化就是不一样。"

四叔的声音在村里飘了大半辈子,一下子换了,没了,村里人都觉得有点不习惯。通知开会,往往广播几遍支委的名字,听惯了四叔声音,现在换成支书的侄子,好几个支委竟觉得这个年轻人广播的是别人的名和姓,好几次没来参加会。还生支书的气:"开啥小会呢,把咱排除在外。"

四叔在家里闷了几个月,再出来,惊了一村人:四叔的头发全白了,背弯了许多,声音也老得像换了一个人……嫉妒过四叔的人都明白了:"老四的精气神儿敢情都在那破喇叭上了。"

丢碗

付庄人爱骂街，鸡窝里的蛋让人摸了，田里的青苗叫羊啃了……一准要上街亮一嗓子，唾沫星乱飞，震得鸡鸭嘎嘎叫，狗也远远地蹲着不敢上前。却有一件事，付庄人吃了亏不吭声，心里还美滋滋的："我×，几个碗，咱丢不起咋的？"竟一个比一个大气，根本不像平时的脾气。

就是白事上丢碗。谁家老人不在了，白事上百口人吃饭，有人专门备了一套餐具出租。光棍老面跟着刷碗，一天十元钱。白事一结束，孝子和街坊站了一院，看着老面清点碗筷，然后梗着脖筋猛来那么一嗓子："谁谁家白事，取碗××个，还碗××个，丢——"这时大家都提足了精神，孝子甚至有点害怕。老面把数报出来，碗丢得多，孝子脸上就露出一丝让人察不到的笑；丢得不多不少，孝子会轻出一口气；丢得太少，孝子头就勾了下去，借口头晕什么的回屋去了，其实是在躲避街坊的目光。碗是街坊偷去的，谁家的老人年纪大无病而终，即喜丧，说明这家为人好，积善成德，偷碗就是偷这家的容光和福气。丢得越多，主人心里自然越欢喜。要是亡者得的病不好或这一家为人险恶无德，如茅缸沿的石头——又臭又硬，就没人偷碗，都怕染上晦气。在付庄，丢碗成了评判各家人品的打分器，自然受人关注。放羊刷碗的老面也在这一刻红光满面，分外精神，感觉自己比村支书还牛几分。

过了白事，老面又成了放羊的老光棍，疲疲沓沓，没个整齐样。庄里人看老面的目光与白事上判若两样，老面很生气："×他娘，等你爹死了咱再说，非少报俩碗！"

最近老面却变了样，不知从哪儿闹了一身西装，还有一条花领带像狗尾巴一样吊在脖子上。老面把羊鞭甩得啪啪响，吼："穆桂英我家住在山东——"庄里人说："老面你别烧包，在哪儿遛一身破西装？"老面说："放屁，你看看商标，是不是新的？"老面屁股上挂一商标，一看，还真是新的。庄里人纳闷儿："放个羊穿啥名牌西装，一定是想媳妇了。"老面也觉得放羊穿浪费了，西装洗过一水就压进箱底，单等白事上报碗数时才穿出来。老面很觉风光，老感觉那一刻自己跟电视里的外国总统出访差不多。

这天，赵二狗的爹死了。老面穿着西装破球鞋去了，干活太卖力，裤裆都蹲崩了，领带一会儿沾进了刷锅水，一会儿沾进了刷锅水，真成了一条狗尾巴。赵二狗是乡长，白事上人自然多。办完丧事照例清点碗数，老面撅着屁股认认真真点了三遍，脖筋一抻，大声喊道："赵二狗家白事，取碗二百二十个，还碗一百三十七个，丢碗六十五个！"大伙儿听了，都噢一声，啧啧："这么多！"一边的赵二狗冲大伙儿作一圈揖，回屋去了。

庄里人零零星星往家走，一边走，一边纳闷儿："赵二狗家咋丢恁多碗呢？"这个问那个："你和赵二狗是初中同学，是不是赵二狗去你家送烟了，叫你多偷了几个？"那个一撇嘴："屁，他能看起我？那年他在组织部当科长，我的三轮车叫扣了去找他，他硬说不认我。你闺女中专毕业是他找的工作，肯定是你家多偷了！"这个一听急了，未开口，先用手比了个圆圈："谁要偷他家一个碗，谁是这个！给我闺女找的啥工作？超市临时工，还花了我一万块！呸！"两人都说没偷碗，于是问第三个："是不是你家偷得多？"第三个人摇头。又问第四个，仍摇头……庄里人越发纳闷儿："赵二狗不咋样，他爹也是村里一霸，不是打瘸人家的小狗，就是把人家小孩吓得尿裤……可为啥还能丢恁多碗，基本上算是全庄第一了呢？"见老面从后面走过来，一齐问：

"是不是你数错了？"

老面把头摇得像拨浪鼓，"这事，谁敢数错，闹着玩的？"

大伙儿更觉纳闷儿，摇头："这事，这事！"

过了一段日子，老面在庄口放羊，瞧见一辆桑塔纳奔来。老面看清了里面的人，赶紧冲桑塔纳招手。谁知桑塔纳根本不理他，呼一下开了过去，溅起一摊污水，弄了老面一身一脸。桑塔纳绝尘而去，老面气得蹦着高骂娘："好你个王八蛋！不是你求老子的时候了，叫老子后半夜往你床底下藏了五十个碗！"

老面这一骂，付庄人的纳闷儿一下子解开了。

一把火

小星当了村委会主任，支书文玉找他谈话："新官上任三把火，你也该有点响动，弄出点成绩让大伙儿瞧瞧。"小星被说得心里一涌一涌的，嘴上却说："有你支书在，我哪敢有啥响动？"文玉说："目前村小学改建二期工程还差几万块砖动不了工，你要是能办了，可是大功一件，也算你的第一把火吧！"小星一拍胸脯："不就是几万块砖？包我身上！"文玉很高兴，在村委会上宣布："由小星担任村小学改建二期工程指挥长，争取麦收前完工。"

具体一操办，小星才知道自己那胸脯拍得太早了。乡里拨的基建款早用完了，村里再也拿不出一分钱，能想的办法都想了：村里在外人员春节回家都被请到村委会捐了款，村民也搞了一回集资。这下小星有点作难了，想了一百圈，没办法的办法——还得集资。支书文玉同意后，小星就在喇叭里广播，说没钱出粮食也行。谁知几天下来，一个来村委会集资的都没有。小星只好带人挨家挨户收,第一家就碰了个钉子。谁家?有名的"难打缠"肉蛋家。不但不给,肉蛋的话还说得很大:"你叫天王老子来我也不给!"小星急了,说:"中,你等着,要不叫乡里小分队来执行你我是个孬种!"第一个不给,往下就都不给了,他们说:"你让肉蛋集资,我们也集资,总不能跟买柿子一样专找软的捏?"小星没了辙,去找文玉汇报。文玉批评他:"集资是自愿的事,你咋能让小分队执行人家呢?"小星泄了气,说:"我不管了。"文玉又批评他:"这点困难就让吓倒了?亏你还是咱村里有名的小诸葛!我就不信你点不起这把火?"这一激,小星的劲儿又上来了,又向文玉拍了胸脯。

回到家,小星摇了一把破扇在屋里踱来踱去,媳妇说:"天还不热呢,你发哪门子神经?"小星不耐烦地说:"我在学诸葛孔明用计呢!"媳妇挖苦他:"就你那破计,骗个我还差不多!"当年小星为了追媳妇,去城里照相馆找表哥借来一部照相机,围着她咔嚓了一天,结果把她的一颗心也给咔嚓动了,其实他没钱买胶卷,唱的是"空城计"。媳妇这一挖苦,小星眼睛不由得一亮,说:"有了,有了。"他立马去找文玉,商量先从支部委员开始集资,并且在大街张贴光荣榜。谁知这一招并不见效,等了几天,村民还是按兵不动。小星又单独缴了一回集资,光荣榜公布了,反招来了肉蛋的风凉话:"装啥积极!给他个乡长,说不定把自家老婆都给卖了。"

小星急了，从家里拉出一车粮食要去枭了买砖。媳妇不愿意，追到大街拦住车不让走。小星说："男人的事你别管！"媳妇说："这是我和孩子的口粮。"那架势就是不让，小星恼了，说："你让开！"媳妇说："除非你从我身上轧过。"村民都围了过来，小星觉得丢了脸，骂媳妇："看我不打你个娘儿们！"说着就是一巴掌，媳妇喊："我手里可没端豆腐！"也回了他一巴掌，两人厮打起来。小星更恼了，从路边拎起一根木棍照媳妇头上就是一下，媳妇一摸头，血出来了。围观的村民慌了，赶紧上前劝架，搀着小星媳妇去卫生所。小星气呼呼地拉着车还要去枭粮食，村民们拦住了他，说："枭光了粮食，你全家喝西北风？再说建学校又不是你一家的事？"然后他们帮小星把粮食拉回家，对小星说："你去村委会等吧！"

说罢各自回家拿钱。小星到村委会才一会儿，就让围了个水泄不通。肉蛋没脸来，叫小孩来了。集资款一直收到天黑，村会计一结账，高兴得直跳："砖钱足够了！"又说："这都是村主任的功劳！"文玉也冲小星伸大拇指，小星心里美滋滋的。

结束后，小星高高兴兴回家去，一进门，头上缠着绷带的媳妇就拎起笤帚扑上来，一边打，一边骂："你个兔孙，头回从家拿钱我不管你，二回从家拿钱我还不管你，叫唱苦肉计我也依你，说好了做做样子，你却往死里打我！"结果，小星的头被媳妇敲了一头鸡皮疙瘩。

乡医

豫北乡下也出好医生，多是祖传秘方专治什么病，比如恶疮、烧伤、小儿百日咳、妇科杂病……还真管用，一两服药就能拿下。药钱也不贵，只是城里医院的零头。城里医院还得检查化验，一个感冒就得五六样项目楼上楼下像兔子一样不停地蹿，最后结果出来，屁事没有，几片APC和氟酸就能搞定。很多病号嫌城里医院麻烦，结果乡村医院的大夫便忙起来。城里人的光顾和信任也让这些乡医一下子庄重起来。

王村的小同自幼随祖父学医，专修儿科，治拉治热治疯儿，尽得真传。后来祖父年事已高，不再行医，每日下棋呷茶，全不管药铺之事。小同独立行医，越加谨慎，从未失手，名气一日日大起来。

这天，城里一局长开车来请小同去给他的小孩看病。这位局长曾在乡里任职，自然晓得小同的医技。他的小孩体弱，进城之后学习任务又重，于是伤风感冒不断。城里医生每每如临大敌，小小感冒又是验血，又是验尿，开一堆药就是不治病，小孩的身体反而越来越弱了。有时一病就是十天半个月，不能上学，急死人了。这一次，小孩又患感冒，头疼、发热，他猛地想起了小同。在乡里时，小孩有个头疼脑热，找到小同，哪一次不是药到病除？

小同被请到城里看病还是第一次，自然十分尽心。他仔细检查了小孩的病情，确认是发烧引起的扁桃体发炎。先给小孩扎了几针，把眉心、耳朵、手窝的毒泻了泻。然后开了一个处方，多是消炎去火药交于局长。谁知几天后，局长来找小同，说小孩吃了药一点也不见效。小同不信，随局长进城，看了看小孩吃的药，又看了看小孩的症状，炎症果真不见减轻。小同心里说："怪了，以往这样的病号扎过针只吃一天药就能见效，莫非城里药店的药有假？"他让局长跟他回去，开一处方，亲自抓药，交给局长："上消炎，下去火，不出三天，小孩就能上学了。"局长满怀希望地拿着药走了。三天后，局长打来电话把小同臭骂了一顿，说孩子吃了小同的药屁用都没有，小孩高烧不退，喉咙都见脓了，现在已经住院，险些误了大事。最后局长说："没想到才两年不见，你的医术就退步成了这个样子，还吹什么牛，三天就能让小孩上学？"

小同又气又羞，心里说："怎么区区一个小病自己都医不了呢？"他翻看医书，对照旧病例，反复思考，也想不出失败的原因，难道自己的医术也是"水土不服"，到城里就不灵了？最后他只好去请教祖父。祖父听后，哈哈大笑，不紧不慢地将一小壶香茶呷完，如此这般一说，小同茅塞顿开。

又有城里小孩来就医，小同依祖父吩咐，药方不变，只是药量比平常大了半倍。还真管用！小同大喜：乡里孩子有个头疼脑热一般不看，能抗就抗过去了；城里孩子娇惯，伤风感冒马上去医院，吃药把身体都吃虚了。乡里孩子抗病，城里孩子抗药，祖父所言极是。

有时医术就是一层薄薄的窗户纸，一捅即破。经祖父这么一捅，小同的名气又大了起来。

付庄的路

付庄的路本来能修好的，但两回都让三叔弄黄了。

第一回，县建设局来奔小康，先修路。几辆铲车开进村，挖地面下基。路原本不直，工程员用白石灰画了印，要拆一批房。人家都通过了，到三叔这儿打住了车。提的条件吓人，气跑了村干部。硬拆，三叔往地上一躺，说谁敢招他一指头，就让大叔把谁铐了去。大叔在市公安局当科长，庄里谁家犯了案都得求大叔，自然要高看几分。大叔为人很耿直，能办的事就给庄里人办了，不吃礼，不让庄里人乱花钱。三叔却打着他的旗号给别人跑事，要钱要物，说是给大叔送礼的。三叔做了好几回这样的勾当，大叔知道了很恼，要扇他。这回他抬出大叔，村干部知道大叔不会阻挡修路，就一笑："老三你别喷了，到你二哥跟前，你还不是一只见了猫的老鼠，敢吱吱一声？"

三叔一骨碌从地上爬起来："不信咋的？我给二哥打过电话了，这是俺家几辈人留下的老宅，风水全在这座院了，要不也不会出他这个大官！一拆，冲了脉气，他这官当不成不说，下一代还要遭殃。我二哥一听就急了，给我放了话，说谁敢拆，就拿铁锨拍谁个孬孙，拍死他抵命，住院了二哥拿钱。不信你们打个电话问问，我二哥绝不会让拆老宅。呵，打个电话问问，这会儿就打！"

村干部听了，想想也是这个理，就摇摇头，叹口气收兵回营。建设局的人很恼火，又不好出面，气得连夜把铲车撤走了，拉来的几车水泥也没卸，车掉头就走。

后来大叔听说了这件事，气得用手铐摔了三叔一头疙瘩。原来大叔根本没接过三叔的电话。再找建设局，迟了，奔小康结束，人家扛个黄旗气呼呼撤了。付庄的人都骂三叔，三叔却不知羞，还以为自己多有能耐。往街上走，一步三摇晃，跟人说话，肩膀也一抖一抖的。

第二回，也就是到了今年，扶贫、奔小康都过去了，付庄的人只有靠自己出钱修路。一家三百二百，村集体穷，拿不出多少钱，缺口很大。恰巧付庄出了个白血病患者，省里一家私营企业老板捐了五万元钱，秘书来送钱，村干部出面接待。说到付庄的路，表示可以回去跟老板说说。一说，老板爽快地答应了，支援几百吨水泥，付庄的人高兴疯了，天天盼着人家的水泥，谁知却又让三叔搅了。

这些年三叔好吃懒做，日子很紧巴。三叔还有个毛病，那就是找人借钱借东西，说得比天塌下来都要紧，一到手，再不提此事。我就经历过好几回，下班回家，胡同口蹲坐一人，呼地站起来，是三叔。说三轮车叫运管所扣了，罚三百元，把我兜里的大张小票一股脑儿摸了去。又一回下班回家，胡同口又呼站起来一人，还是三叔，说三婶去医院透视抓药钱不够……借了钱，三年五年不提，我回老家，三叔见了我拐弯走，躲我。其他亲戚也是这样，几乎让三叔借遍了。三叔缺钱，就想着法致富，在村口开了一个修配站。嫌修车的少，就往修配站前后两三里处摔啤酒瓶，生意很是红火了一阵。

这一天，几辆后八轮货车经过修配站，一只备用胎掉下来。三叔见了，像兔子一般蹿过去，把备用胎推过来藏进了屋里。一会儿，货车司机找了来，问三叔，三叔摇头，说："谁见你的备胎了？"人家问了一圈明白了，又来找三叔,问三叔要多少钱。三叔伸出一根指头,司机猜:"一百块?"三叔眼一瞪:"打发要饭的呀?一千块!"差点儿把司机吓个跟头,最后给了三叔四百元。

几日后,省里那家私营企业往村里送水泥,开车的人竟是那个司机。司机好不恼火,拨通老板的手机,说了备用胎的事,问老板:"这样的刁民,咱也帮他?"老板一听也很生气,命令他们马上返回,一包水泥也不要给付庄。

这回付庄的人真恼了。三叔家的玻璃让砸了个稀巴烂,门上抹满了屎,三叔的小孩也让班里的学生打了一头鸡皮疙瘩。三叔去找人家家长,结果又让按住揍了一顿。回到家,三婶也跑了,还说跟这么个倒霉蛋过日子,没意思!三叔一急,犯了脑血栓,扑通一下倒在地上。

三叔病好出院,落了个嘴歪眼斜,走路也不利索,手里多了一根拐。三叔本来还该在医院住一段时间,可没钱交药费,提前出来了。也不敢在县医院开好药,就在村里开一些心疼定、尼莫地平片一类的普通药。去借钱,没一家借得动。以前三叔见了亲戚躲着走,现在是亲戚见了他躲着走,怕他张口借钱。

一瘸一拐的三叔硬是把付庄的路走歪了。

头狼

八年前,我大专毕业,等待分配的那段日子只身一人去了内蒙,喜欢猎奇的我果真不虚此行。在鄂伦春旗的一座蒙古包里,我大口大口嚼着香味四溢的手抓羊肉,端着牧民自己酿造的奶酒,和主人的两个儿子开怀畅饮。他俩一个叫乌兰,一个叫乌达,明天要带我去大草原。乌兰、乌达用蒙古语唱着一首古老的情歌,已是醉眼迷蒙,却不住地擦拭两支冲锋枪,咔嚓咔嚓拉着枪栓,对着兽骨做成的衣架瞄准。草原有狼群。他俩望着好奇的我说:"别怕,我们有这个。"主人告诉我他的两个儿子是旗里的神射手。

第二天,我们在一望无垠的草原上尽情奔驰,古老的情歌伴着我们渐入大草原的深处。只可惜我骑术欠佳,耽误了返程的时间,最后不得不在一片小树林歇息下来。乌兰、乌达在高处选择了一块大土包,用蒙古刀挖了一个洞,供晚上栖身用。暮色四合,黑夜慢慢包围了小树林。我们在土洞前燃起一堆篝火,噼里啪啦的烧柴声给草原的秋夜带来几多生气。躺下后没有马上入睡,好静的夜啊!我一下子想起了家乡茂密拥挤的玉米地,也是这般静,但那里总有一种天籁一样的声音伴我入梦。

半夜起来小解,凉风袭来,我一连打了几个痛快的寒战。这时我发现有动静,隔着火堆望去,看见一只怪物在不远处悄然站立着,它一动不动,两条前腿耷拉在胸前,两只眼睛发出瘆人的绿光。我一下子毛骨悚然,哆嗦着一步步退向土洞。我看见那只怪物也在向我逼近,我却连呼喊的力气都没有了。就在这时,高度警觉的乌兰、乌达嗅到了这只怪物的气味,两人一骨碌爬起来,叫一声"狼"后,已箭一般从洞中射出来。两人单膝点地,子弹上膛,做好了瞄准射击的准备。那只怪物犹豫一下,却又继续朝我们逼近。乌兰、乌达同时扣动了扳机,两人不愧是草原的神射手,一人一梭子射过去,全部弹无虚发。那只怪物踉跄了一下,转身就跑,没跑出多远,又被什么东西绊了一下,然后一边跑,一边怪叫。乌兰乌达一听,大叫:"坏了,它的同伙要引来了!"

乌兰站在土洞上担任警戒,乌达挥舞着蒙古刀拼命砍柴,我也手忙脚乱在周围捡一切可燃之物。我们把随身带来的羊肉和酒也扔进火堆,火越燃越大,最后把我们包围起来。我们退进土洞里,乌兰、乌达端着枪瞄着火堆外的地带,随时准备对付复仇的狼群。三匹骏马在土洞上不住地转圈,蹄声清晰可闻。乌兰说:"真不行,就用它们抵挡一阵。"我简直不敢相信这残酷现实的到来会是怎么一番模样。

一直到天色大亮,乌兰和乌达就那样单膝点地跪了一夜。狼群没来。我们顺着那只狼逃去的方向,看见了一根树桩上缠着一段肠子,顺着血淋淋的肠子一直走了几十米,竟是一只猛虎一样庞大的老狼躺在地上。乌达告诉我昨夜狼群没来的原因,说这曾经是只头狼,新的头狼代替它之后,它就离开了狼群,成了一只孤狼。"亏了是只孤狼。"我在心里庆幸。乌达又说:"它的威风和凶猛却还在,肠子被挂住还能跑几十米。"我们仨人唏嘘不止。

乌兰、乌达用那只狼皮做了一件夹袄给我。

我把狼皮夹袄穿回家,当时我的家还在豫北乡下。我一进家门,我家两条狗就一个个哆嗦起来,后来跑出去怎么也不敢回来了。我很奇怪,去街上唤它们。谁知村里的狗见了我都一个个吓跑了,连开杀锅的赵肉蛋家那条德国犬见了我也直往后退。村人都问我怎么回事,我恍然大悟——

于是就给他们讲了那只头狼的故事。

黑羊白汤

化验瘦肉精

　　文玉办了一个腐竹厂、一个养猪场，饲料主要是腐竹厂生产后的涮锅水，里面蛋白质含量很高，喂出的猪又肥又壮，文玉叫它们"环保猪"，专供县里一家超市，很受欢迎。文玉却没想到，还会有人要查封他的猪场。

　　那天，猪场来了一辆面包车，呼呼啦啦下来一堆大盖帽。这年头大盖帽太多了，眼神不好使的人一时半会儿还真认不出是哪路军。文玉眼神儿不赖，却还好几回把技术监督局的郎队长认成了工商局的勾队长。这回文玉没认错，来者是畜牧局监察大队的朱队长。文玉呢，没做贼心就不虚，问："朱队长有何贵干？"

　　朱队长到了别处，都是好烟好茶加笑脸相迎，一个个毕恭毕敬。到了这儿，文玉烟不掏茶不说，连往屋里让一下也没让。朱队长就黑了脸，一副公事公办的样子："上面有精神，要查处各养猪场喂瘦肉精的事，主动交代、态度好的罚款了事，抗拒执法者就查封他的猪场！"文玉点了点头，知道是咋回事了。这时朱队长对他说："念你是老实人，也不多罚，交八百元算了。"说罢就让会计开票收钱，还说其他猪场都是这样办的，人家都很自觉。

文玉心说现在这职能部门咋都这样呢，不管违法不违法，都是一罚了事。前几天，技术监督局郎队长张口罚他五百元，并且说："要找你的毛病还能找不出来？"今天朱队长又是八百元，仿佛他文玉会屙钱似的。"哼！我可没那么自觉！"文玉把头摆得像拨浪鼓，不同意罚款。

"为啥不交？"朱队长问。

"我养的猪根本没有喂瘦肉精！"文玉理直气壮地回答。

"别给面子不要面子！"朱队长恼了，眼一瞪，命令化验员："接他的尿带回去化验！到时候可就不是八百元了！"文玉纠正他的话："不是接我的尿，也不是接你的尿，而是接猪的尿。"一旁围观的人哈哈笑起来。

两个化验员一个是未婚女孩，一个是刚毕业的大学生，比较娇气，刚走近猪圈，就用手捂住了鼻子。两人嫌猪脏嫌圈臭，她支他，他支她，谁也不愿下去取尿，最后一齐支文玉。文玉皱皱眉，很不情愿地接了尿袋，跳进猪圈弄了半天，才接了半袋尿。

朱队长说一声"你等着"，气哼哼走了。

才隔一天，处罚通知书就下来了，上面写着：经化验，猪尿中含有大量瘦肉精分子，因此对文玉处以一千五百元罚款，三日内交齐，否则查封猪场。

文玉心说："我是长大的，不是吓大的。"仍然坚持自己的猪没喂瘦肉精,他还把处罚书扔在了地上。

朱队长大怒,没等三天,第二天就带人来查封猪场。文玉抡起铁锨要跟他们拼命,惊来了一村人。乡派出所也来了值班民警,问是咋回事。文玉讲了那天接尿的经过,挺委屈地说:"打死我也不信能化验出瘦肉精!"

村民们和派出所民警听了忍不住笑起来,朱队长却傻在那里,他怎么也没想到事情会是这样——

原来那天文玉在猪圈等了半天,几头猪都不配合,哪头也不撒尿。这时两个化验员在外边催,一急,文玉就掏出自己的家伙往尿袋里撒了一泡。

打电话

冬夜是不是太长了?今天值班的小雪看完连续剧《春光灿烂》,啪啪啪把频道拧了几圈,再找不出可意的节目,她就伸了一个懒腰,哈欠却没打出来——她真的一点都不倦。无奈坐进被窝,忽然她眼睛一亮,床头那部电话仿佛在朝她招手示意:小雪,我来帮你解闷吧!小雪按捺不住欢喜,"打168人工信息台,找人聊聊天"。谁知电话回答她的却是"已经受限",单位领导真是有先见之明,不知何时取消了这项服务。喜欢搞恶作剧的小雪并不灰心,她产生了一个念头,决定打几个陌生电话,并且给自己取好了名字,叫王丽。她按照本城的号码规律,随意拟好几个电话。

她拨通了第一个号码,接电话的是一个中年男人,多少带点官味,问:"谁呀?"小雪的心有些跳,回答:"我是王丽。"那边一听便慌了,竟在电话中求开了小雪:"王丽,明天你千万别去单位找我,影响多不好!你要什么我都答应,钱我给你,工作也帮你安排……我老婆在里间听见我接电话了,咱就说到这儿吧!"电话挂后,小雪想想这个男人的慌张样,不由得笑了。

第二个电话是小雪先挂的。也是一个男人接的,言语竟无耻到了极点,小雪仿佛从电话中闻到了这个男子嘴里发出的恶臭,讨厌极了。半分钟后,受挫了的小雪又恢复了刚才的兴奋劲儿,她拨通了第三个电话。

这位一定是个很逗的家伙。小雪报了姓名,明明互不认识,这位却很热情地抓住"王丽"不放,问这问那,最后还提出约个时间和"王丽"见上一面,交个朋友……小雪咯咯笑着挂了电话,那位在电话一端直喊:"别挂,别挂,再谈一会儿……"

下一个电话是一个懒洋洋的女人,问完姓名,说:"打错了,真烦!"便啪一下挂了电话。小雪正在兴头上,心说:

"我要是再换个名字呢?"于是她又拨通了第五个电话。

接电话的是个女人。小雪刚喂了声,对方就说:"我知道你是谁了。今夜我丈夫没回来,一定又在你那儿了。"小雪一听来了劲,就顺口说:"是在我这儿。"谁知女人却在电话里哭了,抽泣着哀求:"他变心我不怪他,只要你们往后能断了。你知道我每天都等他到半夜,要不是为了两个孩子,为了这个家,我早栽河里死了,我求求你,让他回心转意吧!我给你跪下了……"电话里果然传来咚的一声响,小雪的心一揪,电话那端的女人仍在凄凄地诉说,小雪却轻轻把话筒搁在了机座上。

这时,竟有泪从小雪眼里溢了出来。

对手

田洋本是一个小有名气的诗人。然而随着文学尤其诗歌的贬值,他再不好意思在人们面前称自己是写诗的人。他知道"抛一块石子砸住七个诗人"的时代已经永远不复返了。现实中的田洋是一家中学的教师,因赌博而借了一屁股债,老婆忍无可忍弃他而去。偶然的一次机会,自暴自弃的田洋在一家歌舞厅顺手"牵"了一只手机,卖了几百元，也没出事。以后缺钱了他手就痒，顺手牵羊的次数逐渐多起来，成了一名高智商的大盗。

田洋专事开锁技术，还专门到千里之外找过一个神秘人物，花巨资拜师"学艺"，把写诗的那点聪明劲儿用在了开锁上。田洋能在几秒钟内用一根牙签打开一只普通挂锁，如果用专用工具，开保险柜也只是两三分钟的事。田洋专偷大户，踩点之后要酝酿一个周密的计划，确保万无一失。田洋更喜欢偷一些为官之人，偷了他们，被偷的人居然连报案都不敢。过几日，田洋会重返其家，趁那家里没人时去还存折，存折对他没啥用，他从不去冒这个险。他只要现金和珠宝，还有字画。田洋去这些人的家跟在自己家一样随便，有时会在客厅歇一会儿，打开电视，抽一支烟，喝点果汁什么的。离开的时候，他总是忘了给人家关电视。当然，田洋会时刻记着在鞋子上套一个医院给病人做透视时用的塑料鞋套，还要戴上雪白的手套，虽然薄，却很结实。这两样东西他也没花钱，是他打开医院仓库和交警队后勤处的锁，从从容容拿去的。仓库保管员很庆幸，锁被打开，却只丢了点不值钱的东西。这贼，小气得很！

很长一段时间，田洋一直为警察抓不到他而苦恼，他感觉自己陷入了一个无敌之阵。空空荡荡的战场上任他云里来，雾里去，却碰不见一个敌人，确切地说是一个对手。他觉得自己像一个拳击手，每次作案，都像狠狠打出一记直拳，然而却打在了棉花团上，要不就是水中。

后来，田洋却莫名其妙地被逮住了。是一个老头儿领着两个年轻警察抓他的。他盗了一个大户，出门时，那两个年轻警察像电视里演过的刑警一样双手端着枪，举在右肩上。然后一人一个太阳穴就顶住了他。那个老头儿叫他们放下枪，他们又要给田洋戴手铐。老头儿再次阻止他们，对田洋说："跟我走吧！"老头儿说话时有些咳嗽，那样子像个病人，走起路来还一瘸一拐的。田洋猛然想起来了，这不是在他住的胡同口出现不长时间，说是从乡下来的修鞋匠吗？他说两个闺女在这座城市上大学，他修鞋供她们……走着走着，田洋脸红脖子粗起来，自己怎么栽在了这病秧子老头儿身上呢？他咳嗽，鼻尖好像还挂着鼻涕，是一个土里土气的乡下老头儿。莫非是个盯梢的？不对，那个警察都听他的。唉！田洋真想跳楼。

田洋拒不交代自己的犯罪事实，给自己的嘴巴上了一把锁。他对审问他的警察说："栽在这个病秧子身上，我不服！"

警察说："什么病秧子？他是大漠内外有名的反扒高手神鹰！专门请来对付你的。"

田洋头一仰，哼一声，再不吐一字。老头儿出现了，他盯着田洋看，田洋不怕，也盯着他看。"不错，确确实实是一个病秧子嘛！"田洋在心里说。老头儿说，声音也不高:"跟我来。"

老头儿把田洋引到另一间狱室,给田洋开了手脚铐,然后关上了门。老头儿对田洋说:"你的开锁技术不是很高吗?两分钟之内你能打开门,我就放你走,要是打不开,你必须老老实实交代。"

田洋一下子兴奋起来。他在狱室的地面上迅速找到一件开锁的工具,然后在门上琢磨起来。瞅了好一阵子,竟无处下手,田洋顺着门缝上下找了十几遍,却找不到锁。这么说,老头儿是安装了一只高级暗锁。"再难的锁,我也要找到把它打开!"田洋心说。老头儿手握一只小钟表,时间嘀嘀嗒嗒地往前走。田洋的脑门儿上也有汗珠儿滴滴答答地往下掉。这时,老头儿开了口:"时间到了。"田洋像只泄了气的皮球一样,放弃了努力,倒在门上。这时,门动了一下,就开了,田洋差点儿跌倒。

原来门真的没有锁,而田洋却没有想到去推它一下。老头儿盯着田洋,田洋垂下了头。他知道,自己遇上高人了。

黑羊白汤

喝药

这天,田小三正在菜园浇地,二嫂跟头流星般跑来告诉他:"你家来了个外地男人,一进院,你媳妇就把门关上了。"又说:"这回你可不能再饶她了!"田小三是个瘸子,到三十岁才娶上一房媳妇。媳妇却不守妇道,跟村里几个骚牯子拉扯不清,今天居然……田小三拎起铁锨就往村里跑。

到了家门口,他想了想,又把铁锨搁在一边,伸手去推门,门吱呀一声开了。一个男人刺溜一下钻出来,兔子一般朝村外跑去。二嫂拾起一块土坷垃砸过去,狠狠地骂:"不要脸的东西!"田小三黑着脸踏进家门,媳妇坐在床边抱一堆毛线有一下没一下地打毛衣。装得真像呀!田小三问:"那个男的是谁?"媳妇答:"一个看穴位的阴阳先生,没说几句话就让俺支走了。""呸!几句话能说半个钟头?看我不揍死你!"田小三抡起巴掌去扇媳妇,她一扭身跳开了,高声叫骂:"你个龟孙!还来真的了,姑奶奶手里可没端豆腐!"两人便打起来。田小三嫌败兴,咣当一声关了屋门。

院子里来了不少人,大家都竖起耳朵听。屋里传来

"扑扑腾腾"的打闹声,后来声音就单一了。只听啪的一声响,田小三就喊:"还敢不敢了?"又啪的一声,田小三又喊一声:"还敢不敢了?"二嫂和几个妇女笑了,说:"该!该!"一齐趴到窗台上透过玻璃往里面瞧,却一下子惊呆了。只见瘦小的田小三躺在下面,媳妇儿骑在他身上,每打一下,田小三就喊一声。他是怕丢人哩!二嫂不忍心看了,泪水吧嗒吧嗒砸在窗台上。几个妇女看不下去,用巴掌拍玻璃,嘭嘭嘭……田小三的本家们也恼了,院子里响起了一片指责声。小三媳妇儿害怕了,一骨碌从小三身上滚下来。

田小三流着鼻血走出来,几个本家兄弟捋胳膊卷袖扬言要教训那娘儿们。小三媳妇吓得不敢露头。等了好一会儿,几个本家兄弟正要进去,一只瓶子从屋里扔了出来,啪一声碎了,大家一看,是一只农药瓶。不好,小三媳妇儿喝药了!二嫂抢先跑进屋,见小三媳妇歪在床上,嘴里吐着白沫。二嫂也是刀子嘴豆腐心,抱起小三媳妇,急得大喊:"咋办?咋办?"人们呼啦一下拥进来,乱成了团。

这时有人喊了一声:"水伯来了!"大家一下子静下来,一齐朝外看。水伯披着外衣进来了,他是一村之长,村人敬他又怕他,因为再难缠再刁顽的人,他也有办法治住。一看这阵势,水伯就吩咐在场的人:"黑狗去发动你家的柴油三轮,赶紧送医院,小锁、小亮跟去帮忙;扎根媳妇、羊蛋媳妇抱两捆稻草来,一会儿车来了铺上。都给你们记义务工!"水伯吩咐完毕,一扭头却发现了一个新情况,心里什么都清楚了。水伯又喊回这两个妇女:"你俩别去抱稻草了,俺看小三媳妇病情严重,不如现在开始抢救。"俩媳妇一齐问:"咋个救法?"水伯说:"用老土法给她灌肠,你俩去茅缸里舀一盆粪水来!"俩媳妇小跑着去了,一会儿就捏着鼻子用尿盆舀了一盆秽物。大家一齐努力,小三媳妇着实喝了几口,然后哇哇大吐起来,二嫂喊:"活了,活了!"水伯吩咐接着灌。

小三媳妇一骨碌从床上下来跪在水伯面前,鼻涕一把泪一把地求水伯:"饶了俺吧,俺知道错了。"水伯刚进门就有人说了今天的事,此时他却装作啥也不知道,说:"俺在给你治病,不知道你犯啥错了。"小三媳妇咚咚叩起了响头:"俺真知错了,水伯你瞧俺往后的表现吧!"水伯还是一副不明白的样子,摇摇头说:"你认哪门错?真是的。"又说:"既然你没事了,俺就走了。"他边往外走边驱散大伙儿。

众人捂着嘴往外走,一出门,都憋不住笑了。

看庄稼

一入秋,大队就开始派人看庄稼。

前半秋天防猪,后半秋天防人。人在沟边割着草,瞅瞅四下没有人,就窜进地里掰几只玉米、挖几株花生。被抓住,多半是要敲锣游街的。

还有夜里出来偷棉花的妇女们更难对付。她们三五人结伴,什么工具也不带,拣开肥的棉花朵拽下往内衣里塞。撵她们就跑,跑不动了,便一齐蹲下来撒尿,将白花花的屁股亮给你,看庄稼的后生们望而却步,只好不战而退。也有单个出来的,被逮住了不慌不忙,嘴挺硬,不承认偷棉花。那边后生不信,说不交出来可要搜身了。这边就迎上去,说没做贼心不虚。那边再强调一句:"俺可真搜了!"这边毫不退却:"随便。"后生的手就伸进了人家衣囊里边,很快触到一团厚墩墩的籽棉,却没将棉花拽出来,嘴里说:"不信搜不到。"手又试探着往上移,终于触到那两个硬顶顶的家伙了,嘴里却说:"果真没有。"手很不情愿地离开,说:"去吧!"这边赶紧跑去,心怦怦直跳,生怕那后生干出出格的事,那就对不住自己屋里头的了。

这事传到支书耳朵里,支书觉得后生们靠不住,便换成了城里来的知青。负责棉花地的两个知青,一个叫小齐,一个叫国庆。国庆十七岁,还是个大孩子,一进野地就害怕。小齐故意吓他,讲聊斋里《画皮》的故事,吓得国庆钻进草棚不敢出来。小齐喊他去巡逻,他说啥也不出来,小齐把破步枪枪栓拉得哗哗响,说:"我一人去了。"国庆也不敢一个人待着,又跑出来追小齐。

两人还真逮住一个贼,是二队王根生的老婆龙枝。王根生刨树摔断了腰,不能走路,成了废人,家里孩子又多,年年都是缺粮户,龙枝一个人撑着,没少作难。今天,几个邻居发动她,起初她不肯,后来想想几个小孩冬天上学还没棉鞋,就来了,人家跑得快,龙枝没经验,被落在了后面。

小齐、国庆催她交出棉花,她想起同伙的叮嘱,说没偷棉花。

国庆眼尖,说:"你肚里鼓鼓的,准是棉花。"龙枝笑说:"俺怀小孩了,不信你来摸摸。"说着就做出解腰带的样子,国庆慌了,连连摆手,说:"别,别。"小齐不怕这些,走近几步要检查。龙枝一看要来真的,口气立时软了,泪也掉下来,说:"俺也是没法……"

小齐听说过她家的事,心也软了,跟国庆咬了一会儿耳朵,冲龙枝挥挥手,说:"你走吧,回村别对外人说我们放了你。"

龙枝感激地望了他俩一眼,转身就走。走出几步,又回头，她想起了同伴的话，就对小齐说："俺也没啥报答你的，大兄弟要是想……"

小齐臊得连连摆手，说："我俩犯一次错误，你还想让我们再犯？"

龙枝临走甩下一句话："俺回家给你俩摊小鳌馍吃。"

小齐国庆一直转到后半夜，露水越下越重，两人钻进草棚避湿气，开始讲故事，你一个，我一个，讲着讲着都迷糊着了。他俩醒来时天色将明，首先闻到满棚馍香。

一看，恁厚一摞小鳌馍，用笼布包着，还温乎乎的呢！

菊妞

菊妞在村小学给几个公办教师做饭，一个月七十元钱。菊妞爱干净，饭做得也可口，特别是糊涂面条做得原汁原味，教师们都爱吃。菊妞不爱说话，只会抿嘴笑，一笑露出两只酒窝，一副很动人的模样。那个教英语的"眼镜"老爱缠着菊妞说笑话，几个代课老师跟菊妞开玩笑："一定是看上你了。"菊妞一听脸就红了。一个人的时候，竟也痴痴地想那眼镜在操场上漂亮的"三步上篮"，还有吹得动听的笛子……想着想着，脸又红了。

黑羊白汤

一个星期天，菊妞在邻居家看完《射雕英雄传》，猛然想起忘了添火，赶紧往学校去。添完火走的时候，发现一处灯光亮着，走过去，门虚掩着。眼镜一个人正在饮酒，还哼什么"抽刀断水水更流，举杯消愁愁更愁，人生在世不称意，明朝散发弄扁舟"，一副痛苦不堪的样子。菊妞见他醉了，劝他不要再喝。眼镜却抓住她的手问："你知道失恋是什么滋味吗？"菊妞摇摇头，说不知道。眼镜也是不胜酒量，一会儿嘴里像装了个二寸水泵一样，哇哇大吐起来。菊妞又是给他捶背，又是给他端水漱口，侍候他躺下后，还把秽物扫了出去。望着沉睡不醒的眼镜，菊妞不忍心离去，烫了热毛巾敷在他额头上。后来，菊妞趴在桌子上迷糊着了。梦里，她被眼镜抱了起来，再后来，一阵奇疼……菊妞睁开眼，眼镜真的在她身上。菊妞羞得"娘呀"一声叫，往下推眼镜。眼镜不下来，反而使劲扳着她的肩喊："我喜欢你，我喜欢你……"菊妞反抗不过，又想起眼镜平时喜人的模样，就依从了他。第二天醒来时天已大亮，菊妞瞪着一双水汪汪的眼睛说："俺可是你的人啦！"又说一遍，"俺生生死死都是你的人啦！"她一字一顿，就像泥瓦匠往墙上一块一块加砖一样。眼镜吓了一跳，不知该说啥好。

有了第一次，第二次、第三次也就自然发生了。但是世上没有不透风的墙，传到菊妞爹娘耳朵里，老两口先问菊妞："这是咋回事，他会娶你？"菊妞点点头。老两口又去问眼镜,眼镜说:"我俩啥关系也没有,你们不要听她瞎说。"老两口羞得无地自容,回家把菊妞打了一顿,让她辞了学校这份差事。庄稼人最怕这种败兴事,自此,爹娘把菊妞管得极严,一到晚上就不准她出门。关住人关不住心,菊妞设法和眼镜偷偷见了一面,眼镜信誓旦旦说:"非你不娶。"她极信,晚上睡觉时用一根麻绳拴住手腕,麻绳另一头递到窗外,半夜,眼镜入院来悄悄拉拉麻绳,她就从楼上的顶窗出来,眼镜早搬了梯子等着。如此几回,菊妞肚子出了问题。去问眼镜,眼镜说马上办理结婚手续。谁知眼镜却在暑假办了调离手续,回城去了。菊妞撵到城里,眼镜根本不认账,说:"谁知是哪个的小孩?"菊妞大哭一场,彻底死了心。摆在她面前的只有两条路:打胎或远嫁。爹娘叫她去做手术,菊妞不去,说:"俺非生下叫他瞧瞧是谁的小孩。"

于是菊妞远嫁到一个地方。新婚之夜,菊妞从包袱里翻出一把明晃晃的剪刀对着男人说:"生小孩前,你别碰俺!只要让俺生下小孩,以后正儿八经跟你过日子。"过门五个月,菊妞生下一个女婴。这一天,眼镜竟摸到她家,要看小孩。邻居一个大婶跑去告诉正在浇地的菊妞男人,说你家来了一个外地男人,你媳妇把门也关了。菊妞男人心里一咯噔,拎着铁锨往回跑,到了家门口,想想,又把铁锨丢在一边。去推门,院里传来两人的对话:"求你半天了,让我看一眼女儿就走。""啥?女儿?你的女儿?""嗯。""当初你不是说不知道是谁的小孩吗?"男人无语,停了停,又央求:"怎么说也是我的亲骨肉,人心都是肉长的……""你也配说人话?烂了心肺的东西,死心吧你!"……菊妞男人听了一阵子,又拎起铁锨浇地去了。

两年后,菊妞又生了一个儿子,两口子心往一处聚,日子硬是红火起来。今年,闺女初中毕业考上了中师,男人请来县剧团,锣鼓家什一响,热闹了一村。

大脚婶

小时候,玉琴经常跟着她娘大脚婶参加别人家的婚礼,大脚婶的角色就是给新媳妇扫床。村里会扫床的不少,可大家都愿意请大脚婶。大脚婶带上玉琴,玉琴就能吃上一顿大肉臊,吃得满嘴流油,肠胃也跟着幸福好几天。大脚婶扫床的时候,玉琴就笑眯眯地站在一边看。

新媳妇下了车,接着就是拜堂,然后入洞房。这时,大脚婶扭扭摆摆地出来了,腋下夹了一把笤帚,一边走,还一边往下拽自己的衣裳襟。人未近,声音先亮了起来:"俺在家里真是忙,掌柜的请俺来扫床。闲人都往后面让,叫俺扫床的往前上。"

有一回,玉琴身边一个小孩冲大脚婶呸地吐了一口唾沫,说:"自己抢着来的非说人家请你,还搽了胭脂,真不要脸!"说这话的是一个十一二岁的孩子。玉琴扭头一看,认得对方是茄庄村主任的儿子玉柱。不管谁家的喜事,玉柱都跟着他爹吃酒席。但每次大脚婶给新媳妇扫床都要唱半天,不唱完不开席,等开席了吃不了几嘴,学校上课的钟声就当当当响起来,玉柱只能扯上一只鸡腿,恋恋不舍地离去,自然玉柱就对大脚婶生了怨恨。

大脚婶脸红扑扑的,果真搽了胭脂,显出一脸俗艳。她挑起绣了鸳鸯的门帘说:"没事不进新人房,新人门帘五尺长。掀开门帘往里望,里面就比外面强。五子小登科,来到丈人家……"大脚婶挑起门帘却不进去,她要把迎亲拜堂的经过唱念一遍。这一段唱念,往少处说也得二十分钟。玉柱急忙抽身而去,转到锅台边嘱咐掌勺的大师傅往火里加点柴火,别让笼里的菜凉了。

大脚婶终于挑帘进了新人房,呼啦一下涌进一堆人。大脚婶开始清点新媳妇娘家陪送的东西:"盆架衣架你都有,木梳篦子放抽斗……我说你没了,你说你还有。有啥?老破箱老破柜,还有两箱破铺衬。一说新人犯了恼,下床就往箱根跑。打开柜掀开箱,一件一件往外掭。哪一件不是缎,拿俺娘家还管换。哪一件不是新,撕烂新人衣裳襟。哪一件出过水,管叫撕烂新人嘴。哪一件挨过身,拿根火柴烧成灰。新人新人你别恼,开个玩笑你别恼。你娘家陪送真是好,真是好!"大脚婶一人演两角,惹得一屋人笑起来。这时,猴急猴急的玉柱又跑了来,他越急,大脚婶反而扫得越细致了。清点完陪送的衣裳,又开始一层一层掀开新人的床铺端详:"低头就往床上观,宰相芦席上边铺;芦席上边是涩毯,涩毯上面是毛毡;毛毡上面是棉毡,棉毡上面是铺底;铺底上面是衬单,鸳鸯枕头两头搬。拿来烧饼俺重扫,不拿烧饼算拉倒。"大脚婶手里的笤帚果真在枕头上停下来,等着主家去拿夹了牛肉的烧饼和红包。大人小孩都捂住嘴笑大脚婶,扫床歌可没这一句,这句词是她自己加进去的,她怕一口气扫完,主家一忙,把她的红包给忘了。

洞房里的戏暂停在那里。玉琴也在等着,夹了牛肉的烧饼一到手,她就该上学去了。

玉柱忍无可忍,他已经让大师傅加了两回柴火,大师傅说:"再加柴火,笼里的福禄肉就该蒸化了。"玉柱一蹦一跳地骂起来:"大脚婆,你真不要脸,为两个臭烧饼……"大脚婶听了玉柱的骂一点不恼,笑吟吟地望着大伙儿,说:"心急吃不了热豆腐,我这扫床歌唱不完,谁也别想吃一块肉片。"这时玉琴脸上挂不住了,狠狠跺一下脚,汪着两眼泪水扭身走了。

玉琴大玉柱两岁，放了学，把玉柱拦在半路，要替娘讨个说法。两人三说两说，竟打了起来。玉柱个儿矮，被玉琴按倒在地狠揍了一顿。玉柱一把鼻涕一把泪要去找大人告状："叫俺爹把你娘开除了，不叫她给新媳妇扫床……""呸！开除了正好，等你娶媳妇没人给你扫床……"玉琴在后面冲着玉柱喊。

果然如玉琴所言，玉柱结婚时，大脚婶真的没来扫床。大脚婶洗手不干了？不是，大脚婶干得正出彩呢，还参加了县文化馆的婚礼服务部，平常都是车接车送。大脚婶的出彩全沾了电视台一名记者的光，人家把她的《扫床歌》拍成婚俗专题片，不但县台播了，市台省台也跟着播了，后来市里又申请了非物质文化遗产。大脚婶一下子成了名人，活多得天天忙不过来。玉柱结婚没让大脚婶扫床，熟人都知道原因：按当地风俗，丈母娘咋能给闺女和女婿扫床呢！

新闻

县里没有电视台，领导们担心一直不在屏幕上出现，会和群众失去联系。于是拨款给新闻科买了一台摄像机，由新闻干事秦小喜负责电视新闻报道。每天秦小喜吭吭哧哧扛着摄像机跟着领导们跑,但是效果却不大,地区电视台两三个月才用一篇,还都是简讯,镜头一闪就没了。领导们有些不太满意,县委书记找秦小喜谈话,说:"今年不惜一切代价,你必须在省台上几篇稿,把我县的精神文明建设成果宣传出去。"秦小喜感到压力很大。

这天,他带了一些土特产去省电视台找一个叫毛球的老乡。毛球是新闻部副主任,嗜酒,中午的时候,喝到七八成,他招手让秦小喜过来,开始传授真经:"什么是新闻?就你们那县长书记扶个贫开个誓师会就是新闻?全省一百多个县,就凭那些破事猴年马月也轮不上你们。你要善于发现有典型意义有新闻价值的线索,一句话言之,'狗咬人不是新闻,人咬狗才是新闻'。"秦小喜听了,佩服得连连点头。回到县里不久,他就发现了一条新闻,某村一农民家的老母鸡产下了一只彩蛋,蛋壳上有一个身穿战袍的人像。秦小喜拍了,带着片子、彩蛋,还有那只老母鸡去省台找毛球。毛球当即拍板:"上!"谁知一看录像带,却不能用,县里那台摄像机太低档,摄像效果差,上省台播出去会一片模糊。秦小喜说:"要不用你们的机器重去拍?"毛球点头说好。找了一辆车,却没有去县里,而是到郊区一家农户,让那户农民拿着彩蛋抱着那只老母鸡拍了一些镜头,不到一小时就回来了。毛球说:"马上制作,今天就播,让秦小喜回去收看。"秦小喜磨蹭着不走,毛球急着制作,说:"你为啥还不走?"秦小喜吞吞吐吐地说:"这人物、地点都是假的……"毛球哈哈一笑,说:"难道我还会跑一百里路去拍你那个真的?再说谁能看出来?"

　　新闻播了出来,县委书记找他谈话,先是表扬,然后说:"这个题材跟咱县里的工作联系不上,下次你想法报道报道咱县的工作。"又说:"你的职务问题我会考虑的。"秦小喜不敢怠慢,很快又发现一条线索。下面一个乡供销社坚持八年组织青年职工为深山区农民送货,一年两次,每次都是肩扛担挑,攀登山梯二十多里,把酱油、食盐、化肥、农药等生活资料和生产资料送到五个自然村三百多名山民手中,解决了他们往返几十里下山购货的不便。秦小喜整理了一份材料给毛球送去,毛球说不错不错,就带了摄像机来拍摄。到了那里,供销社主任说:"你们来迟了,往山里的盘山公路刚修好,现在我们都是用汽车直接送货的。"秦小喜一听很泄气,毛球却吩咐供销社主任再组织一次。经过一番忙活,供销社两辆车把油盐酱醋和二十多个职工送到山脚下,然后让他们打着红旗,扛着油盐酱醋沿山梯上山。到了山里,毛球又吩咐供销社主任去把全村男女老少叫出来,夹道欢迎送货队,还把带来的十几挂鞭炮点着,场面好热闹,最后又让那个穿"解放"牌球鞋的乡供销社主任来了个"同期声"。毛球一番导演,简直把秦小喜导傻了。他不明白,这也能算新闻?

这则新闻还真播出去了,县委书记把秦小喜大大表扬了一番,又提到了要和县里的工作联系起来,又提到了秦小喜的职务问题,这次特别提到了乡供销社主任那个"同期声"……秦小喜心里明白,如果下次不让书记露露脸,自己可就失职了。不久后,他们又去拍了一则新闻。他们县有一个叫桃花掌的偏远小山村,地处山西、河南、河北三省交界处,去年发洪水,十几里山路被冲垮冲断,桃花掌村的山民自发结合,历时两个半月修好了山路,解决了附近三省居民的交通问题。毛球拍了那条修好的山路,补拍了山民修路的镜头,最后提出一个问题,说没有当时道路冲垮的镜头,这则新闻就没有力度。他提出要山民把修好的路再弄毁弄断,弄成被洪水冲垮的样子。秦小喜傻了,山民也不答应。县委书记知道后赶到现场,当即拍板:一切按毛记者的吩咐办,具体事宜由桃花掌所在乡的乡长操办。乡长只好从其他村调来几百个民工,并答应年底给桃花掌村拨五万元的救济款,山民才答应下来。大干三天,毁了五里长的道路。毛球很满意,还设计了一个县委书记慰问修路山民和山民一起抬石头的镜头。

省台播放后,县委书记见了秦小喜,在他肩头意味深长地拍了几拍。几天后,秦小喜即被提拔为新闻科科长,副局级待遇。秦小喜却没有高兴起来,总觉得心里被什么东西压着。那天喝了点酒，回家后，竟一脚把前来献殷勤的小狗踢了个四脚朝天："他娘的人咬狗！"不知是骂狗，还是骂人，他一定是醉了。

升降

这年头，看一个人混得圆不圆，一要看牌子亮不亮，就是带长不带长；二要看钞票鼓不鼓，从兜里朝外掉才算富。张清生小四十的人啦，还是有事得跟科长请假，上顿买了香菇，下顿就得考虑吃白菜的小民一个，自然是跟不上社会的步子了。

今年冬天，张清生和妻子咬咬牙，跺跺脚，把积蓄全拿出来，买回一辆摩托车。家里一下子添了不少亮色，人前人后，两口子也觉得气壮了不少。谁知去老丈人家，小舅子鼻子一哼说："要搁十年前，骑辆摩托车可够风光的，可是现在……哼！"哼完又问姐夫，"你知道现在啥叫穷人？"张清生答不出来，小舅子告诉他："过春节往家扛猪腿还一脸喜洋洋的，你去问吧，兜里保准没几个钱！"让小舅子这么一说，张清生顿觉矮了半截。

摩托车买了也得骑，上下班还是比自行车跑得快。张

黑羊白汤

清生住的是家属楼,没有仓房,摩托就放在附近一个机关的车棚里,看大门的和他是拐弯亲戚。张清生每天发动摩托车从车棚出来,由于天气冷,总要关住车把上的风门停一会儿,让发动机预热几分钟。这个时候,张清生往往能碰见这个单位的姚局长,姚局长很自律,每天骑自行车上下班。张清生便把摩托车把一让,或把身子侧一下,问一声:"姚局长上班来了?"姚局长便微笑着冲他点点头。等姚局长停好车出来,发动机也预热得差不多了,张清生又和姚局长打一声招呼,就轰大油门上班去了。一冬天,这个镜头重复了好多遍。

  姚局长的爱人也是局长,就在张清生那个单位。张清生对姚局长很尊重,从内心讲,不单单由于这个原因,更多的成分是张清生觉得一个女同志当局长很了不起。他极佩服姚局长。次数多了,姚局长也记住了这个爱和她打招呼还常常给她让路的年轻人。"多好的年轻人啊!"尽管张清生小四十了,但在姚局长眼里,他还是年轻人。

  冬天过后,当然是春天了。张清生的生活也变得阳光明媚起来,他被提升成了科长。张清生没有想到,妻子也没有想到,单位的人更没想到。有人说:"正轮倒轮,都轮不到他呀?"不管别人怎么议论,科长这个帽子却是摘不掉了,于是张清生就卖命地干起来。又去老丈人家,小舅子一脸恭敬,再不提猪腿之事,张清生心里很舒服,心说:

"牌子、钞票，我总占了一样。"

转眼间到了夏天，张清生照常骑摩托车上下班，照常和姚局长碰面。天气热了，发动机不用预热，张清生在车棚里发动摩托车之后，一加油门，直接就走了。和姚局长碰面的时候，张清生一声："姚局长……"后半截话没说完就错过去了。为了能和姚局长打一个完整的招呼，张清生干脆省略了称呼，碰面时只问："上班来了？"在这个季节里，姚局长的脸色好像没有以前和气了，可能是天气的缘故吧！有几次，张清生开着摩托车出来，差点儿和姚局长撞到一块儿。摩托车速度快，姚局长不得不让一下，几次之后，姚局长脸上的微笑就没了。

夏天没过完，张清生的科长莫名其妙被免了。再去老丈人家，张清生又像从前那样矮了半截。小舅子消息广，问他："你知道船歪在哪儿了？"接着教训他，"歪在姓姚的女人身上了。我一个同学和她沾点亲戚，给你打听清了，提升你是这个女人在她男人跟前夸了你几句，说你懂事有礼貌；降你也是她在男人跟前损你的，说你子系中山狼，得势就猖狂，见了她连称呼也没了，是不是觉得她快退二线了？她男人一气之下就把你撸了下来。"

张清生好不委屈，说："我怎么知道她要退二线？"

小舅子说："她确实再过两个月就该退了，这个时候的人最敏感。"

张清生听完，一肚子苦水没处倒，说成也萧何，败也萧何，自己这小科长真是来也匆匆，去也匆匆。心里叹一番气，又自己宽慰自己：

到底是女人，心眼儿就是窄！

手机掉进了便道里

县饲料厂设宴请客，客人是税务局马局长。五粮液，穿鳖蛋，名酒好菜，喝得不亦乐乎。中间，马局长要去卫生间，厂长赶紧陪着。马局长在卫生间蹲了一会儿，起身时，身上一件东西啪嗒一下掉进了便道里。马局长哎哟一声，厂长赶紧问啥东西掉了？马局长说是领带夹，厂长嗨一声，说："我还以为啥宝贝呢，一个领带夹，回头我给你弄一个。"

厂长说话算话，第二天就给马局长送来一个领带夹，在一个珠宝盒里包着。厂长走后，马局长打开，立即喜笑颜开。他掉进便道的是一个十几元钱的领带夹，而饲料厂厂长送他的却是一个六克重的纯金夹，还有金店的发票呢！马局长意味深长地笑了。

从这以后，马局长就多了一个毛病：人家请他时，中途必上卫生间，上卫生间必往便道里掉东西。而且因人而异，如果是大老板请客，马局长就掉手机或商务通；如果是小老板，就掉BP机或手表什么的；如果是一般个体商贩，就掉钢笔一类的小东西。每次回到席间，他就嚷嚷服务员去找带钩的棍子来，要去钩他的东西……人家见了，赶紧拦他，说："脏了还咋用？别管了，改日给你换新的！"

一次纺纱厂请客，马局长的手机又不慎掉进便道。回到席间一说，纺纱厂厂长没来，作陪的是财务科科长，他偏偏是个认真人，真找了一根带钩的棍子一捏着鼻子去便道里往外钩，弄了半天，里面什么也没有。财务科科长怀疑地说："手机那么沉，不会一下子就冲走呀？"一桌人都瞅马局长，马局长脸红脖子粗，但他反应挺快，伸手去内衣一摸，手机出来了，然后照自己头上一拍："真是的，喝多了。"结果呢，第二季度，纺纱厂的税收翻了一番。厂长很恼火，立马把财务科科长免了，说他没眼色，把个财务科科长气得几顿没吃饭，心说："世上哪有这等事？"

不久后，一个福建商人要在当地开办珠宝玉器行，宴请马局长。马局长旧戏重演，手机又掉进了便道，还心疼得直叹气："刚买的，液晶显示！"福建客人一摆手，不在乎地说："没关系的啦，我送你一部最先进的波导手机，感应触摸，世界一流。"马局长一听，心花怒放。

过了两天，在马局长办公室，福建商人把一部手机送给了马局长，请马局长以后多多关照。马局长一拍胸脯，说："税费大小还不是我一句话，叫它跟弹簧一样，压住就小，弹起来就大，放心吧，你的事包在我身上了。"

又过两天，马局长被请到了反贪局。新来的反贪局局长亲自审问，马局长一看，傻了：这不是那个福建商人吗？原来纺纱厂财务科科长在气愤之下举报了马局长，并给新上任的反贪局局长出谋划策，导演了这一幕。

要账公司

我的要账公司在小报记者们咔嚓的闪光灯中挂牌成立了。

开张伊始，我先在一家小报上了一个专版："YZ公司总经理赵文辉携全体员工向我市人民致敬"，套红标题下的我手执大哥大，一副十足的经理派头。除了给我拍照的小报记者，似乎没有人怀疑那只大哥大是真是假。下面是本公司的郑重承诺：先要账，后收费，若不奏效，分文不收。

我接待的第一位顾客是一家装潢公司的小经理。他说"四海春"酒家欠了他们二十万装修费死活不给，要急了，"四海春"老板就拿服务小姐顶，说一人一夜一千行不行？

我听了笑了，问："四海春"是不是从上到下全是女的？她们个个珠光宝气、香气扑鼻，卫生得像旧社会的大家小姐？小经理点点头。我说："你立即找两个衣衫不整者去讨账，见了她们就吐就咳，每人喉咙里要像装了一只风箱一样，一扯一送不停地咳，一边咳，一边说：'我这乙肝两年多了还没治好！'"小经理听了，立即眉开眼笑，说："我懂了。"又问这叫什么法？我说："卫生排斥法。"

第二位顾客是一家棉麻公司的黄经理，说皮包公司邢某欠了他们五十万棉花款分文不给，官司也打了，法院也判了，但是对方却根本不在乎，要钱没有，要人有一个。黄经理却不敢让法院真抓他，怕弄急了，一个子儿也不还。前一段时间，邢某生病住院，打电话过来，黄经理又送去两千元医药费。邢某要是有个三长两短，找谁要账！我仔细询问了邢某的家庭人口之后，一拍大腿："有了！"我招呼黄经理俯耳过来，口授了《赵氏要账三十六法》之三"围魏救赵法"。要黄经理物色三五个又蛮又横的部下，长相打扮最好像港台电视里黑社会方面的老大老二，开进邢某家，天天接送他的两个儿子上学，保证不出一个月，邢某就会往外吐钱了。黄经理喜滋滋扭头就走，说："我去试试。"

第三位顾客是一家小型食品厂厂长，他说欠他们厂钱的都是大局大企业，牛气得狠，找他们要账，都不理，问我有啥好法，我说对付这些有头有脸的人最好用我的"影响形象法"。"你去厂里选几个漂亮女工。"厂长直摇头,说:"你是让我用美人计?不成,不成……"我说:"你听我把话说完,不是让你动真格的,你让这些女工称二斤瓜子,拿一件毛衣去欠账户领导办公室嗑瓜子儿打毛衣,只要一有人进去,就拿毛衣往领导身上比,嘴上娇滴滴地问:'合不合身啊?'此法使用二至三次即奏效,保证一个子儿不少,全给你们。"厂长像当年诸葛孔明帐下的魏文长,领命而去。

一个月后,小经理从"四海春"讨回十万元,黄经理从邢某处讨回二十八万元,食品厂外欠全部收回。头三脚踢得响,要账公司一时间声名大噪,顾客络绎不绝。他们一个个愁眉苦脸进,又一个个喜笑颜开出,我却累得几次差点儿休克。

正当要账公司的生意一天比一天火爆的时候,一个严重的问题出现了:欠我要账公司费用的客户竟达三百余家,金额五万元,当我去找欠户要账时,他们一个个冲我摊手,说:"没钱。"我问:"不怕我的'赵氏要账三十六法'吗?"

他们听了,嬉笑不止,说:"我们早把你的要账法研究透了,没什么了不起的。"

——不就是"围魏救赵法"吗?只要人一进我家,我就打110报警。

——不就是"影响形象法"吗?只要是漂亮妞,我就假戏真做。

……我大吃一惊。

最后,我不得不关闭了自己心爱的要账公司。

抢种

秋雨过后,天噷的一下晴了,地皮开始发干,犁能下地了。农人开始忙活起来,翻耕、撒肥、播种、括地垄,一刻也不敢停息,听天气预报过几天还有雨,并且是连阴,要是这几天播不进种子,一耽误可就是十天半个月。种播迟了,出苗晚,遇见冷冬,明年收成十有八九要受影响。庄稼可是农民的命根子呀!这一情况让市里分管农业的副市长下乡了解到,大惊,急忙赶回市里,让秘书连夜起草了一个《关于在全市农村开展抢种的紧急通知》,第二天就召集下面八个县分管农业的副县长做了详细布置。

农情即战情。副县长们上午开完会,下午回去就让秘书依照市里的文件重新起草文件:《关于在全县开展抢种的紧急通知》。通知明天来开抢种紧急会,为了表示重视,要求各乡必须由乡长亲自参加。次日,乡长们领了文件,得了会议精神,马不停蹄赶回去,叫办公室起草文件:《关于在全乡开展抢种的紧急通知》,通知各村明天来开会,支书和村长都得来,有事须跟乡长请假才行。第二天,支书村长们到齐,相互打听:"啥会这么重要?是不是要换届了?"会议一开始,文件一到手,支书村长们齐嘀一声。他们搓搓手上的泥,掸掸裤腿上的土,耐着性子听乡长传达精神,又一二三四五做安排。一晃就到了中午,上午还明晃晃的太阳,现在却躲得无影无踪,天又阴了?支书村长们的心也阴得要命:家里正等着他们去抢种呢!散了会,乡长宣布食堂有饭,支书村长们一个比一个急着往回赶,哪个还有心情吃饭?走到半路,雨点噼里啪啦砸下来。

半个月后,副市长下乡巡视农情,见耕种基本结束,光溜溜的田野上几乎不见人影,他对秘书说:"亏了及时开会布置啊!"偶见几处还在播种,副市长就笑着说:"这一定是那些特懒特懒的庄稼汉。"停车随便问问,竟是村干部。再问原因,村干部就埋怨:"都怨上头开啥抢种紧急会,误了我们播种,本来打个电话就中了,硬是开了一大晌。"村干部不认识市长,埋怨完又说:"种了一辈子地,哪个不晓得抢种?上头又发文件又下精神,真是神经!"

副市长讨了个没趣,赶紧走了。

烟蒂上的舞蹈

嫁给了林,便嫁给了担心。露就有抹不完的泪。

林像个大孩子,天真又冒失。和露结婚两年,露一直没怀孕,两人商量着去医院妇科查查。两人都没毛病,医生是个有耐心的大姐,问了他俩很多生活上的细节,问到那个环节,医生笑了:"原来这两年林根本没进对地方!"就这样,林每次还要吹嘘自己是东方不败……露越想越可笑。这只是个喜剧,喜剧之外的冒失就吓人了。一次露过生日,林买来一束玫瑰,露去接花,却见林的手背在往外冒血,哇一声叫起来。林这才发现自己受伤了,却高低想不起什么时候又是怎样把手弄破了。这个冒失鬼!

想林确实是个大孩子,如此倒也无妨,只是多一分牵挂罢了。谁知他们有了孩子,随着孩子的长高,林的脾气却还是原地不动,做事照样冒冒失失。让露感到更为不安的是,林在感情上也冒失起来。

林半路迷上了文学,作品没怎么着,却先患上了文人的酸病——多情。露在林的换洗衣裳里时不时搜出一些女人写给林或林写给女人待发的信,不愧搞起了文字,比当年写给露的情书来劲多了,也长功夫多了。有一回,居然搜出一只安全套，露哇哇大哭。林又是下跪，又是打自己嘴巴，写了保证书，又生着法哄露。露的情绪刚刚稳定下来，林又茶余饭后羡慕起河南那个写小说的某某，说人家一口气换了四个老婆，最厉害的一次就是去天津领奖，把某大刊的编辑都勾了走……露气得把手中的茶杯摔了。

林的情况越来越严重：露发现林的思绪开始迷乱起来，总在拾掇自己的行装。拾掇好却不需要去哪里，林便将这些行装搁下。露悄悄替他打开行李，一样一样放回原处。可是过几天，林照样会再捆扎到一块儿。却还是无处可去，露只好又将行装放下。如此反反复复，让露的一颗心揪起又放下，放下又揪起。露猛然想起了托尔斯泰，这个大文豪一生都在随时准备出逃，难道自己也要像托尔斯泰的妻子一样防备林一辈子吗？

真的遇到了外出，林便欢天喜地成了一个孩子。露细心给他准备行囊，他很不耐烦。露查看他的机票，问为啥不上保险？他更不耐烦，说："买啥保险？你巴不得我出事呀？"一句话噎得露泪花在眼眶里转。

露不知怎样才能拴住林的一颗心，只好抹着眼泪期待。

不知是哪一天，晚饭后，林、露和小女儿去散步。林噙着烟卷，和小女儿逗玩时不小心掉了下来。掉在地上的烟卷已快燃完了，只剩下一个长烟蒂，林竟弯腰捡了起来，吹吹海绵嘴上的灰土，又扑扑吸起来。露看呆了！以前林可不是这样，就是整根烟卷掉在地上,林也不屑去捡。露内心狂喜起来,她隐约感到,自己期待的东西来了。露像个孩子一样欢快起来,她拉起女儿的手,伴着广场上的音乐,跳起了街舞。

林看着她们,身子也在一摇一晃,烟还没燃完,火光一闪一闪的。露觉得,音乐是从那烟蒂上发起的。她恍然若悟,仿佛在烟蒂上跳舞一样。

烟蒂上的舞蹈告诉露,爱情也有熬出头的时候。果然,第二天出门,林破天荒地把保险锁转了几圈,确信上足了才罢休。以前嘛,让他出门把锁转几个圈,不但不做,还冲露吹胡子瞪眼:"转个啥?家里有啥值钱东西?"

"一个男人,说对家负责就对家负责了。"露在心里说。

裂缝上的小草

阳春时节,他和妻子带着儿子踏青。在一座小山上,两石之间的一道裂缝吸引了儿子。儿子挺着小小的胸脯,撅着屁股一趟一趟从别处取土,说要把缝填平。他问儿子:"填平干啥?"儿子答:"让它长草。"他又问:"长草有啥用?"儿子想了想回答:"好看。"望着小家伙一脸泥巴的样子,他和妻子开心地笑了。

这年冬天，作为本市日报的名记者，在众多的崇拜者中间，他跃进了一个女孩的玫瑰陷阱，一时不能自拔。他居然愚蠢地向妻子提出了离婚，妻子坚决不离。于是他离开了家，与女孩租了一套房子，两人同居起来。女孩的年轻、新潮和激情使他倍加迷醉，三国时期产生的那个成语在他身上演绎得如火如荼：乐不思蜀。

一次，他去一家幼儿园采访，一个六岁男孩的孤独和忧伤引起了他的注意。幼儿园阿姨告诉他，这个男孩父母离异，母亲带着他再婚，后爸不待见他，把他送到幼儿园全托。而他狠心的亲爸一次也没看过他。没了爸爸妈妈的亲情和关爱，这个小男孩常常一个人朝大门外张望。然而却永远是失望，妈妈来看他的次数也越来越少了。

他走近小男孩，问："你想爸爸妈妈吗？"小男孩点点头说："想。""恨爸爸吗？""恨。""爸爸要来了，你会怎么样？""打他。"这时幼儿园阿姨介绍说男孩曾经向他舅舅说："你能打过我爸爸吗？要能打过你就打他，要打不过，等我长大了打他。"听到这儿，他的心震颤了。

他想起自己离家时，八岁的儿子抱住他的腿不让他走的凄凄目光，他的眼睛不由得潮湿了。

回去后，他果断地与那个女孩分手，又回到了妻子和儿子身边。儿子像小雀一样愉快，跳跃个没够。没人的时候，他怯怯地问儿子："想爸爸了没有？""想了。""恨爸爸不恨?"儿子摇摇头:"不恨,只想你。"他一把抱起了儿子,泪水吧嗒吧嗒砸下来,打湿了儿子柔软的头发。

妻子也没有责备他,反而对他比以前更好了,照顾他的起居更周到了。但剩下两人时,却明显地生分了许多。儿子面前,有说有笑,两人世界里,妻子却一句话都没有。晚上睡觉,妻子也是一个人睡。他知道,由于自己的过错,已在妻子心中划开了一道裂缝。他为这道裂缝苦恼不已。

这天,他从一场重大车祸的拍摄现场回来,匆匆回家,拉住妻子的手,让妻子帮他把写字台挪一下。写字台转过来,背面用图钉钉了一只油纸包,抖开是一个信封。他从信封里抽出一张存折,交给了妻子。妻子一看,竟是两万元存折,妻子迷惑地望着他,他不好意思地解释:"一直瞒着你,想……"妻子明白了,问他:"为啥现在交给我?"见他不说,又问:"想弥补你的过错?"他摇摇头,如实回答:"我怕万一我在外面出个意外,你和儿子孤儿寡母……"妻子猛然用手捂住了他的嘴,然后一下一下地抽泣起来。

妻子彻底原谅他了,因为她知道他的心真正回到这个家了。他们的家又恢复了以前的欢声笑语。

来年春上,一家人又去踏青。

在那座小山上,他们惊异地发现儿子填过的裂缝不见了,两石中间长满了碧绿的青草。

黑羊白汤

挂在树梢上的月亮

花山小时候去河边玩,见二叔折了一捆杨树枝,一根一根地插在家里,问二叔:"插咱家能活不?"二叔说:"咋不能?得勤浇水。"花山捡了一根粗大的插在了家门口,一日浇两回水,天天像心肝宝贝一样瞅个没数,树枝很快拱出了新叶。小树和花山一个比一个长得快,一晃十年就过去了。

这时花山已经中专毕业并分到了乡棉站当检验员。报到前一天晚上,花山邀了几个光屁股一起长大的伙伴小聚,在那棵枝繁叶茂的杨树底下,一碟卤耳丝,一碟油炸花生米,啤酒沫咕咚咕咚往外冒。大家挺高兴,说以后卖棉花就不用愁没个高等级了!这时在村里当团支书的小星却哼一声,说:"屁,上了三年中专又回到乡下,跟我们几个撸锄桨的有啥区别?瞧你这辈子蛋子里的泥星是抠不净了!"一句话,大家全住了声。花山的脸腾一下红了,想想可不是,班里同学有分到县里市里棉麻公司的,有改行到职能部门的,自己算是最"基层"了。这时小星口气又轻下来,对花山说:"话说回来,路也是自己闯出来的。咱们中间只你是个吃皇粮的,归人事局管,一出校门就是干部待遇,将来当个乡长、县长也不是不可能。"这话花山记在了心上。大家散去，月亮没有走，正是上弦月，挂在树梢头，白亮亮一片，花山眼里、心里盛满了今夜清澈如水的皎洁月色。

从此，花山开始严格要求自己，踏实苦干，一步一个脚印，硬是从棉检组组长、副站长、站长提到了主管工业的副乡长。每次岗位变动，花山都要回家邀小星闲坐，多在杨树下，一杯淡茶，清得能映出躲在树梢后面的月亮，或圆或半，总有唠不完的知心话。小星爱好文学，白日里泥腿与粗活不断，有时也能斯文地戏吟李白的"举杯邀明月，对影成三人"。花山始终记着小星当时的激励，也深深佩服小星一身正气，感叹乡野间埋没了这等真品，不由得冒了出"十步之内，必有芳草"的古句。

有一次，也就是花山改选为乡长之后，两人再次对饮。依然月挂枝头，小星却严肃地把一个笔记本送给了花山，说："你做了十三个村五万乡亲的父母官，责任重了，我送你一面镜子，你没事多瞧瞧，瞧瞧走样没有。"小星走后，花山打开笔记本，第一面上写着"民谣是一面镜子"几个字，内容全是"乡镇长八大两，当了乡镇长，把胃献给党"；"一桌饭一头牛，屁股底下一座教学楼"；"不跑不送，降职使用；光跑不送，原地不动；又跑又送，提拔重用"；"上午围着轮子转，中午围着盘子转，晚上围着裙子转"……花山合上笔记本，心里竟沉甸甸的，脑子里一片空白。不知为什么，从此以后，他和小星的来往开始少了，也许是乡里忙吧!

一晃又是三年,这次换届,花山当了书记。当了书记,花山却出事了。他是去县里开三级干部会时被检察院拘传的,一去就没能出来。起因是县委组织部部长被抓,交代花山为了争当书记送给他两万元钱。去花山办公室搜查,查出好几张存折和一张照片,照片是花山和一个抱着小孩的年轻女人照的。开始时,花山不承认和女人有关系,一做DAN亲子鉴定,他没了话。事情越弄越大,最后还是判了。

小星来探望他,花山羞惭万分:"我没有用好那面镜子。"小星没有责怪他,只说:"你爹把门前那棵杨树砍了。"花山一惊:"为啥?""你爹说了,'前不栽桑,后不栽柳,大门口不栽鬼拍手',你出事跟那棵树有关。"小星瞅着花山,问:"你信不信?"

花山没有吭声,眼里早溢满了泪水。树梢上的月亮没了,他只在心里对自己说。

精神抖擞

每逢换届,田大壮都是精神抖擞,满面春风。要知道,每换届一回,他的职位就升一格,能不高兴吗?

田大壮因生了一颗大脑袋，人称"田大头"，又称"活动专家"。原来在一个山区小乡当副乡长，老婆一个人种地，孩子又多，家里负担不轻，年关，老婆喂成两头猪，卖了准备给小孩们扯衣裳，田大壮硬是要去一头猪的钱，到县上活动去了。如此活动了两年，赶上换届就进城当一副局长。下一次换届，田大壮不忘活动，前面那个"副"字就去掉了。今年乡局级干部换届又开始了，田大壮再一次精神抖擞，想活动活动，换一个大局当局长。

田大壮瞄准了新来的县委书记老苗。老苗在换届工作会议上讲了，说今年换届要坚决刹死跑官要官不正之风，凭政绩用干部，大家不要给他送礼，送了也白搭。田大壮在下边嘿嘿笑，心说："你哄谁呢，我不信给你送礼你能扔到大街上。"会后不久，他就去了市里老苗家，带了千把块钱的东西。第一次不能多送，先来个"投石问路"，这是他总结出来的经验。摸到老苗家，保姆啪一下关上门，让他吃了个闭门羹。田大壮一愣，心说："这老苗真的不收礼？"他还是不信。于是蹲到一边等机会。一会儿老苗的女儿来了，开门进屋，却忘了把门关紧。门虚掩着，田大壮蹀到门前，心里七上八下地犯开了思量："我要是直接进去，人家该怪我不懂礼貌；要是敲门，保姆又该让我吃闭门羹。推还是敲呢？"田大壮"推敲"了半天，还是拿不定主意。这时老苗从外边回来了，一见田大壮，热情地说快进屋,快进屋。田大壮把礼物往屋里提,老苗拦住了他,说人可以进来,但这些东西不能进屋。田大壮赶紧说:"没带什么贵重东西,一点土特产。"老苗笑笑:"你要是送几只嫩玉米棒,我们全家都稀罕。这些东西,对不起,请回吧!"田大壮从老苗家出来,还不死心,心说:"这老苗是嫌我带的东西不值钱。"于是回去到乡下弄了一包嫩玉米棒,又到"七步斋"花了三万元买下一幅古画《村姑牧驴》:画面上一个村姑扬一枝柳条牧三只驴,背景是一片青草地和一条小河。

又到老苗家,把嫩玉米棒和《村姑牧驴》送上。老苗只收玉米棒,不收那画,田大壮急了,说:"你真不要,我就从窗户扔到大街上让汽车轧个球。"老苗没法,不再坚持了。田大壮一下子来了精神,把在"七步斋"买画时听到的有关这幅画的背景和艺术特色陈述了一遍,老苗见他说得头头是道,问:"你还有文化方面的特长?"田大壮见书记对他有兴趣,一得意话就没边了,说:"可不是,当年我还发表过诗歌呢!"其实他是瞎胡编的。老苗点点头,说:"你的情况我会考虑的。"田大壮一肚子欢喜回家了,半路又忍不住到酒店喝了半斤小酒。回到单位,通讯员给他倒上一杯茶,田大壮心情好,想找个人拉几句。就对通讯员说:"你看我这个人咋样?"言外之意是工作能力和前途好不好。通讯员是个十七岁的大孩子,不知道该怎么回答,看了田大壮半天才说:"你喝了酒一个眼大,一个眼小。"田大壮气得差点儿踢他一脚。

没多久,换届工作结束,宣布田大壮到文联任主席。田大壮以为耳朵听错了,红头文件发下来他才知是真的。找到组织部部长,部长说:"这是苗书记在常委会上专门提的,说你有文艺特长,让你去文联发展我县的文艺事业。"田大壮苦笑不已,心说:"那文联算个啥单位,两间破房,车没有,经费没有……"田大壮知道这是老苗在羞他呢!

这件事在小城传得沸沸扬扬,大家都知道田大壮三万元买了三只驴,三只驴还让老苗挂到了县宾馆的画廊里。不少人拊掌叫好,说:"下一次换届,看他还精神抖擞不?"

逆境之中

那一年,我在一家轧花厂当技术员,当地棉花生产搞不上去,要裁人。像我这样不务正业只知道爬格子、连老虎钳都用不好的家伙,自然难逃此劫。一个月发六十元生活费,也算当时的劳动保护吧!卫生院那个塌鼻子还长了一脸杂面星的护士妹把我送她的檀香扇送还给我,我知道咋回事了。我把檀香扇一焚了之,发誓要写出个名堂,然后娶个高鼻梁没杂面星的老婆气气她。那时还不兴打印，都是手抄稿，一本稿纸用完了，又一本用完了。手指磨出一层厚茧，处女作还在难产之中。我渐渐失了信心。

我开始和几个社会上的年轻人厮混到一块儿，喝酒、聊天、斗牌，到电影院纠缠女孩子，空虚又兴致勃勃。我们都有一套"绝技"，最著名的还是我和王三。我从王朔的小说里学了一套测试女孩是否为处女的办法；王三会用嘴表演自行车放炮，在路上走，啪一声，女孩就会从自行车上跳下来慌慌张张检查前后胎。我知道，我与文学越走越远了。有一回在我屋里喝酒，煮豆腐白菜下酒，生煤球炉找不到引火，我就拿出一本诗集，好像是我平时挺喜欢的一个俄国诗人写的。那著名的名字《假如生活欺骗了你／不要悲伤》变成了红红的火苗，温热了一壶壶浊酒。

喝得太多了，第二天醒来，太阳穴还嘣嘣发疼，我去阳台上透气。我住的是六楼，视野很宽。这时我看见对面楼的那个女孩子，她住四楼，比我低。我看了她很长时间，她都没发觉。第二天，我又看见了她，她还没有发觉我。女孩的行为很古怪，她用水杯一杯一杯往塑料袋里灌水，灌满一个，就扔到这幢楼与另一幢楼的夹道。有时扔偏了，就掉下去。有一次砸在一个行人身上，行人冲楼群上吹胡子瞪眼，女孩吓得钻进屋里半天不敢露面。我不知道女孩抛水袋干什么，可我想接近她，逗逗她。于是我想了一个主意。

一连几天,当女孩抛水袋的时候,我就会准时出现在楼下,反正我有的是时间,一直瞄着。终于有一只水袋落下来,我兴奋地冲它跳过去。女孩伸了一下头就没影了,我捏着湿漉漉的夹克衫上楼寻事。敲了半天,女孩才开门。好像很害怕,怯怯地说:"我不是故意的……我赔你钱,你去洗衣店洗净还不中?"收了她的钱往下便没戏了,我改成一副笑脸,说:"我不想怪罪你,我只想看看你抛水袋是为了什么?"女孩歪着头想了想,同意带我去阳台看看。

女孩将一只水袋扔过去,不偏不斜正好落在夹道里。那里生长着几棵小榆树,一定是风婆婆把树籽刮到这里的泥土里,这才有了它们。女孩是担心榆树旱死,才一袋水一袋水抛过去。我被女孩的一颗扶弱怜幼的爱心感动了!可是,当我转过身来,另一面楼的风景却让我猛然一颤:也有一个这样的夹道,也有这样几棵小榆树,女孩没有发现它们,也没有任何人给它们送水。虽然榆树的叶子有些卷,但它们却顽强地生长在那里,不屈地生长在那里!

几棵小榆树一下子就把我比翻了。我的遭遇也算逆境?我羞愧无比,逃也似的离开了女孩的阳台,我的颓废和破罐子破摔永远碎在女孩的阳台上了。

黑羊白汤

断槐

县政府大院有一株槐树，好多年了，据说是唐朝时栽的。有关部门还在周围砌了一圈砖墙，将其作为省级文物保护了起来。

县长赵大成每天来上班，从轿车里伸出腿，第一眼瞅见的就是这株槐树。他赞叹这株槐树的顽强，经历了那么多年，却仍然枝繁叶茂，绿荫可人。有时他就想：自己不也是一棵槐树吗？竞争县长时，对手在他家门闩上绑了炸药威胁他，他竟拎着炸药上了人大会。当了县长，却又有人写匿名信告他，还在县政府门口贴他的大字报。后来县里主要支柱企业纺纱厂突遇火灾，当年的财政收入减少了一半……多了，太多了，人为的，自然的，一起起，一件件，数也数不清。赵大成却没有被吓倒击倒，而是都挺了过来，有时想一想，他都为自己当时的险境捏一把汗。谁能说他赵大成不是一个强人！一如这株唐槐，摧不倒啊！

这天夜里忽降大风，呜呜呜刮得房顶、院子里饮料筒、小板凳来回走动。后来电也停了，肯定是电线让刮断了。一直到五更天，风才渐渐息了。

第二天赵大成来上班，见槐树那圈砖墙外又围了一圈人。赵大成走过去,众人赶紧让开。赵大成走近一看,傻了:槐树竟然折了,枝丫拖着,那截断头歪在砖墙上还磕碎了几块砖。这时赵大成看见政协的蔡科长正盯着自己,仿佛有话要说。赵大成冲他招招手,就往办公室走去。

蔡科长跟了进来,还回头掩上了门。赵大成扔给蔡科长一支烟,问:"看出了啥门道?"

蔡科长钻研《易经》多年,是本县"易经"学会会长,肚子里有些东西,每逢换届,县里不少干部都要请他看看。这时蔡科长欲言又止,拿眼瞅着赵大成:"赵县长……"

赵大成急了,斥他:"有话快说!"

蔡科长小心翼翼地说:"平时我观您的卦象,与这棵槐树极相似,刚正不阿,前程无量,谁知却遭此大难,风吹腰折——"

赵大成一听,脸霎时白了。难道这棵槐树就是自己吗?自己的仕途中埋藏着怎样的凶险呢?或是自己的身体要有横祸飞来?他越想越怕,身子不由得打了个冷战,连蔡科长什么时候走了,他也不知道。秘书来通知他去开会,说人都在大礼堂等着呢!他却六神无主,摆摆手:"让秘书通知主管副县长主持会议吧!"赵大成的身子一个劲儿发冷,后来硬是坚持不住,就让司机送他回家了。

一进家门,他就倒在床上。

县长病了,这一病竟半个月未出门。

县里的名医都来了,却查不出啥病。赵大成就是无神,身子发冷,睡觉说梦话,厌食。吃了不少好药,根本不见效。县医院几位名医会诊了一下,决定给赵大成做个全面检查。还对赵大成说:"县医院刚花三百万进了一套CT机器,啥病都能查出来……"去检查那天,赵大成哆嗦着,高低不进CT室,一家人好说歹说才把他搡进去,没想到,赵大成竟紧张得昏了过去。

这事传出去,就成了县里的笑柄。适逢人大会召开,赵大成的形象大大受损,被选了下来,提前到政协报到去了。

新县长原是县里分管工业的副县长,上任当天晚上,就把蔡科长召到自己家里,夸蔡科长这一箭射得准,并说过一段就让蔡科长到某局任局长。蔡科长便低低地笑,半出声半不出声,笑得新县长身上直抽冷子。

发表

他一直渴望发表,却一直没有发表。

他写的草稿已经占满了家里所有抽屉,妻子劝他:"别钻这个牛角尖了。"他摇摇头,双目灼灼地望着妻子说:

"写作是马拉松长跑赛,三十年一个回程,大器晚成的人不是没有……"每天晚上九点至零点,他一个人端坐桌前,守着一片枯黄的灯光,等待灵感惠顾。只字不落的深夜,他很苦恼,不止一次用手撕扯自己的长发,用头撞击墙壁,借以启发灵感。他写得极苦,极苦。

不幸的是,他病倒了。到医院检查,妻子捏着化验单躲他,他坚持要看,妻子还是不让,最后妻子抱住他泪水滂沱。他根本不相信医生的诊断,擂着壮实的胸脯对妻子喊:"我没问题,我怎么会有问题?"

转眼间,像铁疙瘩一样结实的他让病魔折磨得竟如晚秋的一片黄叶,仿佛一不注意就会从大地上消失似的,而他仍然要坚持九点至零点的写作。他忍着病痛,支撑着打摆的身子,笔常常从手里滑落。泪在妻子心里流。妻子不止一遍抚摸他瘦削的脸,她的心都碎了:"为啥我不能替你,为啥我不能替你……"

他的病情一天比一天重,但他还是不忍放弃过去的阅读,病床上堆满了书籍和期刊。一次妻子去给他买书,当她从售书姑娘手里接过那本杂志时,她蓦然想起丈夫每每买到这种杂志时都要念叨一句话:"要是哪一天能在这本小小说权威杂志上发表……"她心里不由得一亮。她急匆匆赶回家,找出一篇丈夫曾经很满意的旧稿,又急匆匆地去找一位在印刷车间工作的女友。

黑羊白汤

她噙着泪告诉了女友她的想法。

当丈夫读到自己的铅字时,一双浑浊无力的眼睛瞬间明亮起来,仿佛一盏快要熄灭的灯重新添足了油。他居然下了床,居然打飘着在地上走了一圈。他攥住妻子的手,无法掩饰自己的惊喜和激动:"这是怎么回事?这是怎么回事?"妻子愣着,他又问:"快告诉我,是不是你悄悄替我寄去的,我一直没有勇气给他们投稿啊!"他捧着自己心爱的文字,读了一遍又读一遍,完全沉浸在一种意料不及的喜悦中。后来他极度疲乏地睡着了,眼角挂着一滴清泪,嘴角挂着一抹微笑。

已被医生确诊过不去春天的他居然奇迹般地伴着那本杂志到了冬天。一场弥天大雪飘落之后,寒气开始逼向每个角落。他知道自己真的不行了,一次次攥住妻子的手嘱咐:"啥也不用给我准备,我只要它伴我——"那本杂志静静躺在枕边,每一天他都要看几遍,已经翻卷了书页。

他很满足地去了,真的很满足。

妻子为他焚烧了那本杂志。

结巴

胜利是个结巴嘴,从小就受人耍笑。伙伴们见了他喊:"结巴嘴,卖棒槌,一分钱,买你仨……"胜利气得还嘴,可是越气越说不出来,半天才蹦出几个字:"你……才……结巴……"伙伴们哄一声散去。

上学后,常有同学欺负他,他就去告诉老师。老师问:"谁欺负你了?他是怎么欺负你的?"胜利指手画脚解释半天也说不出个名堂,班里的同学围住他哄笑,老师很烦,说他:"以后弄清楚了再告诉我!"胜利很委屈,泪水在眼里直转圈。

父亲为了治好他的病,就买猪尾巴让他在嘴里嚼,那几年,三乡五里谁家杀了猪,都要捎信给他家。他长到十几岁,猪尾巴用了百把条,但结巴还是没治好。父亲失望了,对胜利娘说:"胜利长大了不好找媳妇呀!"

初中毕业后,胜利没考上中专,也没考上县一中,父亲就说:"是个持锄把的命!"胜利回家种田,很能吃苦,跟成年劳力干一样的活,父亲极高兴。农闲的时候,就让他跟车挣钱。邻居四清买了一辆拖拉机往新乡送大沙,胜利跟车卸沙,一个月一百元钱。胜利舍得卖力,别人卸一车沙用一小时,他才用半小时,四清逢人就夸他,还给他加了二十元工资。一次在工地卸车后,四清让他瞅着后面倒车,胜利很受鼓舞,叉着腰给四清打手势,嘴里喊:"倒——"车退到了工地伙房墙根,胜利想喊:"倒不得了。"可他一个"倒"字喊了半天,等他全喊出来时,哗啦一声,车已经撞倒了砖墙。四清赔了人家一千元钱,就把胜利辞了。父亲阴着脸,斥他:"没用的东西。"

胜利很伤心,也很恼自己。其实他早就能和常人一样讲话了。没人的时候,他经常练习说话,他能一字不结巴地说很长时间,他还能唱戏,如越剧、京剧、豫剧……他一个人的时候张口就来,唱得字正腔圆,很有味。只是一到人前,他就紧张了,又恢复了结巴和笨拙。

这天,胜利在河边饮牛,看见村长的儿子建国掉进了河里,胜利扔下缰绳就往棉花地里跑。村长正在给棉花打杈,胜利拽住村长的手,急得直比画:"你……你……"平时村长不大喜欢他,见他这样,就甩开手说他:"有话就说,拉扯个啥?"胜利情急之下,摆出了唱戏的架势,他做了个甩袖的动作,又正了正帽子(其实他头上什么也没戴),然后唱道:"你的儿建国他在河边,掉进了水里,你快去,别迟疑……"村长一听,撒腿就跑。

建国得救了,村长让他跪在胜利面前:"好侄子,救命恩人……"胜利慌得不知干啥好。这时村长挥着胳膊冲围观的人喊:"大家听着,以后谁也不准再欺负胜利,胜利是个好后生呢!"围观的群众也都伸大拇指,并且关照自己的小孩。胜利格外激动,他望着大家,张口说道:"这算个啥?俺不会浮水,也没救出建国……"他说得很慢,却一个字也没结巴。村长和众人都愣了。

胜利自己也愣了。他怎么也没想到,在众人面前,他居然能不结巴地说话了。突然他泪流满面,用手扩成个喇叭喊:"俺能说清话了!"

大家听得清清楚楚,胜利不结巴了。

有病

小魏读报纸读到一篇生活散文,题目叫《真想病一回》。小魏盯着那个题目,悄悄望望埋头工作的同事,脸一下子红了。

小魏是从基层选拔来的,他有写材料的专长。调来不久,局里一连出了两个病号,小魏感触极大。第一个病号是人事科科长,血压差点儿"攀登上珠穆朗玛峰",住院了。局长听说后,带领领导班子去医院探望,这是代表单位的。接着,业务科一行几人抱着方便面、白糖、水果去了，再接着，财务科、统计科、工业科……这全是个人凑份买的东西。第二个病号是出纳员王菲菲，义务栽树扭伤了纤纤细腰，在家休养。探望照例先是领导班子，接着是几个科室。办公室小胡在乡下奔小康，听说了后，急匆匆赶回来，单独行动了一次。王菲菲家在城郊，大家全是坐车去的，大包小包从车上抱下来，邻居都站在远处啧啧，好不风光！小魏也去了，心说："一个人有病，全机关都来看望，局里的同志真好！"小魏很羡慕那份风光……今天，他的心理无意间让这篇文章说破了，就不好意思起来，好在同事也没注意。

谁知没几天，小魏真的病了：发高烧，顽固性扁桃体发炎，扎了几瓶液体才稳住炎症。妻子打电话给他请过假，却发现病中的小魏双眼烁烁，很亢奋的样子。小魏见妻子放下电话，就指挥她："把家里的卫生搞一搞，同事们可能要来看我。"妻子明白了，里间外间打扫一遍。小魏又指挥："买些糖果瓜子，同事们来了不能干坐着。"东西买来，小魏继续安排："再买一瓶空气清新剂，要桂花香型的，把阳台上的花也搬进一盆来。"妻子一一照办了。桂花香飘满居室时，小魏满意地笑了。

次日，局长没来，同事也没来。

过一天，仍没人来。

第三天，楼下一阵汽车喇叭响，小魏赶紧吩咐妻子摆上糖果香烟。等了好一会儿，却不见人来，原来是一楼的客人。

第四天，楼道一阵脚步声，听着不像一两个人，小魏一激灵坐起来，脚步声却一直上楼去了。

门还是被人叩响了，是人事科的小赵，小魏初中的同学。未等小赵放下水果，小魏迫不及待地问："这几日机关很忙？"

"老样子，不忙。"

"请假的人很多？"

"不多。"

小魏不往下问了。小赵看懂了他的意思，告诉他："你想问为啥没人来吧？你别比人家人事科科长，人家管着调动调资……咱一个小兵，谁放在心上？"

"那王菲菲呢？"

"人家丈夫在组织部干部调配科当科长，连局长都高看她两眼呢！"小赵说完，又宽慰小魏，"现在的人，哪个不是眼皮朝上长呀？"小魏听了，什么也没说。

过几天，小魏病好了，精神却蔫蔫的。

不久后，小魏又病了。那天，妻子拿起电话给他请假，刚拨通电话："喂——"忽然小魏抓过电话，啪一声挂了，吓了妻子一跳。停了停，小魏才重新拨通了机关的电话："喂，科长吗，我爱人病了，我陪她上医院……"

说过之后，小魏愣了，妻子也愣在那里。

妻子见小魏眼睛红红的，就没有怪他。

坐电梯

赵作家原在一家山区供销社当副主任，受市场经济的冲击，供销社经营不当，倒闭了。市里一家小报招聘编采人员，赵作家揣着一摞发表过的诗歌散文来找总编，总编把他要了。来上班，媳妇也跟了来，说要看看编辑部的女同志嘴唇抹得红不红，头发黄不黄，长得妖不妖，千万别没挣着钱，又让哪个妖女人勾了去，那还不如在家跟着她种大蒜。

编辑部在七楼，得坐电梯上去。远远地看见白白的电梯门哗啦一开，有三个人踏进去。赵作家拉着媳妇紧跑几步，还是没赶上，两人只好等下一趟。不一会儿，电梯门哗啦开了，有两个人从里面出来。赵作家拉住媳妇往里面进，却拉不动，媳妇用劲挣着不动势。后面的小伙子不耐烦了，叫他们让开，人家进去了。电梯不等人，又上去了。赵作家看看媳妇，媳妇红了脸，小声问："它咋会变人呢？进去仨，出来俩。"赵作家扑哧笑了，解释一番，媳妇半信半疑。这时电梯门又开了,一个小姑娘噔噔噔走出来。媳妇一见,拉住赵作家就跑,一边跑,一边说:"可不敢进,进去一个男的,出来一个女的,把人都变了种!"赵作家哭笑不得。媳妇也顾不上看编辑部的女同志妖不妖了,让赵作家把她送上车,走了。

赵作家再坐电梯,正好一个人,他就对电梯感慨道:"老兄,你真有能耐,硬把我媳妇吓跑了。"上了七楼,赵作家又摁一下三角键,重新上下了一遍,还狠狠踹了电梯几脚,"嘿,我媳妇怕你,我可不怕你!"这才去上班。

谁知第一天,赵作家就让电梯耍了,那是下班后的事。一群俊男靓女拥着总编进了电梯,赵作家像一只被丢弃的瘸腿鸭,跟在后面。上去后,电梯门却迟迟不合,不知哪个部件像只沙哑的叫驴一样叫起来。那帮俊男靓女愤怒地盯着赵作家,赵作家身上霎时起了一层鸡皮疙瘩。这时总编很宽厚地一笑,提醒赵作家:"超员了,你最后一个上来,是不是先出去,等下一趟?"赵作家如梦方醒,惶惶地退了出去。一出来,电梯门哗一下就关上了,仿佛多嫌他似的。这时还是有声音从里面钻出来:

"哼,真没眼色!"

"乡下人嘛,电梯超员都不知道。"

"真是一个土鳖!"

哈哈哈……

赵作家一个人待在七楼，脸臊得像只红冠公鸡。他发誓以后说啥也得长长眼色，再碰见电梯超员，哪怕不是他最后一个上，也要第一个蹦出去。

几天后，赵作家又一次遭遇电梯超员。是印刷厂送来了印好的报纸，几十捆，往七楼搬，到七楼再搬到发行部。极具平民意识的总编被那群俊男靓女簇拥着也来搬报纸。为了弥补上次的失误，给大家留个好印象，赵作家干得很卖力，人家一次拎一捆，他拎两捆。赵作家挺胸收腹，左右开弓，像拎着两捆割倒捆好的麦子一样，噔噔噔一趟又一趟。报纸搬进电梯，一干人也上去，这时电梯又像沙哑的叫驴一样叫起来。有了上次的教训，赵作家不想再当没眼色的土鳖，第一个反应过来，说一声："我出去啦！"嗖一下跳了出来。电梯门关闭的一瞬间，又有声音传出来：

"哼，怕到楼上再搬报纸，懒货一个！"

"谁说土鳖没眼色，瞧，多机灵！"

哈哈哈……

赵作家傻在那里。

几天后，赵作家精神几欲崩溃，辞了这份工作。临走时，他来跟电梯告别："老兄，当初我真小看你了！"

回到家，媳妇一把把他抱住，检查他身上少了什么没有。确信赵作家还是原来的赵作家时，媳妇长出一口气："回来就对了，城里有啥好？电梯都怹不实在，人还能实在了?"说罢,吩咐赵作家明天就进城买蒜种,说墒正好得赶紧点。

卖大蒜

赵作家去乡邮局取稿费,这是很庄重的事,免不了要拾掇拾掇。找领带时找出两三打袜子,一定是媳妇买过一回,忘了,又买了一回。赵作家很恼火,黑了脸责怪媳妇不知道过日子,买袜子也不知道看看库存,买这么多让老鼠啃啊!媳妇很委屈,说:"你从供销社下岗后啥也不干,我种大蒜供你吃,供你穿,供你投稿买邮票,你却不知好歹,鸡蛋里挑骨头,专找我的刺儿,你还有没有良心?"说着眼圈红了,"眼下大蒜卖不出去你也不替我想想,我一个娘儿们家,难不难?"

赵作家心软了,给媳妇擦眼泪,还拍着胸脯说:"我的文章都能推销到全国各地,这几亩大蒜还算个事?"媳妇破涕为笑,说:"我都捆好了,明儿个你就去县里推销吧!"

几亩大蒜全码在院子里,没有掰成蒜瓣,也没有拽成疙瘩,而是连叶带蒜一串串编在一起。今年售蒜的时候,由于公路限制超吨运费突长,收购商承受不住,火车皮又紧张，大蒜就积压了。媳妇怕烂，就一串串编起来。媳妇从小就是村里有名的编织能手，这回又派上了用场，一串串大蒜连在一起，干净整齐，简直像一件件工艺品。第二天，赵作家挑了几排最整齐的用箩筐装了，绑在自行车后座上进城卖。

赵作家来到县里最大的农贸市场，支好车，把写好的一张纸展开，"卖大蒜"三个字抖搂出来。刚支好摊，一个大盖帽走过来，是工商管理员，要收两元管理费。赵作家说还没开张呢，大盖帽不听他解释，催他快点，说："几百户得会儿收呢，我累得卵子疼。"赵作家只好先把媳妇给他的午餐钱拿出来交了。一会儿，又一个戴大盖帽的黑大个儿摇摇晃晃过来，又要两元，是城市管理费。赵作家刚申辩一句不是收过两元了？黑大个儿抬腿照他的自行车就是一脚："不交费，给我滚！"自行车哆嗦了一下，吓得赵作家赶紧拿出昨天的稿费交了。昨天赵作家取了十二元稿费，八元买邮票，现在手里只剩下两元，正要往兜里装，有人冲他喊："别装了，交卫生管理费吧！"又一个大盖帽过来，直接从赵作家手里接过那两元钱，说："我们是环卫处的，谢谢你对我们工作的大力支持。"赵作家傻在那里。这时，赵作家看见人头攒动，一个大盖帽正往他的大蒜摊跟前挤。赵作家大惊，推起车就跑，大盖帽在后面喊："卖蒜的，别跑！"赵作家吓得跑得更快了。

人太多，赵作家跑不利落，被大盖帽拽住了后车架。大盖帽从筐里拎起一串大蒜，满脸欢喜："找的就是这种！"赵作家说："反正儿没钱了，只有大蒜，要抢你就抢吧！"大盖帽扑哧一笑："你把我当成啥了？我是'悯农山庄'军乐队的队长，兼管山庄的形象策划，你的大蒜编织得太美了，比工艺品还工艺品，我全买了！"赵作家这才长出一口气说："吓死我了。"

"悯农山庄"是一个度假村，他们把一串串大蒜挂在屋檐下后，让人眼前顿时一亮，整个山庄响起一片叫好声。大盖帽说："不够不够，再去给我弄。"赵作家心里马上笑开了花。

受了启发，赵作家不再把媳妇种的大蒜当食用品卖，而是当工艺品推销。他开始找县里的酒店、茶馆、精品屋联系业务，又跑到市里他曾经打工的那家小报做了两期广告。嘿，真别说，几亩大蒜卖了个精光。等到别的人家也想效仿时，县里、市里的市场却已饱和，他们是秋后点玉黍——晚了。

媳妇杀鸡宰鱼把赵作家犒劳了半个月，又捧着赵作家的脸细端详："他爹，你真厉害，才几天，几亩大蒜就卖了个精光！"赵作家心里很得意，嘴上却谦虚："你忘了我在供销社分管的是业务，发挥专长嘛！"说罢嘿嘿一笑，目光烁烁地盯着媳妇："我最厉害的本事可不是卖大蒜！"

黑羊白汤

好事

柳林小学改建,村主任小星带头当小工,不慎从脚手架上掉下来,摔折了脚脖……这事让乡里的白秘书知道了,就给支书文玉打电话,说要"宣传宣传"。

说来还真来了。白秘书在村里蹲了一天,拿出大记者的派头,东采访,西采访,记了厚厚一大本,问了很多村民们回答不了的问题。白秘书很为自己的知识水平高而满意,临走告诉文玉:回去要整个材料,报县里的"月评十件好事"。

才隔一天,白秘书就带着写好的材料来了,要文玉和他一起去县委文明办送稿。文玉不想张罗这类事,说:"我还得给猪娃打疫苗呢!"白秘书不高兴了,说:"是不是我这秘书在乡里没权,看不起老弟?"文玉是个实在人,听他这么一说,只好答应了。

上了客车,前面有一个空位,后面有一个空位,文玉让白秘书坐前面,自己去了后面。售票员在前面招呼买票。白秘书手伸进衣兜,声音很响地问:"到县城多少钱?"售票员回答:"一人两块半。"白秘书又问:"两人多少钱?"售票员答:"五块。"白秘书再次声音很响地说:"买两张!"

光嚷嚷，却迟迟不见掏钱出来。全车人都听见他的声音了，文玉赶紧跑过去把票买了。这时白秘书的钱也掏出来了，还埋怨文玉："我马上就买了，你硬要买，这不是气我？"

一路上，白秘书不时转过头冲文玉吹，说他和文明办张主任如何如何熟络，到县委大院没有他不认识的……到了文明办，一进门，见有三个人正聊得起劲。白秘书冲桌子后面那个戴眼镜的中年人伸出手："张主任，我来了。"那个被唤作张主任的屁股一欠，和他握过手，示意他和文玉坐下，又接着刚才的话题聊起来。三个人聊得起劲，根本不问白秘书有啥事。这场面和白秘书在车上吹的多少有点不一样，这时白秘书有点着急。终于，张主任他们聊完了，这才转过身问白秘书："有事？"

白秘书赶紧把材料递上去，张主任看一遍说："没问题，下个月上吧！"白秘书脸上立即泛出一片红光，说多谢张主任。张主任问还有啥事？白秘书不说没事，也不说有事，却要给张主任讲一个段子轻松轻松。文明办的人一听又来了劲。

一聊两聊，不觉就到了中午。文玉怕让他管饭，用胳膊肘碰碰白秘书，意思是咱该走了。谁知白秘书忽地站起身，一挥手，对文明办的人说："走，今儿支书请客！"文玉一愣，心说真是怕鬼偏遇上妖，这个白秘书！

这一顿饭吃了一百五，文玉掏净了身上的钱，总算凑够饭费。心疼得不得了:"学校窗户上的玻璃还没安,门窗也没漆,这顿饭够好几间房的玻璃钱了。"吃过饭,张主任用牙签剔着牙问白秘书:"天这么热,不找个地方凉快凉快?"白秘书多精,一听就知道啥意思了,领他们进了一家美容厅。

一行人钻进一间装修一新的美容间,让小姐们侍候着躺下,开始洗面。文玉不敢躺,小声问小姐:"洗面多少钱?"小姐娇滴滴给他介绍:"洗面有十块、二十块和五十块,接摩八十块……"文玉跳下床就走,白秘书问他干啥去,他说买瓶汽水喝。一出门却直奔汽车站,心说:"再不走就走不成了,今儿非押在这儿不可。"

过几天,白秘书来找文玉,说:"那事定下来了,只是文明办经费紧张,没钱打印文件,让咱自己打印,他们提供文件头。"文玉还在心疼那顿饭钱,不愿意出钱打印。白秘书劝他:"头都磕了,还在乎一个揖?不过几十块钱嘛!"磨了半天,又说文玉看不起他……文玉没法,只好付了打印费。白秘书又掏出一张报销条,八十元,要文玉处理,说是那天洗面的钱,文玉跑了,他只好先垫了。文玉说干那事还能报销?接着又说没有钱。白秘书黏着不走,文玉只好支乎他,说麦季收罢了提留再说。最后白秘书很不高兴地走了。

评上了县里的"十件好事",白秘书又要参评地区的

"十件好事",还让文玉租车跟他和文明办张主任一起去地区跑跑,叫文玉准备几份土特产。文玉问为啥,白秘书说:"一个地区十来个县市,报上的好事一大堆,不活动活动,恐怕评不上。"文玉说:"我不稀罕。"白秘书又说文玉看不起他……文玉急了,说:"小星为公家的事跌伤腿到底是好事还是坏事?为啥非要请客送礼才能评成好事?这次天王老子说了,我也不去!"

这话真说大了,乡党委书记一个电话打过来,把文玉狠狠训了一顿,说他不懂精神文明建设的重要性。文玉知道是白秘书烧的底火,可书记的话又不敢不听,只好去了地区。这一去,可不是一百、二百。吃过洗,洗过揉,揉过吼,一条龙下来,扔进千把块,文玉心疼得差点儿掉眼泪。

后来地区报纸登出了"月评十件好事"结果,还真评上了。去乡里开会,邻村干部见了文玉都祝贺他,文玉却像偷了人家什么东西一样抬不起头来。心说:"一千块钱买了个'好事',羞死人啦!"

到了年底,白秘书又打来电话,要文玉参选地区"年评十件好事"。文玉一听,火从心底直蹿上来,对着电话喊:"你让书记把我撤了算了!"

黑羊白汤

装大

豫北乡下有接班、招工、上学分配到城里的子弟，回一回村里总想显摆显摆，有车的闹个车回去，嘀嘀嘀在村里兜一圈，好不威风！闹不动车的就多装几盒好烟，一进村逢人就掏烟。见村人接了烟叼在嘴上就吸什么也不问，掏烟人很失望；若村人接了烟左瞅右看，问是啥牌子、多少钱一盒，掏烟人便很兴奋："精红旗渠，八块半一盒！"村人啧啧，掏烟人很自豪，弥补了闹不上车的失意。也有闹不上车硬闹，只有一成本事硬充十成的，付庄张老疙瘩的小子张雷就是一个。

张雷商校毕业后分到县商业局办公室写材料，小子别的毛病没有，就是爱装大，没本事硬充有本事。在办公室明明是个干事，回付庄偏说自己是头头，管车又管招待。村支书听说了，来县里办事就找他混饭，还问他能不能搞一壶汽油，家里有辆摩托。张雷胸脯一拍："小事一桩。"但是回家后却犯了难，单位哪有他说话的份儿？不光吃饭自掏腰包，最后又自己去加油站买了一壶油给村支书。

不久前，县里成立一个"政务六公开办公室"，在下面局委抽人，单位派了张雷去。"政务六公开办公室"设在县委大院,第一次去,门卫拦住他登记,张雷说是来帮忙的,门卫就放他进去,还说今后不用登记了。张雷很兴奋,感觉自己也是县委大门里的人了,见人家出出进进都夹个公文包,他就也买了一个。再碰见熟人,人家问他干啥去,他就说调县委了。这事传到老家,村支书便让人捎信来,要张雷抽空回去坐坐,指点指点村里的工作。张雷一口答应了。

星期天,张雷找到一个熟人,要借人家的手机用一天。熟人不想借给他,张雷死缠活缠,说:"放心吧,这个月我替你交费。"熟人说是"神州行",不用交费,直接买充值卡。张雷二话不说跑大街买了一百元钱充值卡,对熟人说:"我一天撑足打七八个电话。"熟人没法,借给了他。张雷出发前又一再嘱咐老婆,中午十二点之后给他打几次电话,嗓音装成男的,别多说话,只管哼哈。借了手机,又到处借车。眼看快晌午了还没联系好,最后没法,就去街上雇了一辆出租车。到了村口,张雷赶紧让司机把车顶的出租招牌拿了下来。

村支书迎了出来,啧啧:"张雷都有专车了,真混出模样来了。"张雷夹着公文包,很有气度地和他们一一握手。谁知身后出租车司机呼一声走了,连个招呼也没打。村支书一愣,张雷赶紧打圆场:"司机母亲住院了,跟我请了假回去看看。"村支书准备了八大盘十大碗,还喊来付庄两委

黑羊白汤

会全体班子作陪,款待村里唯一在县委上班的大干部。刚一入席,手机响了,张雷拿出来接:"喂,谁呀?陈书记!中午让我陪客人?真对不起……"啪关了手机,一旁早惊呆了一班村干部:"老天爷,陈书记可是咱县的老一呀!"

酒过三巡,菜过五味,张雷一抹嘴要走,说下午还要给陈书记赶写一个讲话稿。村支书问:"车呢?"张雷拿出手机说给司机打传呼,又啪一下关了,对村支书说:"司机母亲下午要出院,我把车让给他用了,你派个车送我吧!"村支书说:"咱村只有拉砂的大卡车,降低你的身份了……"张雷说没关系,就坐一辆卡车回城了。

卡车司机小时候和张雷是同学,一路上直夸他有本事,进了县委,迟早混个乡长书记,到时候可得拉拉咱这没成色的老同学。张雷心里美滋滋的,对卡车司机说:"以后有啥事直管说!县里一般部门我说话都管用。"说着话到了收费站,卡车司机歪头问他:"这儿认识不认识人,咱不用缴过路费了吧?"张雷心里叫苦,却也得硬撑住,就伸出头和收费员说他是县委的,下乡搞调查了。收费员打量他一番,又看看这个大卡车,摇摇头,让他出示工作证。张雷说忘带了。收费员说:"我们认证,不认人,缴费吧你。"

卡车司机瞅张雷,张雷的脸腾一下红成了猴屁股。

目光

后备干部张清生要考乡长，经人介绍认识了县委组织部干部科科长刘长庚，刘长庚暗示要给他一份资料。

张清生兴冲冲去组织部找刘长庚，刘长庚却闭口不提给张清生东西的事。张清生一连去了三次，每次刘长庚都很热情，又是握手，又是让座，还用一次性杯倒水，就是不提那天酒桌上说过的事。张清生纳闷儿，回家跟妻子一起分析，妻子一拍大腿："响锣还用重锤敲，刘科长能白白给你复习大纲你咋也得感谢感谢人家呀。办公室咋感谢，去家里呀！"

说行动就行动。当天晚上，张清生雇了一辆三轮出租车，七拐八转摸到了刘长庚家。刘长庚住的是个二层楼的独院，张清生摁了门铃通报了姓名，保姆给他开了门。三轮车司机把牛奶、核桃、香烟一件件摞到张清生胸前，张清生抱着这些东西进了刘长庚家。刘长庚脱了外套，显得很家常，见张清生胸前摞得像小山似的礼物，就责怪他几句："来就来吧，还拿啥东西？见外了，呵！"

坐下来，张清生不免有些拘谨。平时张清生有一个习惯，那就是左手喜欢揣在裤兜里，不管走路，还是坐下来跟人说话,今天又是这样。刘长庚瞥了一眼张清生的左手,态度很随和,全没了在办公室时的那分威严。给张清生递上一些水果,又问了一些家常话,爱人教什么课、小孩多大了。张清生一一回答,感动得不知说啥好,觉得世上还是好人多。又拉了一会儿,张清生的左手还没离开裤兜。刘长庚意味深长地一笑,起身到楼上书房去拿下来一份资料,对张清生说:"清生啊,我这资料一般可是不送人的,这是从省讲师团求来的。高部长一份,我一份,出题范围就在里面……"一见复习资料,张清生的眼睛就像加了电压的灯泡一样,唰一下亮了,他呼气也有些紧张了。他毕恭毕敬地站起来,刘长庚也有些激动,紧盯着张清生的左手。张清生双手来接,左手里面却是空的。刘长庚有些迟疑,张清生接了资料提出告别,刘长庚说别急,再喝点水。张清生一边说感谢话,一边落座,左手又抄进了兜里,刘长庚的眼睛马上又五光十色起来。两人聊得实在没话可说了,张清生再次提出告别。握手的时候,为了表示尊敬,张清生伸出了双手,握完手,左手又习惯地插进裤兜,就牵了刘长庚的目光,一直跟着他到门口。这时,三轮早走了,张清生只好步行回家,左手却再没伸出来。

张清生并不知道,他身后的目光很失望,也很生气。

张清生走出好远了,忽然身后有人嗒嗒嗒追了上来。他一看,是刘长庚家的保姆,保姆说刚才刘科长给错他资料了，并且要把资料要回去。张清生赶紧把资料给了保姆，然后问保姆："我要的资料呢？"保姆说不知道，然后拿着资料回去了。

回家给妻子说了，两人都觉得这事有些蹊跷，于是决定给那个介绍人打个电话问问。介绍人听了张清生见刘长庚的全过程，气得在电话里把张清生骂了个狗血淋头："猪脑子，木头疙瘩！书呆子！两件牛奶，两条烟，你打发叫花子呀！"

张清生慌得像偷了人家铅笔和橡皮的小学生一样："这该咋办？这该咋办？"

"你再去一次试试，死马当活马医吧！"介绍人叹一口气，挂了电话。

第二天，妻子回了一趟娘家，找娘家兄弟借来五千元钱。晚上，张清生揣上去刘长庚家，摁了门铃，一报姓名，保姆却说刘科长不在家。他在门外徘徊了足足两小时，思量再三，终于决定通过电话向刘长庚解释一番。于是拨通了刘长庚的手机，里面喂了一声，张清生仿佛捞到救命稻草一样喊："刘科长，我是张清生！"对方却啪一下挂了机。又打，对方仍然不接，再打，关了机。

张清生彻底失望了，他知道，自己把那目光惹了。

黑羊白汤

老实人

全喜来找王满打听一件事：全喜的儿子在乡信用社当出纳，有人给介绍个对象，就在王满所在的县民政局上班，叫张明月。全喜问王满："不知这个闺女咋样？"

王满一听，头摇得像拨浪鼓："张明月根本不检点自己，跟好几个男的拉扯不清。你猜人家给她起个啥外号？"全喜赶紧支起耳朵。"'公共厕所'，可不能让大侄子吃这个亏。"王满是出了名的老实人，一张口全是实话。

全喜听后直吸冷气，拽住王满的手一个劲儿叫兄弟，说："多亏你交了实底，要不咱王家的门风就栽了，你不知道媒人咋夸她哩……"

王满很生气："这个媒人，怎么不实事求是！"

不久，一个熟人又来向王满打听张明月，还是要给这个人的儿子介绍对象。

王满又实事求是了一回，还说了堂兄全喜找他打听张明月的事。熟人回家说给自己的儿子听，儿子却不以为然："鬼才信王满的话！你知道他为啥说人家小张的坏话？一定是小张看不上王满堂兄家里那个土包子，王满在使坏呢！"

熟人想想，也有这个可能，便鼓励自己的儿子直接去找张明月谈恋爱。他儿子和张明月一热乎，就把找王满打听张明月的事也说出来了。

张明月很恼火，人前人后、明里暗里把王满狠骂了几次。后来他们没谈成，张明月更加迁怒王满。

王满感到自己里外不是人。

再后来，王满爱人单位有人来打听张明月，人家相信王满的老实，并对他说："这事全靠你了。"

这一下，王满不由得左右为难了，考虑了一阵子，才下决心说了一回假话："这个小张人长得不错，又懂礼貌……"

那人连说谢谢，回家后让儿子放手去发展爱情。

这次张明月小心翼翼很是收敛，两人很快发展到了谈婚论嫁的地步。

男方又来请王满做第二媒人，王满推辞不肯。那边三次拎着礼物上门，最后王满再无法推了。

局里的同事听说王满做了张明月的媒人，起初都不信。后来见事成了，又都想不通。费劲儿想了一阵子，不知道谁率先想通了："张明月一定给了王满什么好处，要不王满那么老实，咋会替她说好话？"又有人说："一个女的，能给王满什么好处？"

大家似乎大悟，一齐说："原来这个王满也不是个好东西！"

黑羊白汤

传菜少年

　　这年头,找个靠谱的传菜员可真不容易:年龄大的踏实能干,只是看不清菜单,总上错菜,要是跌一跤就更麻烦了;年富力强的嫌工资低,养活不了一家老小;来应聘的小年轻倒不少,就是坚持不了几天,不是我炒他们的鱿鱼,就是他们不辞而别,不少人穿着工装就没影了。一直到宋少华出现,我眼前才猛然一亮。

　　厨房门口昏黄的灯光下站着一个精精神神的小伙子,微黑的皮肤,乌亮的眸子,不太张扬的飞机头,脑袋右侧两道清晰的闪电刻痕代表了他们这个年龄段的审美追求。我问他干过传菜没有,他说以前在"三锅演义"干的就是传菜。问他为啥不干了,他怯怯地笑了,说那里传菜员太多,需要走一个。于是我同意他留下来试试。

　　宋少华干起活来真不含糊。大包桌的时候,他一托盘端五盆米酒小汤圆,上下楼梯健步如飞,汤汁在盆中激荡却无半滴溢出。自打他来之后,托盘、传菜柜和传菜部的白瓷砖墙变得干干净净,调料碟、大汤勺、酒精锅仿佛被施了魔法一样,都找到了自己的位置。"工具不回家,我就不回家。"我喊了半年的口号第一次被宋少华执行到位。宋少华是个闲不住的人——干完本职工作后，帮前厅扫地，替砧板择菜，和洗碗阿姨一起洗小件餐具，眼里啥时候都有活，一刻都不消停。要是一连几天大包桌，宋少华会早来晚归，像个机器一样停不下来，回到宿舍后，腰都抬不起来了。有一回正泡着脚就睡着了，厨师们把他抬起来放到床上，他竟一点都不知道。

后来，一个从"三锅演义"跳槽过来做了主管的女孩"揭发"了他的假话："少华就是个闲不住，在那里除了传菜，啥活都抢着干，他呀，是自己把自己累跑了！老板哪舍得放他？"她还告诉我，在那里，大家送了宋少华一个绰号："停不下来。"

有一天，忽然我的办公桌上放了一份辞职报告。我一惊，检点自己哪点做错了没能留住这个孩子。宋少华吐了真话："叔，我知道你对我好，我也舍不得离开烙馍村——"十七八岁，技校毕业，没找到一件自己愿意干上一辈子的事情，宋少华也很迷茫。母亲是一位勤劳而正派的独身女人，依靠打零工把他和妹妹养大，却没能力给他买房买车，将来娶媳妇也全靠他自己。母亲一直在攒钱，想从黑市中介手里买一份社保，行情一年一个价，从最初的四五万涨到了十几万，涨价速度跟县城的房子差不了多少。母亲经常叹息，于是他想帮母亲实现这个愿望。他打算去深圳那家著名的公司去挣更多的钱。讲完这些，少华的眼睛里开始噙满瞬间而来的泪水,我装作没看见。我知道留不住他了。

宋少华一去就是两年。我不时会想起这个传菜少年,那种牵肠挂肚的想,好像是自己的孩子出远门一样。一开始,我们经常在微信里聊天,他有一个你一次就能记住的昵称:你是猴子请来的救兵吗?他会在我的朋友圈留言点赞,竖大拇指,充满了激情。后来联系就少了,我想可能是他忙的缘故吧,他好像说过他们基本上没有星期天。

有一天,一个中年妇女来参加亲戚的婚礼,结束后找到我,说她是少华的母亲,少华从南方回来了,还想来烙馍村上班。果然,几天后,少华出现了,骑着一辆新买的电动车,护膝部位装了一款样式别致的棉挡风。还是那款飞机头,那两道闪电刻痕,除了脸上多出几粒粉刺外,跟离开时一模一样。我高兴得直搓手,冲他打招呼:

"嘿,你是猴子请来的救兵吗?"

在场的人都笑了。少华却绷着脸,那严肃的样子我从来没见过。

没几天我就发现,少华变了。以前那个机灵勤快的传菜少年不见了,取而代之的是另一副模样:行动迟缓、丢三落四、慢慢腾腾,传菜柜上堆满了菜他都不会快走一步。跟我好像路人一样,我不主动打招呼,他从来都不搭理我。那个从"三锅演义"跳槽的女孩,如今做了我们的大堂经理,少华见了她也形同路人。我忍不住问少华:"你不记得她吗?她叫什么名字?"少华点点头,又摇摇头,好像想起了什么:"她是个爱罚款的娘儿们。"少华的记忆真的出了问题,有一回我让他端了一份藤椒龙利鱼送到9号餐桌,他下到一楼又端了回来,站在我身边也不说话,我问他怎么了,他反问我:"几号呀?"我感到问题的严重性了,又极力说服自己这不是真的。

那天,少华突然举着一根紫茄问另一个传菜员:"这是什么玩意儿?"我在一旁看见,心都碎了。我去找少华的母亲,拐弯抹角给她讲了少华的反常表现。少华的母亲迷茫地看着我,满腔的忠厚老实:"我只是觉得他这次回来话少了,更依赖我了……"我上上下下打量着这个一贫如洗的家,感到腹内充满寒气:他们是这个社会最庞大的下层土壤,无法完成他们经济与道德上的义务和职责。

我去找过他母亲不久,少华一连七天不露面,打电话问他母亲,说是遇到一点麻烦。正要去他家里,他又来上班了。问他这几天去哪了,他双手比画着,很激动的样子:"去了一个管吃管住的地方,妈妈给我送的被子、牙刷,警察叔叔让我给一个农民伯伯赔了六百元钱。"我越听越觉得不对劲,决定去他家问个明白。

起初他的母亲还很平静,给我讲了事情的经过。讲着讲着,突然她泪流不止,歇斯底里般地吼叫起来:"为什么!为什么倒霉事都叫我们碰上!他只不过想多挣点钱,去了那家员工爱跳楼的公司,你知道的,叫人加班加不到头!他一到那儿就说自己喘不过气,我真傻!"

我再次感到腹中充满寒气:在那里,少华究竟遭遇了什么?生活肯定粗暴地对待过他。我想知道,可又怕知道。

老笨叔

几年前,老笨叔来饭店应聘,饭店正好缺一个打荷工。于是老板收留了他。

老笨叔是20世纪80年代的小中专生,原来在供销社下边的轧花厂上班,供销社倒闭后,下面的企业都死了。下岗这些年来,老笨叔一直找不到一个像样的工作,越混越差:老婆跟人跑了;在大学读书的儿子对他不冷不热,除了要钱,平时一个电话、微信都没有;同学们除了一年一度的同学聚会,平时很少有人跟他联系。这是他的第七份工作了,工资不算高,但管吃管住,也算过得去。

对这份工作,老笨叔非常珍惜,也很卖力,可就是做不好:面对淀粉袋子的封口线经常束手无策,除了手上不离创可贴外,还不断招来二灶徐小胖的责骂,有一回,做烧茄子的时候，老笨叔递番茄酱慢了（那种铁罐包装开起来相当麻烦），徐小胖大发雷霆，手中的勺子带着热油在老笨叔头上猛然一敲。这些年来，老笨叔对这种粗暴的对待已经非常有经验了，所以也没觉得这么一下有多痛苦。

徐小胖几次三番去找老板，说老笨叔比个猪还笨，打荷不合格，总是耽误出菜。他说前厅催菜都是老笨叔的责任。老板叹一口气："人也不懒，就是太笨。让他干到月底吧，发了工资再走。"老笨叔听到了风声，感觉天昏地暗，走投无路的他悄悄去一家输送海外捕鱼工的中介机构填了表，还一个人去医院做了阑尾切除手术，也许漂泊的渔船才是自己的归宿。

那天，老板把老笨叔叫到吧台，准备给他结算一下工资，请他另谋职业。尽管有心理准备，但老笨叔还是很紧张，额头上爬满了密密匝匝的汗珠，两只手不住地颤抖。

就在这时，门口出现了一阵骚动，几个在散台吃饭的客人站了起来。起因是一位年轻女人拉着她两三岁的孩子去寻厕所，或者打算到店外的空地上把事情解决掉，谁知孩子跑到正门口却憋不住了，蹲下来就把问题解决在了饭店的大堂里。嘴里咬着肉块的客人放下筷子，脸上露出了不满和无奈的表情。这是一个大腿肚、双下巴、发髻高绾、脖子和手腕上金光闪闪的女人，走路非常有力，高跟鞋仿佛要把地板戳出几个窟窿似的。她一边抱怨饭店一楼为什么没有厕所,一边拽起那个孩子就走,把一个难题留在了店内。

老板很气愤却又不能发作,服务员们都退让着,没有人愿意上前处理这个难题。正在用餐的客人纷纷抗议,把怒气全转向了饭店,有的甚至提出了退餐,如果不能让那团秽物迅速从他们眼前消失的话。是时候了!老笨叔果断站了出来,一边对自己嘟囔了一句,一边抓起餐桌上的一叠餐巾纸,神色凝重地朝那个难题走去。

最后,老板心一软就改变了主意,让老笨叔留了下来。技术活老笨叔真的难以胜任,于是安排他干起了洗碗工。

老笨叔时常摸着自己的阑尾疤痕,庆幸劫后余生,从此也把饭店当成自己的家,开始拼了老命去维护它。要是一连几天包桌,他就会像个陀螺一样停不下来。洗碗间的盘子堆积如山,老板雇来的帮工都被老笨叔一个个撵跑了:他想给老板省工资。除了洗碗,他还和老板一起去市里进菜,天不明就起床。晚上义务值班,陪伴拖台的服务员。老笨叔一天就睡四五小时,其他时间都给了饭店。往往零点已过,拖台的客人仍然没有结束的意思。好多回,睡魔犹如骤雨般袭上身来,刚才还点头应承着服务员,转眼间,身子就从椅子上向前栽了一下,夹在两指间的香烟也掉在了地上。老笨叔一惊,又睁开眼来,去捡地上的香烟。

有一回排烟系统的风机不转圈了,这个家伙确实有些年头了，里里外外粘满了厚厚的油泥。先后叫来几个维修工，他们没见过这么肮脏的机器，拒绝上去维修。老板不得不从市里的厨具城叫来一个油烟设备供应商，打算换一个新风机。供应商报过价后，老板却又犹豫了。这时，老笨叔找来一件破衣裳，让几个厨师打下手，一头钻进了那台老式风机里面。老笨叔几乎忘了在轧花厂上班的时候自己还是棉花加工组组长呢，当年鼓捣过的风机少说也有几十台。嗨，今天能派上用场，真让老笨叔高兴。等风机轰隆隆正常运转时，天色已经大亮。"算算吧，一大笔银子啊！"市里厨具城那个供应商报价时的脸皮可厚着呢！

这之后，老板更离不开老笨叔了。现在老笨叔一个人干着三个人的差事，除了洗碗、采买，还兼顾捅捅下水道、换换水龙头一类的修理活。三年了，厨师和服务员的工资都涨过两次了，而他的洗碗工工资却一直原地不动。徐小胖鼓动他去找老板，可他高低张不开嘴。尽管如此，他还是盼望饭店能忙起来，脏盘子越多，他就越兴奋，如果一连几天没有包桌，他会无精打采。

老笨叔不提工资的事，老板也不提。老板已经离不开老笨叔了，他用老笨叔用上了瘾。老笨叔是个正经人，他希望通过打拼过上有尊严的生活：换一个比现在大点敞亮的房子，给已到谈婚论嫁年龄的儿子分期付款买一辆国产轿车，能有人上自家的门——每年春节，几个外甥总是放下年礼就走,生怕穷气染上他们。

无论怎样,老笨叔有了一个比较长期稳定的工作。用徐小胖的话说,只要老板不撵老笨叔,老笨叔是永远不会说走的。

艳菊

艳菊是从偏远山区来的。那天,她哥把她送来,对大堂经理说:"小孩家不懂事,您该嚷就嚷!"艳菊笑吟吟地望着大堂经理,在刘海和笔直的眉毛下,目光清澈,还有两个红润的酒窝。等哥要走时,突然她眼圈红了,拽住哥的电动车不松手,她哥笑了:"第一回出门。"哄了半天,她的手才松开。

第一天上班,艳菊趴在吧台上看。吧台里面有一个陈列柜,各式香烟和名酒躺在那里,一个个闪闪发光,每件商品下边都贴有标签。艳菊指着一盒软"中华",神情好奇地问:"这烟真的一盒七十七?"望着一脸好奇的艳菊,收银笑笑点点头。艳菊又朝一瓶酒指去:"真的,真的一瓶三千三百三?还有人买?"收银抿嘴笑,说那天有一桌喝了四瓶。

艳菊像犯了牙疼一般哎哟着离开了，周围的服务员忍不住笑出声来。

艳菊被派在二楼大厅服务包桌，新服务员是没有资格进雅间看台的。一位客人问她要"牙捣蒜"，去厨房要，大厨们都在忙活，没工夫理她，一个新来的小师傅也没听说过"牙捣蒜"。她想了想，就抓了一把净蒜找一个背人的地儿好一阵嚼，嚼碎后吐到一只骨碟里，辣得满眼流泪……要不是被大堂经理发现，她就真给客人端上去了。

别看年龄不大，艳菊干起活来一人顶仨。每次包桌结束后，她会主动去收拾雅间，收拾完雅间，又去后厨帮忙洗刷小件餐具。这些都不是她分内的活。要是一连几天包桌不停的话，她会把自己累得歪歪斜斜，很多个收工之后的夜晚，她的手指僵硬，连拧毛巾的力气都没有了。她还没学会关心自己的待遇，其他服务员在包间和散台端盘子，有机会推销酒水和特色菜，赚取提成，她好像根本没有看见。

酒店油水大、伙食好，才过了几个月，艳菊就一下子长高长胖了。气色特别好，刚来时脸蛋上山里孩子特有的两坨红居然也不见了。大堂经理又带她做了离子烫，将刘海染成黄色，一下子时髦了很多。回到酒楼，大家眼前都唰地亮了一下。大堂经理对她说："去雅间服务吧，让客人一边吃菜，一边吃你吧！"

艳菊害羞得捂住脸，不停地跺脚。

艳菊调到雅间，第一天就碰上了一桌重要客人，南方一个投资商准备给县里一个未开发的景区砸一大笔银子。县里有关部门招待，大堂经理亲自上来看台，唯恐出差错。

喝的是高度茅台，菜就不用说了，啥好上啥、啥贵上啥。投资商不尚酒，可架不住县领导的盛情：县领导为了表示自己心诚，先喝三大杯，喝过后还往牙上磕磕空碗。就这样，气氛很热烈，一会儿，两瓶茅台就空了，又打开第三瓶。大堂经理上来后，艳菊就成了配角，只管拿拿酒、倒倒茶、更换一下骨碟什么的。艳菊很纳闷儿，茅台酒都是在雅间外打开的，倒进茶水壶里才能上桌。雅间里没有茅台酒瓶和酒盒。

见大堂经理把第三瓶打开，艳菊不由得咝咝了两下，进屋倒酒时只倒了大半杯，心说："这么贵的酒，还是省点喝吧！"负责招待的县领导马上瞪她一眼，让她加满，还不好意思地对投资商表示抱歉："浅茶满酒，这个服务员刚来，不懂规矩。"这一瓶很快干了，又让拿第四瓶。打开的时候，艳菊的手禁不住地发抖，进屋倒酒时，嘴里还一个劲儿咝咝，一桌人都奇怪地看着她。第四瓶很快又见了底，县领导哈哈笑着吩咐去拿第五瓶。大堂经理示意艳菊去吧台拿酒，艳菊却纹丝不动。县领导又催了一遍，艳菊还是不动，大堂经理只好风风火火地去吧台拿酒。酒拿来，刚要打开，忽然艳菊捂住脸蹲下来呜呜大哭起来。

恰逢县领导陪着投资商上卫生间，被撞个正着。

艳菊的反常引起了投资商的注意。他问艳菊为什么大哭，艳菊不敢吭声，瞪眼瞅着她的经理，大堂经理也很生气："客人问你话你也不回答，一点礼貌也不懂！"艳菊这才如实说了。艳菊说，她家种的白菜批发出去才五角钱一斤，得种多少白菜才能换一瓶酒啊？每年秋后她爹推着小车来县里卖柿子，来回一百多里路，算算跑多少路才能挣一瓶酒呀？可他们不到一顿饭工夫就喝下五瓶……艳菊说着说着，又抽噎起来。县领导很没面子，呵斥艳菊住嘴。投资商却拦住了他，投资商说："本来我还犹豫，到底投资不投资？现在我不再犹豫了，贵县有这么淳朴的小姑娘，民风一定差不了。谢谢你小姑娘，你也给我上了一课。"

说完，投资商弯下腰给艳菊鞠了一个躬。县领导一愣，明白过来之后，也在心里给这个小姑娘鞠了一躬。

客人走后，艳菊很担心地问大堂经理："我是不是闯祸了？"大堂经理疼爱有加地拍了拍她的脑袋告诉她，非但没有闯祸，还立了大功，准备好好嘉奖她。"奖不奖吧，只要没闯祸我就踏实了。"艳菊松了一口气，卷起袖子，露出一个90后山里女孩的胳膊，收拾起桌子来。

黑羊白汤

二灶徐小胖

徐小胖是烙馍村饭店的二灶,用老板的话说:有两把刷子。老板人实在,愣是没有看出来:徐小胖是个不安心干一辈子厨师的人。

徐小胖皮肤很白,脖子上布满了紫色胎记,让人一眼就能记住。他的拿手菜是鲤鱼焙面和大葱烧海参。大家都记得徐小胖来试菜时的样子:接过老板递来的围裙,啪地抖打了一下,气势一下子就出来了。接着又稍稍活动一下筋骨,让手腕习惯炒锅的重量,玉米粒似的眼睛飞快地转着圈,瞟着料台上的各种调料,以便开火后能准确找到它们的位置。

刚来时,徐小胖见谁都递烟,还请打荷小弟多多关照。可是没多久,摸清大家的底细后,徐小胖的脾气就开始大起来。有一回,他做烧茄子的时候,由于打荷小弟递番茄酱慢了,他手中的勺子等得不耐烦了,带着热油在打荷小弟头上猛然一敲。刺啦一声,一团白烟伴着烧焦的煳味升起来。

徐小胖是一个"泾渭分明"的人:只要下班时间一到,他关火解围裙立马走人,才不管锅里那些加工了一半的东西；要是大包桌不得不多干一会儿活，他就会拐弯抹角地提醒老板加班费的问题。老板觉得他有两下子，也不敢轻易得罪他。

那几年，县里在搞大拆迁，过桥贷款越来越吃香，根据房地产开发商和社会赌徒们的强烈需求，越来越多的人开始雄心勃勃组建担保公司。机会来了，徐小胖在他的同学——县工商局一名副局长的暗地支持下，脱掉厨师服，换上亚麻唐装，手腕多了一串崖柏手串，摇身一变，成了腾达担保公司的总经理。老板成了他的第一个客户。第一次来给老板分红，徐小胖从公文包里拿出一只信封，红色的百圆大钞簇拥着露出了头。他没有急着打开信封，而是用一只白色线手套开始反复搓擦那些崖柏珠子，手串散发出一股很浓的新棺的香气。

几天后，尝到甜头的老板把积蓄都投了进去。

那一段时间，腾达担保公司天天请客户，总经理徐小胖吃遍了县城大小酒店，经常以一个内行人的身份对人家的饭菜指手画脚，干着鸡蛋里面挑骨头的勾当，他也因此成了一个脂肪球。他经常吮着油汪汪的指头，醉醺醺地对别人说："我还缺什么，就差人恨了！"

有一天，本县一个公众号上发布了一则伤心的消息：腾达担保公司因资金链断裂，没有挤兑就倒闭了。腾达客户听到了风声，蜂拥而至，团团围住徐小胖和他的几个骨干搭档,用超市购物袋里的鸡蛋、西红柿和临时从马路边大叶女贞树上折下来的带着青叶的枝条表达了他们内心的愤怒。

老板多年的积蓄全部打了水漂,气得大病一场,心口仿佛堵了一块石头,出院后还不得不大把大把吞藿香顺气丸。他算了一笔账,腾达担保公司的倒闭,自己六年饭店白干不说,还搭进一座拆迁包赔的三室一厅。政府介入之后,把徐小胖关了起来,又责令腾达担保公司出台了一个还款计划——谁都知道这是一个精神安慰,那些在担保公司借款的企业都是濒临倒闭的企业,把银行和集资户坑过之后再来坑担保公司。最后,老板和众多受害户一样,默默承受了下来,甚至有不少受害户担心被熟人取笑,连去登记认领都不敢光明正大。

徐小胖的亚麻唐装在腾达事件时被撕得不成样子,崖柏手串早已不翼而飞。关了一年多又被放了出来,三个月去政府报到一回。那一段时间,徐小胖就像谁家走丢的狗一样,老婆不让他回家,他把老丈人的一生积蓄都拿去鸡生蛋,蛋生鸡,结果全部弄飞了。他想重操旧业,但由于声名狼藉,县城的酒店都在拒绝他,好像商量好了似的。

有一回,老板去县里刚刚组建的农贸市场进菜,在一个"八元管饱"的新式街头快餐摊上,看见徐小胖一边擤鼻涕,一边跟摊主吵架,原因是他吃完饭后非要把一疙瘩带皮蒜带走（这几年，狠心的蒜商们囤蒜抬价上了瘾，一斤大蒜居然卖到九元钱）。摊主坚决不允许，他就跟人家吵起来，把带皮蒜往长条桌上一拍："抠死了，抠死了！会做生意不会？"他的身后停着一辆"金彭"牌载人三轮，新焊制的车架和绿色帆布车棚。县里的出租三轮司机仿佛商量好了，开的都是这个牌子的三轮。这时他看见了昔日老板，用手抹抹脸，仿佛干洗脸似的，还未来得及张口就先抽噎起来，玉米粒似的眼睛里有一种浑浊的液体在往外流。老板心一软，又让他回来了。其中还有一个原因，来烙馍村吃饭的客人经常抱怨：鲤鱼焙面不是原来的味了，大葱烧海参的葱香不如以前。

这回徐小胖老实多了，见谁都唯唯诺诺，未说话，先敬烟。主动加班，大包桌的时候抢着去洗碗，下水道不通了不用老板说话，他就去想法疏通了。老板的父亲生病住院期间，徐小胖自告奋勇担任饭店的采买，大清早五点就起床，采买回来还不耽误炒菜，并且一分钱补助都不要，说是报答老板的收留之恩。老板为此很感动，不止一次称赞徐小胖的变化。后来干脆把采买的活正式交给了徐小胖。烙馍村的厨师服务员都说徐小胖变了，像换了一个人。

有一天，打荷小弟回宿舍时碰见徐小胖正在一些单据上写写画画，见人进来，徐小胖慌慌张张收起单据，还把一支笔塞到枕头下面。接下来，徐小胖有意无意地讨好

黑羊白汤

这个打荷小弟,请他吃了一回西部大盘鸡,还塞给他两盒"玉溪"烟。没想到,打荷小弟给老板敬烟时引起了注意,一问,他啥都说了。老板突击检查宿舍,吓了一大跳:那是一支修正笔。再翻阅徐小胖的采购单更是吃惊:二十九元一箱的锅巴变成了四十元,青菜单据上也有涂改的痕迹。跑去市场调查,几个材料户都摇头叹气,大肉供应商吞吞吐吐又气愤不已地告诉他:"他跟我要过两回排骨,真说得出口!"老板没声张,在徐小胖又一次采买回来时突然检查青菜的重量,一个品种一个品种地过秤。站在旁边的徐小胖满头大汗,脸色渐渐成了猪肝色,玉米粒似的小眼睛眨个不停。

最后,实际重量和进货单上重量的差别让老板气愤至极,徐小胖看势不对,就往厨房门口移动。老实敦厚的烙馍村老板再也控制不住了。一颗没有剥皮的洋葱朝徐小胖飞去,正好砸在他的脑袋上,又一颗愤怒的洋葱飞了过去……

徐小胖哎哎地叫着,脑袋跟着不停地晃动,真是像极了一颗色子。

1998年的花酒

那一年收罢秋,堂兄文玉来找我,问县酒厂有没有熟人,他想办个收购证,收玉米。我动了一番脑筋,想起一个在组织部当科长的同学。同学说没问题,给酒厂主管业务的老魏打了个电话。我们找到老魏,一会儿就办好了。文玉用胳膊肘碰我,意思想请老魏去吃酒。老魏摇头,说他血脂稠,两年没喝酒了。我抬出同学压他,说他不给面子,老魏只好去了。

是一家小酒馆,店名起得不错:"千杯少。"拿手菜是红焖肘子和酱香野兔,一律用不锈钢托盆盛菜,量大得惊人,催生出一种大块吃肉、大碗饮酒的豪情。老板悄声问:"喝素酒还是花酒?"我问:"何谓素酒,何谓花酒?"老板还是悄声地:"素酒就是你们自己喝,花酒有人陪着喝。"我又问:"孙二娘还是李师师?"老板还未接话,文玉早等不及了,一个劲儿嚷嚷:"花酒,花酒!"一双本来就不大的小肉眼眯得更细了。那样子让我心头一惊:我太清楚我的这些乡下兄弟啦,外表唯唯诺诺的样子,做起事来胆子却贼大贼大,喝酒论碗,送钱论沓,没有他们不敢干的事。

菜布齐,还不见动静。文玉急了,冲雅间外喊:"咋还不来呢？"门吱一下开了，文玉眼尖，张口叫道："王小丫！"我们一看，可不是，还真像那位主持人。"小丫"反应也挺快，一坐下来就给大家出了一道抢答题："答对我喝一杯酒，谁答不对，谁喝两杯酒。《陋室铭》的作者是：A.刘德华；B.刘禹锡；C.刘备，请选择——"

文玉胳膊举得老高："俺答！俺答！""小丫"冲他一挥手："请——"文玉大声回答："作者是刘备！"我和老魏一听，吃进嘴里的炸鱼又扑一下吐了出来。"小丫"夸文玉："你真聪明，差一点儿就答对了，不好意思，请喝两杯。""小丫"又出一题："打蛇打七寸，七寸是指：A.心脏；B.咽喉；C.肾脏。"文玉又举胳膊，"小丫"却冲老魏来一个"请"。老魏一扫刚才的没精打采，认真想一会儿，回答："心脏。""小丫"夸了老魏一句，吃下一杯酒。"小丫"是挨着老魏坐的，我真佩服她的眼力，一进门就能分出这一桌的轻重。

"小丫"不过十八九岁，发育得却很好，那件肚上衫仿佛要被撑破似的，看一眼心里便一热。既然是花酒，就很放得开，我们的眼睛一个个像长了胆似的，话也没个遮掩。我对正倒酒的"小丫"说："你是咋长的？都快长崩了！""小丫"扭头冲我一笑："你没听说男人漂亮一身毛，女人漂亮一身膘！"我们哦一声，精神倍增。文玉端起杯敬酒，"小丫"连说："不敢当，你们是客人，应该我来敬。"我说魏厂长是我们的客人,要敬从他开始吧!

老魏连连推辞,说他两年没喝过酒了。那边"小丫"却把酒杯举到了面前,双手挑起兰花指,口里念念有词:"激动的心,颤抖的手,我给领导端杯酒。如果领导你不喝,你一定嫌我长得丑!"我和文玉哦一声,一齐问老魏:"妹子丑不丑?"老魏回答:"咋会丑呢?好看,好看。""好看你还不喝?"我和文玉将他。老魏端起杯,吱一声吃了。"小丫"又满一杯,双手端起来:"心在颤,手在抖,我给领导端杯酒,领导在上我在下,你说几下就几下。"老魏摇摇头,一连吃下三杯。

高潮迭起,我们一个比一个开心。老魏先醉了,一个劲儿夺酒吃,还嚷嚷:"我两年没沾过一滴酒……"中间文玉受了冷落,情绪有些不振。"小丫"看出来了,就举起一杯酒,要和他喝交杯酒,喜得文玉一蹦三尺高。"小丫"也是醉了,突然转向我:"你戴个眼镜怪像个文化人,我要考考你。"我说:"莫非要学苏小妹三难秦少游?""小丫"嫣然一笑,说:"我只难你一次,答对了就让你做回新郎。"文玉一听竟当了真,以为真有什么"福利",他竖起耳朵监督我们,生怕我作弊。"小丫"指着桌上一盘菜说:"就是它了。"我一看,是一道"韭菜炒比目鱼"。"小丫"吟:"春水白鱼多比目。"

我想了想,对道:"秋风红豆最相思。"

我发现"小丫"眉间忽然掠过一丝幽怨。我也对她的处境有些惋惜，问："能说说你为啥干这个吗？""小丫"凄然一笑："不说为好，要不你会为我伤心的。"说罢便又举起杯，笑语迭出，要和老魏文玉再吃三杯。老魏摸出一张钞票塞给"小丫"，"小丫"也没推辞，接过塞进了裤兜。我也要掏钱，这时门口传来一阵激烈的争吵，老板推门进来，冲我们几个抱拳："真对不起各位老哥，一位老顾客点名要她陪酒，能不能……"这时门口一个穿制服的身影闪过，一个粗暴的声音随之响起。"小丫"眼里闪过一丝惊悸，手中的酒杯掉地上啪一下碎了。文玉抓过一只酒瓶子，呼地一下站了起来。

……来年这个时候，我接到一个电话，是老魏打来的。问我堂兄还收不收玉米，一年没见面，这个时候打电话，我知道老魏是怀念那顿花酒了。那天文玉把那个"制服"狠狠揍了一顿，把自己也揍进了拘留所。约了老魏去，"小丫"却已不在"千杯少"。老板说今年参加高考，"小丫"被录取了，省里那所中文非常出名的大学。我们对"小丫"更感兴趣了，一齐问她的真名实姓和身世。老板笑笑："不说为好，不说为好。"

亲家来访

两天前，儿子告诉他们：崔颖的爸妈要来家里看看。文刚没有吭声，他是一个非常不爱说话的人，村里人都叫他"闷葫芦"，他的长处在别的地方。新菊却有些紧张：儿子在县城一家酒店干厨师——砧板老大，之前在一家火锅店做花式烩面表演：一身素白，反戴着棒球帽，穿着轮滑鞋，在客人中间一边穿梭，一边甩飞手中的烩面片，惊叫声此起彼伏。崔颖和儿子就是那时候认识的。崔颖是南关幼儿园中班老师，爸爸是城内学校的一把手，那可是响当当的一个人物：城内学校的教学成绩在他手里从没下过全县第一名，家长们挤破头想把孩子往这里送。崔校长的品行也是全县第一，除了户口本、电费条，天王老子也不认。这次来访，新菊很紧张，把猪场里里外外打扫了一遍又一遍，又征求文刚的意见："要不咱搬回村里的家招待亲家？"

文刚和新菊是初中同学。当年，他们的同学有的被上天垂青，考上中专和县一中，后来又考上大学；有的接班或走后门，转了市民户口吃上了商品粮。文刚呢，在生他养他的这块土地上安心农事，并不羞于成为一株坦诚的庄稼。文刚一边种地,一边养猪,从不羡慕别人家的日子,也不为身边任何赚钱的生意动心。图方便,他们一家搬到猪场已经数年。文刚坚决不同意新菊的做法,他对儿子说:"我们没有什么可隐藏的,我们身份不如人家,但我宁愿他看到我们的普通。"文刚打定主意要把这日常生活礼貌而真实地展示给未来的亲家。

儿子也同意他们的做法。他们一家人受人尊敬,是出了名的勤劳能干、藐视权贵的人家,从来不自视高人一等,同样,也没觉得低人一等。歉收的季节或养猪事业的低谷,文刚会振作精神迎难而上;即便收成很好,毛猪卖出的价钱喜得在地上翻跟头,他也要在岩石遍布的地里耕种不辍,打碎播种前的最后一块土坷垃。当儿子的花样烩面视频在朋友圈和公众号疯传的时候,他让儿子打了辞职报告,他对儿子说:"那不是厨艺。"儿子开始与"十八子"刀建立起感情,刀功练习入魔的那段时间,他见啥比画啥,田埂上还未离秧的冬瓜都被他雕成了一只只花篮。

十点多,一辆白色轿车徐徐驶近猪场,一家人迎了过去。今天新菊穿了一身干净衣裳,从头到脚拾掇得整整齐齐,从姑娘起一起陪伴她的大波浪烫发头见证了一个60后农家主妇的审美标准。这一瞬间,她突然想起和文刚举办婚礼的场面,仿佛就在昨日。这一晃就该做婆婆了。儿子上前拉开车门,崔校长跳下车来,鼻子上架了一副镍铜合金无框眼镜,很斯文很学究一个人。儿子把他们双方介绍后,崔校长很有气度又不失热情地冲文刚伸出手:"亲家好!"

没想到崔校长这么随和,文刚感到一阵温暖,开始给崔校长让烟——几十年来他一直抽这个牌子的香烟:软红色与金色搭配,河南产的红旗渠"银河之光",他一直有勇气把这款五块一盒被当地人称作"普渠"的香烟当作自己的口粮。此时正是柿子变红的季节,他们头上方,一只只红宝石般晶莹剔透的果实预告着一个北方的丰年。一只白色田园犬跑出来,一个一个去嗅客人的裤管。屋前有一个劈木柴用的墩子,上面斧痕显明。木柴在自砌锅台的炉膛里熊熊燃烧,五层高的蒸笼呲呲冒着热气,里面是当地人待客的"十大碗"。新菊伸出一双北方农妇的手,一手攥住崔颖,一手攥住儿子未来的丈母娘,往屋里请她们。

崔校长一下车,文刚就觉得眼熟,跨进门槛的一刹那,两人认出了对方:"老同学!"原来当年两人在县二中复习班待过,应该是八五届。这时,两双手握得更紧了。

"今天早上我五点就起床了,帮一只脱肛的猪做缝合,还给三天前刚下的一只猪崽割了一个小屁眼。"落座后,文刚打开了话题,崔校长呵呵笑着,想继续听下去:面前坐着的是一个真正的农民。这些年,文刚的猪越养越多,地也越种越多。那些在外打工的、做生意的都嫌种地没利润,文刚听说后，会主动上门跟人家商量承包的事。这个汉子从来没有对脚下的土地失去信心。

之后他们又聊起了县二中，聊起当年的自带咸菜疙瘩和食堂夹生的卤面，还有卤面上面那一层装模作样的黄豆芽炒肉丝。结果发现他们都跟那个打菜的独眼厨师吵过架，并一致同意那是个讨厌鬼。

他们交谈的时候，崔颖跑去外边帮未来的婆婆烧火，她对这里可一点都不陌生。"十大碗"冒着热气端上桌，新菊忙着打开一桶果粒橙，文刚拎出一只白色塑料壶，咕咚咕咚倒满两大碗。当地人把这种零酒叫作"皮壶大曲"。崔校长端起碗闻了闻："不错，应该是酒头。"

饭局开始，新菊好几次欲言又止，她想问问亲家，俩孩儿腊月能不能结婚。最后下定决心刚要张口，结果又被文刚用眼神制止了。文刚给崔校长夫妇敬过酒，他们又回敬了他。他感觉到了，每一次酒碗与他对喝时都没有潦草。

饭局结束后，崔校长没有立即告别，他很喜欢这个地方，很想跟眼前这个地道的农民多待上一会儿。新菊清了清桌子，沏上一壶信阳毛尖。儿子在一边提醒她水温不能超过80℃。崔颖建议大家"斗地主"。两副崭新的扑克牌上到桌上，儿子自告奋勇来洗牌：只见他将扑克分成两沓，分别在两只手里弯成弧形，接着，扑克牌发出咻咻的风声，相互飞进对方的阵营。

见女儿又忙着把洗牌的视频发朋友圈，崔校长夫妇笑了。他们知道女儿没有走眼，他们未来的女婿受到了实打实的家庭教育。这是另一个世界，未来的女婿会闪闪发光，尽管他是个农民的儿子，尽管他干的是厨师，一如门前那棵沉甸甸的柿子树，果实永远重于枝干。

赴宴

天慢慢地黑下来，县城的车道上拥挤不堪。老关望一眼专心驾驶的儿子，心里轻轻叹了一口气。在老关心里一直压着一块石头，压得他透不过气来。

县城大拆迁之后，老关一家搬进了一个富人集聚的高档小区。老关家买的是一楼，有一个养花弄草的小院，院门却经常被一辆奥迪A8堵死。车主是一个包工头，蛋子里满是泥星却日进斗金的家伙。老关家的卤肉车在后院，每次按门铃叫他下来挪车，他都爱理不理，没有半个钟头根本不见动静。有一回，包工头出国旅游，卤肉车硬是被堵了一个星期，老关也被迫歇业一周。回来后，物业提醒包工头，他根本不在乎，先是用鼻子哼了一声，接着又切了一声。之后一切照常。

包工头又一次把车停在了他家院门口，老关决定以其人之道还治其人之身，把自家的车停在了奥迪前面。接下来发生的事却让他目瞪口呆：第二天，他们家的"北京现代"被三面新砌的砖墙严严实实封了起来，只露出一个白色的车顶。数九寒冬，掺了凝固胶的水泥冻得硬邦邦的，铁锤砸都砸不动。包工头从楼上下来，站在那里，像一个庞然大物，魁梧的身材，加上一个坚实的脑袋。他将一口痰狠狠吐在地上，又将手指掰得啪啪作响，极度蔑视地看着老关一家。冲突不可避免地发生了，只一个回合，老关就被包工头打翻在地。老关从地上爬起来，啐出嘴里的血沫和断牙什么的。他用目光寻找儿子，小关站在老关身后，手心里全是汗水，胳膊软得抬不起来，两只腿肚哆嗦着，怎么也迈不动步子。他忽然带着哭腔叫了一声："爸——"

老关失望了，带着耻辱又冲了过去。这时包工头毫不犹豫地抡起了一根木棍。

县医院外科病房里，一身蓝白相间的条纹服饰，一根建立静脉与药液之间通道的输液器，让老关丧失了行动自由。一个月后，伤情鉴定结果是不够轻伤，派出所出面调解。包工头一口咬定只出医疗费，其他的一分也不拿。最后调解失败，派出所把案子转到了法院，老关又踏上了漫长的诉讼之路。要知道，包工头喘气都比别人粗，哪里都有他的人，每一个关口都下了血本。

打官司期间，包工头丝毫没有收敛，"奥迪A8"依然我行我素，蛮不讲理。老关望着堵在后门的"奥迪A8"束手无策，每到下午该出摊出不去的时候，他都幻想着要是自己突然病倒就好了。

后来，经常来买大肠头的秋子给他出主意，让他去找九哥摆平这事。老关一听，点点头又摇头。在这个小县里，只要九哥咳嗽一声，二十九层的高楼也要往下掉灰土，这个谁不知道！县长都跟九哥称兄道弟，拆迁拆不动了就得求九哥出面。九哥在对付钉子户上很有一套，钉子户没有不怕他的。这样一个大人物，老关咋能够得着？秋子对老关的担心很不满："不是有我吗，我和九哥的交情你还不知道？"接着秋子告诉他，九哥的千金出嫁，下周五请客。秋子说到时候他可以把老关引荐给九哥。

天已经完全黑下来了，暮色让位给夜色，空气滞重，有股沉甸甸的分量。"北京现代"在一家酒店门前停下，小关扭过头问老关："爸，你说九哥会答应吗？"

"我也说不准，不过秋子已经跟他打过招呼了，秋子好像还挺有把握的。"老关打开车门，伸出一条腿，"一会儿九哥答应了，我就给你发微信。"老关说着，将一只宽厚的手掌放在儿子肩上，隔着冬衣，小关居然感受到了那只手掌的温度。想起上一次爸爸倒在包工头的木棍下，小关猛然一阵内疚："爸，我不会一直懦弱下去的，相信我。今天要不是发小请客,我真想跟你留在这里见见九哥,我从来就没见过九哥。可是今天不行,爸,你知道的,那都是发小中的发小,特别铁的,必须在场。"小关说着,打开副驾驶前面的储物箱,拿出一件家伙来让老关看,是网上经常兜售的那种锰钢甩棍,上面泛着青光。突然小关恶狠狠地说:"再遇见有人欺负咱家,我就打烂他的脑袋。"老关吓了一跳,让他赶紧收起来,又说:"去吧去吧,这里一有消息我就发微信通知你。"老关啪一下关上车门,冲儿子摆摆手。

"北京现代"缓缓开动,又挤进了糟糕的车流。

酒店门前的车位已经满了,还有更多的车辆正从四面八方赶过来。大家焦急地等待着九哥的出现,有消息传来,九哥正在县长办公室商谈一个制药厂的拆迁事宜。秋子不知从哪里钻了出来,老关请教秋子:"我还没封礼呢,你说我封多少合适?"

秋子说:"你自己定吧,九哥不缺钱,封多封少只是一个面子问题。"

老关按住自己的口袋说:"一个整数吧!"给九哥封礼的机会这辈子不会有几次,他必须把它做到最大,做到一鸣惊人,得到改变命运的程度。于是他颤抖着双手,掏出一沓钞票,厚厚一沓钞票,下午刚从银行取的,捆扎钞票的白色纸带上还盖着验钞员的姓名。

秋子立即用手机拍了照片,通过微信传给了九哥。停了三四分钟,九哥回过来一个双手抱拳和一个竖大拇指的动画表情。秋子趁热打铁,在微信里又重提了小关认干爹的事,九哥只回复了一个字:中。秋子每操作一步,都让老关看一下他的手机,见到那个"中"字后,老关脑袋一热,差点儿晕了过去。他打开手机迫不及待把这个消息告诉了儿子。这时,这个夜晚突然变得金光万丈。

小关还在路上,发小催了他几次,说等着他记礼账哩!到了县政府十字路口,又是红灯。这时手机"嘀咕"一声,一条振奋人心的消息传了过来。他突然获得了一种力量,一种猛然的力量,来自微信的那条消息让他仿佛一下子换了一个人。

红灯变成了绿灯,"北京现代"开始起步。刚一加油提速,忽然从右边路口杀过来一个庞然大物,鸣着喇叭,根本无视红灯的存在,在无礼地霸道地完成他的左转向。是一辆黑乎乎的路虎,它冲"北京现代"直怼过来,如果"北京现代"不采取紧急刹车,一定会被它撞个人仰马翻。小关手忙脚乱一个急刹车,路虎擦着它的左前灯跑过,扬长而去。

小关的火气腾一下被点燃了,他想都没想,一个紧急掉头,然后猛力踩踏油门,车胎咆哮着转动起来,以最快的速度向那辆路虎扑去。小关居然骂出一串连自己都吃惊的脏话。路虎马上有了察觉,却相当放肆,每当"北京现代"要越过它时,就故意别"北京现代",别的尺度很大,根本无视"北京现代"和自身的安全问题。小关彻底被点燃了!在连闯两个红绿灯、无数次轮胎的尖叫和人们的惊呼后,路虎一个急刹车,"北京现代"根本来不及刹车,怼在了路虎的屁股上。世界一下子静止了。

老关闻讯赶来时,一切都无可挽回了。他看见儿子脸上的怒气正一团一团地飘着:"也不问问我是谁!我干爹是谁!哼,弄不死你!"小关的脚下躺着被甩棍打翻在地的路虎车主,可能已经晕过去了,身子隔一会儿抽搐一下。老关看了一眼地上躺着的路虎车主,脸刷地一下变白了,他一阵猛烈的心悸,仿佛天塌了下来。

韩大国的失踪

十五岁跟着父亲学厨的韩大国也算门里出身,当年雄心勃勃,与勺子和"十八子"刀建立了深厚的友谊,曾经多次参加《东方美食》杂志社举办的各类餐饮绝技培训班,苦练过气球上切肉丝和蓑衣黄瓜的刀功,一心要在全省的厨艺争霸上取得名次。父亲去世后把这个饭店留给他,韩大国就成了韩家厨房的掌门人。

韩家厨房生意很稳定,韩大国却总嫌挣钱慢。

那几年,县里来了个会拆迁的书记,往哪儿经过,只要用手一指某个建筑物,马上就会被夷为平地,人送绰号"一指梅"。亏了这位"一指梅"的魄力,加上铲车、搅拌机、勾机昼夜不停地勤奋工作,一座座比天空还高的大楼拔地而起,有时穷光蛋的口袋里也藏着一笔财富。当附有置换面积的拆迁通知书送到韩大国手里时,他被一种突然袭来的惊喜攫住了——父亲留给他的一个独院获赔了五套单元房!韩大国留下两套房子,卖掉三套房子,然后将房款一股脑儿地放进了腾达担保公司,让它们鸡生蛋、蛋生鸡去了。

那几年,过桥贷款越来越吃香,根据房地产开发商和社会赌徒们的强烈需求,越来越多的人开始雄心勃勃组建担保公司,手头资金宽裕的拆迁户们找到一条不劳而获的生财之道。韩家厨房原来的厨师徐小胖脱掉厨师服,换上亚麻唐装,手腕多了一串崖柏手串,摇身一变,成了腾达担保公司的副总经理。第一次来给韩大国分红,徐小胖从公文包里拿出一只信封,红色的百圆大钞簇拥着露出了头。韩大国迫不及待地抽出一沓钞票,并用舌头舔了舔手指,数起钱来,手法娴熟、专业,表现出了他多年来的一种渴求。

徐小胖离开时，韩大国已经答应把剩下的两座房也押上去，他会去邮政银行做个抵押贷贷款，才六厘的利息，而腾达给他的利息已经涨到一分五。韩大国嘟囔道："傻子都能算得清这笔账。"徐小胖知道自己成功了，大屁股扭得跟鸭子一般。

韩大国在想方设法获取他向往的财富，饭店对他已经没有一点吸引力了，他把一切事务都交给大堂经理打理，一个月都不去一回。很多日子里，韩大国脖子上拴着24K的金项链，开着"本田雅阁"去健身房学游泳，去市里的超级商场买衣服，去开封的小吃一条街消夜，甚至跑到欧洲学绅士，接受身边所有人的羡慕和嫉妒，这是一种冒险。

韩大国正值盛年，一切都妙不可言，但他认定更精彩的还在后头。徐小胖对韩大国说："韩老板，你还缺什么，你就差人恨了！"

腾达担保公司的前期分红已经让韩大国走火入魔，韩大国不但把房子和韩家厨房全押上了，分红返投进去不说，他还朝朋友和亲戚借款来投资。大家没有拒绝他，他们都被韩大国的气势唬住了。

有一天，韩大国在本县一个新闻公众号上看到一则伤心的消息：腾达担保公司因资金链断裂，没有挤兑就倒闭了。腾达客户听到了风声，蜂拥而至，团团围住徐小胖和他的几个骨干搭档，用超市购物袋里的鸡蛋、西红柿和临时从马路边大叶女贞树上折下来的带着青叶的枝条表达了他们内心的愤怒。事情来得太突然了，仿佛一记闷拳，狠狠打在韩大国脸上，他揪着徐小胖的衣领不丢，一遍一遍地吼："我们的钱都弄哪儿了，我们的钱都弄哪儿了？一张纸烧完还剩一撮灰呢！"

确切的消息传来：客户的理财资金上交到了上级公司，上级公司却贷给了那些濒临倒闭的企业，根本没有归还的可能。韩大国算了一笔账：由于自己把鸡蛋全部放在一个篮子的缘故，现在他已是身无分文，除了把自家房子和韩家厨房一齐抵押给了银行，他还借了一百万的"鸡蛋"。可是现在孵化鸡崽的老母鸡死了，即将出壳的鸡崽也一齐闷死了。就这么简单：韩大国破产了！

银行以迅雷不及掩耳之势启动了法律程序，韩大国走投无路，为了保证房子和酒店不被拍卖，他去找了当地一家民间借贷公司：五十万元，日利息一毛。这是一个叫九哥的道上人开的，他们的买卖规则很简单，今天放给你一万，过几天归还时可能就是一万五。而且绝对不能违约，违约金不合理得让你闻所未闻。九哥在当地名气很大，他做生意从不因受道德困扰而犹豫不决。他拥有两辆"路虎"和一辆"霸道"，每一只车轮上都藏匿着太多暴力和血腥的味道。他养的打手像他的狼狗一样凶狠，对欠账户从来都不会心慈手软。单凭韩家厨房每天的收入，韩大国很快成了九哥的违约户,成了九哥砧板上的一块鱼肉。熟人都替韩大国捏着一把汗。

韩大国把手机关了,他这是自欺欺人。他以为关了手机就没事了,九哥就找不到他了。有一天,韩大国开车去乡下一个亲戚家借钱,满脸都是绝望,每一个手势都表示着焦虑——这一段时间,他的好多亲戚、发小都把他的手机号设置进了黑名单。这时,一辆黑色"霸道"气势汹汹地超过他,快如子弹,横跨在乡村公路中央。他被带到一个深山的水库边,天空中寒鸦哀鸣。

那天晚上,韩大国不敢回家,住在了职工宿舍,怕吓着他的家人。他每隔一段时间就会疼得醒过来,大声尖叫。"他们打我,把我闷在水里。我真受不住了。可是我没有钱还他们,他们会打死我的。"韩大国喘着气对厨师们说,他的脸色苍白得像一堵石灰墙,脖子上的血管鼓起,中间又仿佛打了结。

第二天醒来,韩大国不见了,他失踪时不需要证人。但是他却把不幸和灾难留给了自己的家人。九哥派人来收韩大国的房子和饭店,向韩大国的老婆出示韩大国签过字的抵押合同和打的欠条。九哥收账从来不需要法院和律师,法院执行庭在他们面前也自惭形秽。

……十年过去了,九哥被判了死缓,韩家厨房早已改弦更张,成了一家火锅店。韩大国还是音信皆无。这些年,很多人都在寻找韩大国，托人打听，在网站发帖。他们不止一次打开电脑登录QQ，但是那个叫"韩掌柜"的企鹅头像却一直沉睡着。

腰椎间盘

我记得清清楚楚，那是2002年初冬的一个早晨，我听见亚楠的咳咳声后一跃而起，去跟她抢卫生间。就是那天，我往牙刷刷毛层挤了一粒黄豆大小的牙膏，还没来得及塞进嘴里，鼻子突然一阵发痒，迫使我仰头打了一个喷嚏：一个普普通通、毫无创意的喷嚏，却把腰闪了。一股奇异的疼痛突袭过来，在我的腰部迅速蔓延，我吃惊地发现我不能走路了。这时亚楠看见我在龇牙咧嘴抽冷气，跑过来问我："怎么了，大辉？你看起来不对劲。"

"可能是岔气了，亚楠，你扶我一把试试。我想回卧室先躺下再说。"

从卫生间到卧室，走得很艰难，每一步都牵心拽肺，我额头沁出了汗珠。亚楠要往单位打电话请假照看我，我没有同意，我做出一副坚强的样子冲她挥挥手，让她去上班："亚楠，中午回来给我捎点藿香顺气丸保准管用。"那些日子，在她和儿子面前，我经常一副满不在乎的表情。可是每当他们走后，我会一屁股坐在沙发上，整个身子像散了架一样。

其实我的情况非常不妙：我已不再是那家超市的业务副总了。生平第一次下岗，我没有任何经验，一连数日窝在家里生闷气。又不想把坏情绪传染给亚楠，还有刚上初一的儿子，于是就天天装出风风火火的样子去抢卫生间，中午变着法给他们做好吃的，铲子在铁锅里呼呼直响："儿子，开饭啰！"我的声音也比平时高得离谱，他俩都用吃惊的目光看着我。

那天，我一个人躺在家里，想去解手，翻个身子都疼得抽冷气。藿香顺气丸没起半点作用，看来真不是简单的岔气，后来县医院放射科的 X 光证明我是腰椎间盘突出。县医院理疗科一连半个月把我绑在腰椎牵引床上拽拉，结果丝毫不起作用。又去城北一个私人诊所接受针灸治疗，那个满嘴跑火车的江大夫一半本事在手上，另一半在嘴上，一个疗程扔进两千元，疼还在我身上，并且向两腿外侧扩散。

我选择了放弃治疗，我发现疼痛并没有多么痛苦。我从卧室搬了出来，在书房支了一只小床，白天、黑夜都躺在上面。白天睡眠过多，晚上眼睛怎么都闭不住。我屏住气，不开灯，生怕弄出一点声响，影响亚楠和儿子睡觉。

我饭也做不成了，真成了一个废人。有一天，儿子放学后坐到床边给我揉腰，我突然拽住他一只手："儿子，爸爸成了一个废人吗？爸爸这一生要完了吗？"

"你能站起来，你能康复的……"儿子鼓励我，但他的眼神却在躲躲闪闪。不久前，他去我曾经的办公室搬一盆花，一盆伴随了我七八年的文竹，长得绿意盎然，生机勃勃。我出差的时候，业务部的人都抢着照料它。那天，儿子搬回来一株枯黄的文竹，我都没能认出它：盆里的土干得发白，稍一碰，枯黄的叶子变成粉末落下来。我想，除了这盆文竹，儿子肯定还遭遇了其他事情。儿子没说，我也没勇气问他。

在我不能动弹的日子里，又发生了两件到现在我都不愿提起的事情。第一件事是儿子在放学的路上，一个高年级的痞子拦住他，拿半截砖头拍在他头上，出血了，还有一个硬疙瘩。这是件让我至今想起来都止不住掉眼泪的事情，因为当时我一筹莫展，没有给儿子一个应得的硬朗的解决办法，只用一句话搪塞了过去："等爸爸腰好了，非去揍死他不可！"接下来的日子里，儿子没有追问，一次都没有。但我发现他比以前沉默了许多。第二件事是有一天中午亚楠下班，破例没有给我们做饭，自行车篮子里连根菜叶都没有。她径直进了卧室，脱下鞋躺下来，然开拉开被子，把自己从头到脚蒙了起来。我和儿子一人吃了一包方便面，给亚楠也泡了一包，她没吃，那天下午，她也没去上班，床头柜上那只碗里的方便面开始一根一根变粗。我知道有更重要的事情发生了。

人在低谷的时候，智商会直线下降，勇气也跟着逃逸，自卑感却像那一根一根方便面一样变得粗大，从头到脚裹住你。亚楠所在科室优化组合，名单里没有她。那是一家县供事业编制单位，不至于像我一样一不上班就被断了工资，但她需要重新应聘新的科室。我有一个同学在组织部干部科，找他帮忙应该能把这个问题解决掉。可我却鼓不起一点勇气去找他，超市副总丢了，妻子又遇到这样的事情，我觉得没脸见人。我宁肯窝在家里天天不出门。

这就是那一年我的经历，烂事都缠上了我。我足不出户，天天用无休止的睡眠来打发日子。睡不着觉的时候，我就盯着天花板发呆，什么也不想。我发誓我真的什么都没想，我把自己变成了一具不折不扣的空壳。后来，亚楠的事情解决了，山区有他们单位一个雷达观察站，离县城八十多里。她去报到后，我不得不从床上爬起来，料理儿子的一日三餐。我扶着墙走路，还把折叠椅当作拐杖。我不想见任何人，邻居们都知道我腰疼出不了门，每天，来小区的那个菜贩子把我要的菜放到家门口，拿走我第二天的菜单。我特别害怕我们家的门铃被人按响，电话响了我都犹犹豫豫不敢去接。

我记得清清楚楚，第二年开春后，有一天，我的腰不疼了，一点都不疼了。这个病也能不治而愈？我不相信，丢掉手里的折叠椅走了几步，又猛走几步，确实一点事都没有。接下来我踢了踢腿，一次比一次踢得高。一切自如，伴随了我四个多月的腰椎间盘突出真的好了！

一个更现实的问题一下子横在面前，腰好后，我该何去何从？那一刻，我突然慌了，我感到我的双手在颤抖，一瞬间，额头上布满了密密匝匝的汗珠。

杨兄弟

饭店纳入正规后，尤其还清了贷款，我松了一口气，时不时去桑个拿，擦个串，放松一下。有一回，刚躺下，一条热毛巾就盖到脸上，我心里一阵惊喜：久违了。当时他和所有搓澡师一样，用澡巾在我身上试探没几下就问："灰不少啊，哥，要不要来个搓泥宝？"

我说不用。要是别的师傅，从接下来的手法我就能感觉到他们挣不到提成后的失望和敷衍，而他却不一样，自始至终都是那么认真、卖力，特别是在后背上的过多停留和脚趾间的细心扣挠，让我对他一下子产生了好感。接近尾声时,他又问:"推盐不推,还有牛奶、硫黄、芦荟……"仍然是搓澡的程序。

我真不喜欢那些腻腻歪歪的东西,我只喜欢洗头,也是为了不让他失望。他用手指头肚给我挠头,没有让指甲去野蛮地工作,这个年轻人让你没法儿不喜欢。一边洗头,一边闲聊,他问我是做啥的。我让他猜,他吸了吸鼻子,说我头发上有股炸油条的味。我一愣,旋即告诉他我是个厨师。往下越说越投机,最后我俩互留了电话,加了微信,我在备注一栏存了一个"杨兄弟"。离开时,他问我:"去你们饭店吃饭,能不能送个汤?"

"小事一桩。"

"能不能打折?"

"小事一桩,免单都没问题。"我差点儿说出自己就是老板,于是赶紧改口,"请你撮一顿没问题。咱这人,爱交朋友。"

他听了,两眼放光,说:"哪天我真去找你了?我也爱交朋友!"我回答他没问题。

当时我以为只是说说而已,忽然有一天,我正在厨房检查灶台卫生,对讲机里说有人找。杨兄弟和一个白净的胖子站在大堂等我。杨兄弟介绍,胖子是他最好的朋友,叫李社勇,是一个盲人按摩师。那天,我请他俩吃了我们饭店的拿手菜:戳开铝箔包装,露出浇过汁的鲈鱼和洋葱丝,这就是我们铁板上的招牌鲈鱼。还请他俩喝了一瓶当时比较流行的"江小白"。打开"江小白"之前,我先拿出熟客留下来让我喝的半瓶酒,每人倒了一杯。杨兄弟惊为天人地叫出酒的名字,李社勇也大为吃惊:"我长这么大,可是头一回碰这玩意儿。"他一说话,两只眼珠就在眼眶里拼命转圈,好像控制不住似的。他很健谈,喜欢提问题,跟所有对生活充满憧憬的青年盲人一样。他刚抿了一口就问我:"听说假茅台都要加一滴'敌敌畏'来提香,不知是真是假,赵哥?"我说:"你要怕下药,你那份让杨兄弟替喝了?"他一听,赶紧捂住酒杯,我们都笑了。

没过几天,杨兄弟回请了我一顿,在一家著名的穆斯林大排档,带着那个一张嘴总是闲不住的按摩师。李社勇好像吃过县城所有的馆子,俨然一个盲人美食家。我和杨兄弟一边剥毛豆花生,一边等待烧烤,李社勇不碰毛豆花生,他对夜市摊的凉菜有所畏惧。他二舅也开夜市,心里老装着这个外甥,隔三岔五请他去撮一顿。有一回吃了一盘素拼,肚子一夜都没能消停,差点儿拉死,输了三瓶液才算完事。还有一回,是个大冬天,二舅请他吃烩锅面,汤太浓,天太冷,吃到一半,汤都凝固了,上下嘴片差点儿黏住。杨兄弟打断他:"那是你太能说了。"我们一齐大笑起来,忽然李社勇转向杨兄弟,用什么都看不见的眼睛盯着杨兄弟:

"你舅舅不行,老家伙不地道!"

杨兄弟急忙阻止,却根本不管用。李社勇已经转向我,愤愤不平地告诉我:杨兄弟五岁时,妈妈嫌弃爸爸没能耐,丢下他们跟人私奔了,失去生活勇气的爸爸也一走再没音信。他跟着舅舅生活,初中没毕业就出来学搓澡。舅舅是个酒鬼,酒喝多了就拿他出气,每次都朝死里揍。李社勇还告诉我,杨兄弟快一年没吃饺子了,他舅舅却经常下馆子,一个人能吃一斤猪头肉。杨兄弟三十多了还是单身,没有彩礼谁嫁他?挣的钱他舅舅给他保管着,说是攒着给他娶媳妇的,却给自己的儿子在城里买房用了。我细细打量杨兄弟,高挑、白净、英俊得逼人,他不应该是个搓澡工。这一刻,我对这个世界非常不满。

最后,杨兄弟非常严厉地阻止了李社勇,说:"我好歹是他养大的,不准你再说他的不是!"

不久后,我去洗澡,杨兄弟看出我脸色不好,问我有啥心事。那几天城管局正在找饭店的事,说我们的油烟净化器不合格。我花四万多改了一套新的,以为完事了,谁知又接到一张三万的处罚书。打了又罚,罚了再打,也许这就是他们鼓励三产为民服务的招数。找人说情,没用,局长是个背景很深的人,除了县委书记和县长,谁都不认。三万元,我得卖多少盘菜才能挣来!杨兄弟听完哦一声,若有所思地点点头。

几天后，城管局法制科让我去一趟，科长说局长专门交代你的事了，从轻处罚，交五千元，这是最低的处罚了。说着他又拿出一个有关大气污染防治法的册子，翻到第一百一十八条让我看。一开始我还纳闷儿，不知道谁帮了我。后来才知道是杨兄弟替我求的情，城管局长是杨兄弟的熟客，每次来都点名要他服务。他很喜欢杨兄弟的"热毛巾"，尤其酒后。

我决定好好请杨兄弟喝几杯，让我省了一大笔银子。还是那家烧烤大排档，入冬了，生意依然火爆。那天我们吃光了桌子上所有能吃的东西，就像这是最后的晚餐，吃完这顿，就没下顿了。李社勇比我还兴奋，在不久前的一次理疗中，他侥幸治好了一个腰疼患者，便认为自己成了腰椎间盘突出治疗专家，打算辞职回家另立门户。他提出要跟我划拳，我一愣，一个盲人……谁知几个回合下来，我发现我怎么努力都赢不了他。邻桌一个熟人好奇，拎着一瓶酒过来问我："赵老板，我能跟这个小兄弟过两招不能？"我说没问题，谁知他也大败而归。李社勇哈哈大笑："没有这三两三，不敢上梁山。"

等我们喝到最后时，两瓶白酒已经见底，长条桌上密密麻麻摆满了空啤酒瓶。我大着舌头喊店主过来，把不锈钢盆里两个羊肉串和一个板筋拿去热热。它们已经冰凉，不锈钢盆里有一层白色的凝脂。我又想起李社勇吃炝锅面的事。这时，杨兄弟忽然认真地望着我，仿佛有话要说。他的眼睛那么清澈，一个年逾三十的男子，还是这么纯净和真诚。

"你不是厨师，你是老板。"我听见烟在一次性水杯里嗤灭的声音。

我点点头："当初是想和你开个玩笑，没别的意思。"

"我认为你不会承认，你应该说你就是个厨师，你不是老板！"突然杨兄弟一下子泪流满面，我吓了一跳。寂静像铅砣般沉重。

良久良久，他才抬起头："我最不能忍受的就是有人骗我，你欺骗了我。"杨兄弟呼出的白气雾悬浮在湛蓝夜色中，仿佛永远也不会消失。

第二天，酒醒后，我拨打杨兄弟的电话，电子小姐告诉我"对方不在服务区"。给他发微信，显示的是"发送失败，对方开启了好友验证"。我一惊，我知道真把他伤了。过了几天，还是跟他联系不上，我急匆匆去九天洗浴，却已是人去楼空。李社勇一双眼白过多的眼珠子不停地转圈，责怪我："你不该骗他的，当初他妈离开他说去姥姥家，他爸说去打工挣钱给他买电动火车，都一去没回头。他被骗怕了，他可从来不说一句假话。"

我想起有一次杨兄弟对我说过的话："如果这辈子可以重来的话，我想当一名厨师。"当时我还真动了念想，可如今……那个深夜陪你一起撸串的人，一定是你生命中不同寻常的人。我追悔莫及。

回家

  大巴车自焚的第八天，他回到生活了三十六个年头的小镇，趁着暮色，急匆匆往家赶。一想到即将扑入怀中的一双儿女，还有与他一齐白手起家打拼这么多年的妻子，他的双眼马上潮湿，喉咙也像被什么东西堵住了。

  他和妻子一直在卖麻辣香锅，生意做得风生水起：一个实体店外加七个商超摊位，每月流水下不来三十万。他们的店铺被收录在南太行旅游手册里，美团上密密麻麻的好评每天都在增加，外地游客进入小镇后会觅踪而至。他们打算进入全国连锁模式，招募加盟商，但是不知道从何下手，这时，一家类同的餐饮培训机构吸引了他，他决定去学习招商经验。他是从服务区被漏乘的，当时一个劲儿骂自己不争气："该死的拖延症！"手机、身份证、钱包全被大巴带走了，车上一个熟人都没有。他想打电话求救，又突然放弃了。生活需要一个急刹车，需要"停下急驰的脚步，等一等我们的灵魂"。他忘了在哪儿看过这句话，很符合他一个人在高速辅路上步行回家的心态。

　　他并不知道大巴离开他一小时后就撞在隧道洞口自焚了，车上无人幸免。当他一头撞进小镇东边的独家小院，看见大门两侧的白色挽联，还有一张 108.6×78.1cm 的全开白纸上的知客名单时才大吃一惊。他猛然想起刚才过红绿灯时一个外卖小哥惊讶地看着他，接着惊慌失措地往前冲去，全然不顾红灯的危险。外卖小哥一直在替他们送麻辣香锅。

　　这时一阵熟悉的咳嗽声传来，房门开了，他赶紧藏到竹子后面，他怕吓着家人。他思忖着要不要明天天亮后再出现。出来的是他的妻子，他差点儿就要喊出声来。妻子绕过两只铁皮箍成的移动锅台和在这一带白事上经常出现的大案板去关街门。他想起每次参加葬礼，他都控制不住吃两大碗米饭，地锅熬制的大烩菜太好吃了，全镇的饭店都做不出那个味。显然，这次白事之后，这些东西还没有被送走。他记得父亲、母亲的葬礼一结束，他就把锅台大案板送走了，可是现在他"死"了，谁来做这些事情？他的心突然像被人使劲揪了一下。他要真死了，妻子怎么办？还有他的一双儿女。

　　妻子进屋了，看着她富有活力的肩膀、宽大而坚实的臀部，他无限伤感。他环顾一下住了不到两年的别墅，竹子和假山，带有全自动喷水装置，夏日里能喷洒出完美的孤线。如今已过初冬,褐色的枯荷占据了整个水池,在水面底下还有未来的冰在等候着。院子很大,西南角建了一个车库。两周前,倒车出库时,他把心爱的"奥迪Q5"擦出一道小划痕,为此他心疼了好几天。他还记得买回这辆车时,儿子和女儿有多兴奋。他们盯着转速表和里程表看,要求摸一摸方向盘。这几年,当他和妻子找不出更好的理财方式时,一口气买下五间公寓,用来租给那些单身女子和想甩掉什么人的人。行情很不错。

这时屋里传来一阵激烈的争吵声,他听出有一个声音不属于他们的家庭成员。他一惊,扑到窗子上往里面看。沙发上坐着一个男人味非常浓烈的男人,留着足可以让他再年轻十岁的飞机头。和这个男人并排而坐的是他的妻子。他们之间的距离正是他每次和妻子一起看电视的那个距离。灯光下,他把妻子仔细看了又看:蜂蜜色的皮肤,大大的眼睛,一张丰满而孤线优美的大嘴。他看见妻子在削一只硕大的梨子,是汁液饱满,酥甜酥甜的砀山梨,薄薄的黄色梨皮被削成螺旋状往下悬坠。

那个男人在训斥他的儿子:"你们爸爸不在了,谁来照顾你们?我有这个责任!"

"我爸爸没有死!我们家不需要你!"他看见儿子小脸憋得通红,在同那个男子争辩。几天不见,儿子前额添了一个小虫叮咬的丘疹般的疱肿。他惊讶地发现儿子鼻子上有结痂的血块。两岁的女儿站在哥哥身后,全身颤抖,她甚至还够不到家里放置棒棒糖和老式面包的厨房搁架,自己还拧不开果粒奶优的瓶盖子。他抱着她的时候,她会紧紧搂着他的脖子。

这时,男人冲他的女儿伸出一只手:"来,乖,听话的乖,叫爸爸!"女儿往她哥哥后面退缩得更厉害了。

妻子开始说话了:"不要勉强孩子们,孩子们慢慢会适应的,你就是个急性子!"她又转过头劝说两个孩子:"你们的爸爸没了,往后咱一家全靠你叔叔了,咱们不能没有一家之主!"妻子有一张过于诚恳的脸。她的话还没有说完,儿子拉起女儿走了,进了他们的房间,然后狠狠地关上了门。

他望着妻子那只举在半空的右手,手里握着削皮器。那只手因为常年握勺而结满厚厚的茧子。她是一个很能吃苦的女人,一年四季,从没离开过炒灶。她做的麻辣香锅无人能比。她的炒勺就是全家的财富。

他决定去看看儿子和女儿。他悄悄往另一扇窗子移动,碰到了那张知客名单,不看他也知道,总理还是三爷和老村长,多少年了一直是这两个老头儿,他俩似乎都在长生不老的药水当中浸泡过。每一场白事结束,老村长都要称赞大烩菜、白酒和娘家人的祭礼。

儿子坐在床边,怀里抱着加了黑框的照片。儿子表情凝重,他在忍不住抽泣。女儿跪在床上,帮她哥哥擦眼泪。

他突然神志清醒,后悔这次"急刹车"刹过了,但是他知道也许自己会收获另外一种东西,他决定从这次危机中找到决心和力量。他的手无意间碰到窗台上的一柄斧头,是他出差前新买的,打算把竹子旁野生的杂树丛砍掉。此刻,斧刃闪着冷光,像一头沉睡的豹子。

他又移过去。妻子在和那个男子合吃那只砀山梨,一递一口。妻子高高的颧骨,大大的眼睛,似乎因近日的悲痛而显得浮肿的脸庞上出奇地显出当姑娘时的艳丽。他一下子就捕捉到了。那个男人已经没了火气,像个男主人一样吃完梨子,又用一张地方加油站赠送的抽纸擤了擤了鼻子。男人不是别人,是自己的发小,哥们儿中的哥们儿——那种一天抽掉两包"红旗渠"香烟、坐下来能干掉一瓶"牛二"和一件"雪花"的朋友。他对这位发小的记忆就是只要他遇到麻烦或与人口角,发小就会拎着一对大拳头第一时间赶来。这些年,发小离婚后一直跟着他,司机兼采买。发小知道他每天的流水,并没有流露过羡慕之意。

后来,发小和他妻子一齐站起来,沿着他平时和妻子走向卧室的路径上楼,发小那结实的背影透出某些可怕的东西。

客厅的灯啪一下关了,沉寂充满了这座院子。冷气顺着青石板升上来,渐渐包住了他的脚踝。真相在黑夜里十分活跃。

黑羊白汤

面点师

许亚军，一个出色的面点师，来烙馍村已经五年了。他连个老板都不会喊，他的优点在别的地方。走菜高峰期，他会格外投入，几乎小跑着奔走于烤箱和面案之间，要是老板挡了路，也会被一掌拨拉开。老板从心里喜欢他。他天生内向，除了琢磨新花样，每天很少说话，做起事来却一丝不苟，出炉的香蕉派有一点瑕疵都不肯装盘。还有他的拿手菜——香煎洋葱饼，更是烙馍村一绝，包桌客人不止一次提出要求：能不能再加一份香煎洋葱饼？另加钱还不行吗？

许亚军有一个习惯，那就是每天晚上下班后都会去地摊上坐一会儿，一碟花生米，二两散酒，喝完最后一口起身就走。

两个儿子天天等他，他不回家，他们坚决不上床睡觉。老婆干的也是餐饮，在一家火锅店上班，营业到凌晨三点。两个儿子喜欢跟他睡，一边一个，躺在他的肘窝里。他爱他们，爱这个家，他一天都舍不得休息，全勤奖和工休补发工资对他来说可有大用场。

他和老婆都是从乡下来的，80后，为了在城里落脚，真是努断了筋。三年前买房时的一个首付让两口子体验了一回人间冷暖。双方父母只能提供极小一点帮助。最后就差两万元，哪里都借不来。交款的头一天，老婆去向她的老板借钱。钱是借到了，却也留下一个终生无法愈合的伤口。

老板姓周，干烩面店很有一套，他五十二那年，老婆患病离去，不到三个月他就娶了一房媳妇，弄得一店人都目瞪口呆。许亚军的老婆永远不会忘记，当周老板攥住她手腕的时候，她吓得魂飞魄散。那只手如石头一般冰凉，就像出自死人之手。

周老板每次都哄她说，就这一回，就这一回。她很内疚，觉得对不起许亚军。当她下定决心断绝关系并离开烩面馆时，周老板通过微信发来一个视频。她一下子崩溃了。那一年，她仿佛生活在地狱之中：屈从、不甘、愧疚、绝望，一直到她把一瓶网购的水仙碱片全部吞下去，那份一心赴死的决绝把那个坏蛋吓住了，从此才不再纠缠她。

自始至终，她没有给许亚军讲过发生了什么，许亚军也没问她发生了什么。许亚军什么都知道，他不是个傻子。为了这个家，他咽下了这杯苦酒。一个人独处的时候，他的心会突然像被一双大手揉搓一样难受。他在刻意躲避这道伤疤。每个月去交水费，那家烩面店是必经地，他宁肯多过几个红绿灯，也要绕过这个伤心之地。有一次烙馍村打烊后，老板领着后厨的人去会餐，一听说去的地方，许亚军扭头就回。

可是就算他再尽力躲避,却也躲避不掉这分椎心之痛。周老板隔一段时间会来吃烙馍,每次都要点一道香煎洋葱饼。有时还会让服务员去叫许亚军:"不忙了来坐坐?"进了包间,许亚军接过他递来的香烟,又接过递过来的酒杯,吱一口喝下,然后借口厨房还有活,他不愿意在那里久留。有一回,周老板问他老婆的情况,许亚军告诉他,现在她在一家火锅店当领班,工资和在烩面馆差不多,工休多一天。这时,周老板往往会夸赞他老婆几句。

许亚军非常奇怪为什么自己这么平静,他潜意识里早把这个坏蛋手刃过多次。他为自己的平静感到羞耻和恶心。他越来越喜欢加班,除了不歇工休,他又承包了职工餐,这可不是件轻巧事。有好几回,他喝完酒回到家门口,却不想进去,返回大街,换一个地摊,又喝下二两酒。

后来,他的这份平静被彻底打破了。那一回,姓周的喝高了,让服务员去叫许亚军,许亚军进来后,他没让烟,也没让酒,用手指头点着许亚军吼:"再上一份洋葱饼,你小子真有两下子,做的洋葱饼无人能比!还有你老婆,也是无人能比……"许亚军的脸腾一下红了,像一团火一样,一下子蹿到了脖子根。他的心被狠狠揉搓了一下,这次手劲可真大。

回到厨房,他就开始和面切洋葱,他没有理由不去做这道面点:今天姓周的是这里的客人。面团在案板上铺开，擀面杖却怎么都不听话，好几回掉到了地上。许亚军俯身拾擀面杖的时候，瞥见了四开门冰柜下面有一张废报纸，报纸上撒了一堆黄色颗粒。他的某根神经突然跳动起来。那是一个专业灭鼠人不久前放的，灭鼠人还在厨房的电线上涂抹了一种专业液体。刚下药那几天，饭店周围到处都是濒死的老鼠在爬动。这药可真够神奇的，还能让老鼠跑到店外去死。一个念头突然跳了起来，许亚军吓了一跳，心怦怦怦跳起来，手中的擀面杖更不听使唤了。

他必须平静下来，于是决定去卫生间抽支烟。

在卫生间的角落里，又看见灭鼠人投放的黄色颗粒。许亚军一连抽了三支烟，却根本平静不下来，最后他把抽了一半的香烟扔在地上，又用脚狠狠碾压了几下。做这些时，他显得那样决绝和义无反顾，额头上爬满了密密麻麻的汗珠。

他决定重返厨房，认认真真去做那份香煎洋葱饼。

……这件事过去后，面点师许亚军又恢复了以前的平静。他更不爱说话了。对工作还是一丝不苟，下班后还会去地摊上坐一会儿，一碟花生米，二两散酒，喝完最后一口起身就走。俩儿子依然很黏他，喜欢拱着他睡。望着臂弯里的儿子，许亚军会偶然想起那次可怕的遭遇：要不是在卫生间门口碰见几个穿着校服、跟自己大儿子年龄相仿的孩子，他真不知道那晚会发生什么事情。

黑羊白汤

逃无可逃

掏光积蓄，又东挪西借，大伟和艳菊开了一家饺子馆。饺子馆不大，生意马马虎虎，没有预想的好：一年下来，扣掉房租工资，落不下几个钱，算是比给人家打工强。两人对自己很"苛刻"：大伟天不亮起来和面盘馅，把切配好的凉菜提前焯水，一个人热菜、凉菜、砧板全扛了；艳菊负责前厅那一块，两个捏饺子阿姨，一个服务员，没有专门的洗碗工，她每天中午迟走半小时，晚上迟走半小时，洗完大件餐具，再洗小件餐具。

两人挣的那点钱全是这样省出来的。两年时间下来，基本还清借款，现在只剩一个小尾巴。春节的时候，他俩决定不关门，备足青菜、鲜肉，打算狠狠干一春节，把这个小尾巴还上。年三十晚上，艳菊拧开一瓶青花汾，大伟兴奋得两眼放光，不停地搓手。每晚打烊后，大伟都要整两口，一次也舍不得拆整瓶酒，都是客人留下的酒根。那天晚上，两人对还清借款后的小日子做了一番憧憬，大伟提出各种规划，激动得双腮发红。

第二天醒来，新冠肺炎疫情已经来到身边，随着当地那个硬核支书的大喇叭一夜串红，全城上下都在堵路封街，食监所所长亲自挨个饭店通知关门停业。

这一停就是一个多月,他们没敢出门一步,等到再次来到饭店,腥臭味差点儿把人熏个跟头。充卡电表不知什么时候停了,过年备的青菜、鲜肉无一幸免。

接下来,一边静等疫情结束,一边开始外卖送餐。大伟做,艳菊送,戴着口罩满街跑。房东催交房租,艳菊好话说了一大堆,央求减免一个月房租。房东不但一个子没少收,还说:"不给你涨房租就是照顾了!"2月3月就这样过去了,全城的饭店都在搞外卖,两人搂一搂账,工资都顾不住。4月开始营业,员工都来上班,可是吃饭的极少,赔房租还得赔工资。5月6月摘掉口罩后,生意才有了起色。两人叹一口气,上半年赔的钱只能指望下半年来偿还了。

谁知他们的下半年却没能进行下去,一场突如其来的净化器事件把他俩彻底打翻了。

7月里的一天,正是营业高峰,呼呼啦啦闯进一批穿制服的,为首的一个把脖子上的工作证亮给艳菊看,自报家门:"城管油烟办的,检查净化器。"然后直奔厨房,又是拍照,又是录像,勒令大伟把净化器检验报告和第三方检测报告拿出来。接着像审犯人一样给大伟做了询问笔录,让两腿哆嗦的大伟摁指头印,留下一纸文书走了。结论是未正常使用油烟净化设施,要求限期整改。

大伟、艳菊一点不敢怠慢,联系好净化器代理商,又找施工单位,看场地,量尺寸,设计改造方案。还没动工,这帮人又来了,这次多了两名司法部门公证员,先亮证,接着录像、照相、摁指头印,又留下一纸文书走了。大伟、艳菊怕得要命,督促代理商连夜开工。净化器装好后,找来专门的监测机构做了监测,然后把买卖合同、检验报告和监测报告一起送到油烟办,两人才松了一口气。可是,两万元钱也砸进去了。

两人以为这件事就算过去了,这天营业高峰,穿制服的又来了,拍照、录像、摁指头印,然后给饺子馆下了一张处罚决定书:罚款三万。大伟很纳闷儿,打了又罚,罚了又打,这算哪门子事情?老百姓挣个钱多费劲,又逢百年不遇的疫情。艳菊一趟趟往油烟办跑,泪汪汪央求:"少罚点行不行?"谁知门都没有,油烟办主任刚刚被推荐为乡局后备干部,一门心思要干出点政绩,才不会心慈手软。接下来,隔几天就来店里下文书,每次都呼呼啦啦一大堆穿制服的,专捡饭店上客高峰,搅得人心神不定。用他们的话说:有震慑力。大伟、艳菊快崩溃了,心灵上落下一大块阴影。

净化器改造本身就是借的钱,他们再拿不出钱来交罚款。一个苍蝇小店,三万罚款,要卖多少斤饺子才能挣够?两人走投无路,就想一走了之,反正也干不下去了。已经有一个烩面馆为躲避罚款而关了门,还在门口拉了一条横幅：如果有来生，再也不干餐饮了！看着都让人心酸。夜里，大伟、艳菊悄悄拉光店里的东西，第二天就动身去了千里之外的D城。

到了D城，他们还干老本行，大伟给人家炒菜，艳菊干服务员。

D城工资高，辛辛苦苦打拼了两年，终于攒下一笔钱。两人很是欣慰，大伟甚至盘算着东山再起，回老家继续选择一种诚实的赚钱方式。他们两年都没回家，他们害怕，那几张文书还在老家抽屉里躺着呢！为了躲避城管油烟办，两人手机号也换了。

又一个春节来临，艳菊实在受不了这种煎熬了：家里一双儿女个头儿都蹿出一大截，再不回去，他们就不认爹妈了。大伟、艳菊决定回家，城管肯定把他们忘了，店都关了，还能怎么着？

两人去火车站，普通车票和硬卧早就售光，只剩下软卧。两人狠狠心把身份证递进去，结果很快就被售票员扔出来："对不起，你们是法院失信被执行人，不能坐软卧。"

两人一下子傻了。他们天真地以为，跑了就没事了，谁知城管把案子交给法院，法院一直在寻找他俩，随时准备执行他们。净化器事件就像一根延长的绳索，死死勒住了他们的脖子。

在D城的街头，无法回家的两个异乡人抱头痛哭。

黑羊白汤

转盘事件

"好客"酒店的888雅间是一个豪华大包,能容下二十八个人就餐,电动转盘,餐桌中间放了一个硕大的仿真台花。今天"宾至美发"的老板金小妹过生日,一家老小加上理发师们,众星捧月一般。金小妹双腮潮红,不时举起酒杯,接受大家的祝福和夸赞。

看台的服务员是亚茹和杜辉。杜辉是个男孩,这年头,女孩子都不愿干服务行业,于是酒店不得不挑选一些眉清目秀的男孩子来前台服务。两人还有一层关系:不久前,亚茹去杜辉家,受到了八个菜的款待,她很吃惊,也很感动,没有想到杜辉一家这么在乎她。

金小妹的生日宴进行得并不顺利。在她自己的理发店里,这个女人可会笑了,但是一到酒店就变成了另一个人,始终板着一张脸。十点钟的时候,她就给吧台打电话交代把空调打开,888雅间装的是120空调,只消十几分钟就能从夏天进入秋天。酒店老板姓马,也不是个省油的灯,坚决不让开这么早。亚茹请示他:"什么时间开?"

"提前十分钟。"

"我咋知道她什么时间来到……"亚茹犯了难。

"凭感觉,一个成熟的服务员就应该有这种判断能力。"五十出头的马老板长得很年轻,一头乌亮的头发,一副整齐得令人吃惊的牙齿。他还长了一条能说会道的舌头,特别擅长给手下人挖坑。

亚茹左右为难,开得早,老板不同意,开得迟,客人不愿意,这个"提前十分钟"还真没法儿估计。她让杜辉紧盯着门口,客人一来就赶紧通知她。结果金小妹进到雅间差点儿蹦起来,把亚茹狠狠训了一顿。她把正说对不起的亚茹拉到一边,伸出自己的胖指头狠狠戳向空调触摸屏,一口气把温度调到最低16℃,感觉还不解气。

金小妹点的是套餐,十人台的套餐,亚茹提醒她不够吃,她眼一瞪:"不够吃我们不会加菜?"亚茹不敢多嘴了。果然,菜上齐后,只一会儿,桌子上就空空荡荡的了。金小妹一个劲儿嚷嚷:"不实惠,不实惠!下回不来了!"加菜的时候,菜谱上的菜她一个不点,专点菜谱上没有的菜。杜辉一遍遍往厨房跑,问厨师能不能做。金小妹把菜谱一摔:"要啥啥没有,狗屁饭店!"最后,她只点了两个特价菜。

亚茹和杜辉一再交代厨师,这桌人不好对付,尽管大家小心翼翼,但还是问题不断。小黄鱼鳃里有一条白色的肉线,金小妹一口咬定是寄生虫,退了。红烧大鲤鱼吃得只剩鱼头了又说腥气,也要退货。亚茹去请示,马老板也有鼻子被气歪的时候,快吃完了才说腥气,坚决不退。亚茹回到雅间一说，金小妹呼一下站了起来，双手撑住桌面，两只金镯子同时落在手腕上。这个女人两眼之间的距离有点大，怒气在她脸上飘着："滚，叫你们老板来！要不我立马给食监所打电话投诉你们！"

食检所一来事就多了，最后马老板做了让步，金小妹大获全胜。

终于风平浪静了，他们点的一个特价菜肉丝带底也端上了桌。金小妹把筷子伸向朝自己转来的肉丝带底，粉皮光滑，夹住了又掉下来，筷子追着盘子跑，最终还是没能夹住，弄得很狼狈。她店里一个理发师忍不住扑哧一下笑出了声。金小妹立马恼了，脸红得像猪肝，双手死死拽住正在运转的电动转盘，她咬着牙憋着一口气，硬是把肉丝带底拽了回来。电动转盘咯咯吱吱响了一阵，突然一下子安静下来。

杜辉赶紧关了开关，重启，转盘纹丝不动。

金小妹嚷："不会转我们咋吃饭？"

杜辉说："我们可以把菜给你们调换位置，其实也已经到了尾声，都是一堆空盘。"金小妹哼一声："告诉你们老板，不会转就别想我给你们结账！"

杜辉去报告马老板，马老板笑眯眯地看着他："你不会想想办法？年轻人脑瓜管用。"

杜辉有点蒙，马老板提醒他："机器坏了，人工不也能转动吗？"杜辉有点明白马老板的意思了，他很犹豫。马老板拍着他的肩头,又开了口:"叔这回遇到了难题,你得帮帮叔啊!就看杜辉老侄的了,啊?"马老板的声音里竟然多了几丝哭腔。

杜辉重返888雅间,打开餐桌的维修口,一声不吭钻了进去。不一会儿,转盘开始转动起来。

一直到金小妹一家用餐完毕,杜辉才顺着维修口出来,此时,他工作服湿透了,仿佛从水里捞出来的一般,头发一绺一绺地贴在额头上,两只膝盖落下明显的印迹。亚茹赶紧扶住了他。金小妹一家收拾好剩余的蛋糕,陆续离开。忽然走到门口的金小妹停下来,转身对他俩说:"饭菜不行,服务也不行,转盘还半路不转圈,这顿饭吃得真憋屈。我要发个朋友圈!"

亚茹气得嘴唇发抖,脸色煞白,她紧紧攥住杜辉的手。杜辉几乎要虚脱,但他感觉到亚茹的手在颤抖,仿佛听见眼泪在亚茹的心里翻腾。

一只离家出走的热气球

事还得从头说起。

烙馍村开业,王永军打算好好造势,来他个一鸣惊人。

人过半百，从供销社下岗后干啥啥不顺，这回铆足了劲要搏一把，一点可怜的积蓄加上东挪西借，但还是不够，最后咬咬牙、跺跺脚用住房抵押贷了四十万。操办开业庆典的是发小牛一江，一个鼻眼乱颤、眉毛尖长满点子的家伙，说挣谁的钱也不能挣老同学的钱，给工人师傅发个工资就行了。谁知庆典完一结账，王永军不由得倒吸一口冷气：杀熟的手法千篇一律——都是提前不报价。王永军用微信给他转了庆典费，心说："下回可长个心眼儿吧！"

工人师傅在收拾庆典用具，突然大呼小叫起来："五只热气球只找到四只！"调监控才发现有一只热气球飞出了大家的视野，这家伙居然离家出走了！牛一江涨红着脸嚷嚷："本来就不挣钱，这下更赔了！"装好车他不走，在王永军面前晃来晃去，拐弯抹角地表达一个意思：想让烙馍村包赔一半损失。王永军没有搭理他。

半年后，牛一江像一只被人剁了尾巴的黄鼠狼一样，哭丧着脸来找王永军，说那只离家出走的热气球找到了。王永军不解："找到了你还一脸哭相？"牛一江拿出一张法院传票让王永军看，又问王永军收到传票没有？王永军正纳闷儿着，收银小姑娘急匆匆送来一个特快专递，拆开一看，还真是一张传票。跟牛一江那张一样，都是千里之外的滨河县法院发来的。

三天后，王永军、牛一江和他们聘请的陈律师一行三

人来到滨河县——热气球闯祸的地方，接受开庭审理。

那只热气球离家出走后，像个顽皮的孩子一样在空中流浪了一周时间，最后降落在千里之外的滨河县一个农户门口，这家八岁的孩子如获至宝，赶紧将气球牵进了屋里。先是让几个要好的小伙伴来看，慢慢地，知道的人多了，都来看这宝贝。星期天的时候，门口竟然排起了长长的队。几个月后，小孩一家的远房亲戚闻讯专门跑来看稀罕，就在那天，热气球爆炸了，房也塌了。小男孩和另外一个女孩当场就没了生命体征，他母亲和两个亲戚重伤入院。这只热气球下方系着的红色宣传条幅上除了印着"热烈庆祝烙馍村盛大开业"，还有"巨人广告监制"字样。于是滨河县法院轻而易举找到了事故主体单位。

接下来，在滨河县城关法庭进行了一审判决：衡平案件的实际情况，应由原告自行承担40%责任，两被告正常赔偿原告89.28万元，巨人公司53.57万元，烙馍村35.71万元。

判决书下过后，王永军和牛一江都感到很晦气，不住地叹气："倒霉！倒霉！"这半年，烙馍村才挣了20多万，王永军开动脑筋思想着去哪儿筹钱来赔偿。牛一江一个劲儿喊冤，说他一个子都不会拿。他悄悄把陈律师拉到一边，塞给他一条软"中华，"问陈律师不赔钱会怎么样？陈律师回答说法院会强制执行，查封他的巨人公司和老王的烙馍村。牛一江眨巴眨巴眼睛,又问:"有没有啥办法,把我和老王的赔偿金额改改?"陈律师问:"你啥意思?"牛一江小声说:"让老王多出点,到时候不会亏待你……"陈律师一听就恼了,把那条软"中华"塞给牛一江,不再听他啰唆。

牛一江很失望,抽了几根烟后,开始给老婆打电话,要她马上把巨人公司注销,转移账户上的全部资金,同时做好离婚准备。老婆一听,在电话里嗷嗷直叫:"狗东西,我早就看出你生二心了!"牛一江解释半天,老婆才明白,她对牛一江还不放心,提出公司资金都得转到她卡上。

老婆在微信上告诉他:注销公司和办理离婚手续必须本人到场。牛一江心急如焚地找到王永军,说他必须提前回去,丈母娘出车祸,正在重症监护室抢救。王永军一听,也替他着急,说:"你回去吧,人比钱重要,这里有啥情况,我第一时间告诉你。"牛一江和他来了个拥抱,泪花闪闪地说:"有事兄弟跟你一起扛!"陈律师实在看不下去,把目光扭向了一边。

在快捷酒店,王永军打电话让家里把账上的钱全打过来,然后又挨个给朋友们打电话借钱。陈律师说:"你先别急赔钱,这两天我翻看法院调取的公安机关卷宗材料发现,现场残留气球碎片较为完整,这不符合气球爆炸的残骸形状。"

王永军瞪大了眼……

陈律师又接着说:"如果是气球爆炸所致,应对现场五名死伤者造成严重烧灼伤,但从医院出具的死亡证明、诊断证明、治疗费用中,并未发现烧灼伤证据。"

"陈律师的意思……"

"滨河县刑警队在对受害者邻居、房屋建造负责人所做的笔录中都曾提到倒塌的这座平房为两年前所建,当时少垒一道承重墙,他们在房屋中部的墙上掏出一个槽搭建楼板。我推断是房屋倒塌压住了热气球,不是热气球爆炸震翻房子。"陈律师为自己的分析激动不已,振振有词地说道,"典型的地方保护主义,当地法院明明知道事情的原委,却还这样判决。"

最后,陈律师决定去房屋倒塌现场和医院看看,回来后着手准备上诉材料。王永军连连点头:"能不赔钱最好,能少赔钱也好。"他还把陈律师的决定第一时间告诉了牛一江。

牛一江刚出高铁站就接到了王永军的微信,眉头一下子舒展开来,他对前来接站的老婆说:"不用注销公司,也不用离婚了。"老婆问他葫芦里到底卖的什么药,他简单解释一番,决定重返滨河。他生怕不在现场,陈律师的上诉书里把责任都推到他身上。

牛一江赶到滨河县时,鼻子差点儿气歪。王永军已经全额赔偿过了,正打算返程。牛一江问:"到底是咋回事,不是打算上诉吗?"陈律师叹一口气说:"没见过这么傻的人。"

那天在医院见到那三个全身被绷带包裹着的伤员后,王永军两眼潮润,一下子改变了主意。从医院出来,他和陈律师争吵得很激烈。他决定放弃上诉,一个劲儿说:"别说了,别说了,人家都家破人亡了,多可怜呀,咱帮人家也得帮啊!"

牛一江听完,气得差点儿蹦起来,当着王永军和陈律师的面给他老婆打电话,要她再去注销公司。挂了电话,他求陈律师留下来给他打官司:"他不上诉我上诉!到时候不会亏你……"

陈律师理都不理他,心说:"我帮鬼打官司也不会帮你打。"

与生活保持必要的距离(代后记)

我的生活经历过两个极端:2002年辞掉超市副总一职,参加了省文学院举办的研修班,结业后到《平原晚报》编副刊,这期间啥都不想,就想把小说写好。为了减少与外界的联系,我把手机号销了,开通了一个小灵通,很少有人知道。听说我姐因为联系不上我,气得把电话都摔了。就这样,我不管不顾地写了五年,写得天昏地暗。那几年全靠小说换几个小钱养家糊口,经济非常拮据,一次水果都没买过,租的房子是顶楼,没有空调,夏天经常卷着席子去公园睡觉。

2006年年底,我开始向生活妥协,创办了一个主题婚礼酒店。酒店的节奏陷进去就不好往外拔了,文学一下子和我成了陌路。整整八年,就看了那几本书,写的小说也是屈指可数。因为开酒店打开了自己,跟很多人建立了往来关系,红白喜事来往不停。每天一睁眼都有一大堆杂事在等着你,永远都处理不完,既没时间思考,也没时间厌倦。我知道,这种密不透风的日子几乎把我毁了。梭罗在他的《瓦尔登湖》里写道:"我们的生命在琐事中浪费掉。"这话一点都不假。

作为一个生意人,对小说又不死心的家伙。我的真实感受是,挣钱是上瘾的,也是痛苦的,因为手中的笔迟迟不能开始。

每年我要做几十场婚宴,接待的主家形形色色,包括主家请来拿主意的那些"见多识广"的亲戚们,啥样的人都有。接待他们时总是小心翼翼,唯恐失掉眼前的单子。多数人通情达理,但是有一小撮却很难相处,左也不对,右也不对,你把心掏给他们,换来的却是冷漠或粗暴回应,仿佛天生与酒店有仇似的。

我一直想写写他们,却一直无从下笔。稠密的生活固然能带来丰富的创作素材,但是对创作,有时候却是一种阻挡。正如卡尔维诺所说:"谁想看清尘世,就应同它保持必要的距离。"2016年下半年,我痛下决心,把酒店转让了出去,未等有关手续办完,就迫不及待收拾行囊,一头扎进了家乡的深山。这是我的第二次极端。

我用一年半时间攻读了一百本文学书籍,做了六十本笔记,为自己狠狠地充了一次电。把手机换了号码,很少与人联系。隐居期间,我开始审视我多年的酒店生活,时常一个人为之动情。慢慢地,一个个鲜活的人物跳了出来:憨厚诚恳却有着粗粝本质的乡下女孩艳菊、被失败感笼罩的老笨叔,还有那个80后大伟——敬业勤恳,以工匠精神来对待每一道菜品,希望展示他的劳动成果,希望获得尊重。我开始用文学的眼睛、小说的语言回味整理这些往事,并且抛开故事的离奇,着重人物的性格心理分析和命运探索。于是,很多小说的坯子就形成了。我举一个例子:有一回,我和酒店几个服务员去小肥羊吃饭,邻桌喊服务员,我们一下子站起两个答应"有——"。如果把这件事延伸一下,假如邻桌是在找麻烦,我们不但站起来,还忍气吞声去把这场麻烦处理到底,最后却发现自己也是客人。这就是《黑羊白汤》的坯子。

第二次极端把我从密不透风的生活里解脱了出来。我开始着手我的"餐饮人笔记系列",记录当下餐饮人的生活,我想认真地写写他们——我的服务员和厨师,餐饮人的卑微和不易、生活的失败和挣扎,还有他们心底深藏的阳光。

图书在版编目（CIP）数据

黑羊白汤 / 赵文辉著. -- 北京：中译出版社，2022.3
（第九届(2018—2020)小小说金麻雀奖获奖作家自选集）
ISBN 978-7-5001-6993-2

Ⅰ.①黑… Ⅱ.①赵… Ⅲ.①小小说—小说集—中国—当代 Ⅳ.① I247.82

中国版本图书馆 CIP 数据核字（2022）第 038069 号

黑羊白汤
HEIYANG BAITANG

作者：赵文辉

责任编辑：温晓芳 / 特邀编辑：尹全生 / 文字编辑：宋如月
封面设计：北京锋尚制版有限公司 / 内文排版：北京杰瑞腾达科技发展有限公司

出版发行：中译出版社
地址：北京市西城区新街口外大街 28 号普天德胜大厦主楼 4 层
电话：(010) 68002926 / 邮编：100044
电子邮箱：book@ctph.com.cn / 网址：http://www.ctph.com.cn
印刷：北京中科印刷有限公司 / 经销：新华书店

规格：880mm×1230mm 1/32
印张：9.375 / 字数：165 千字
版次：2022 年 4 月第 1 版 / 印次：2022 年 4 月第 1 次
ISBN：978-7-5001-6993-2
定价：42.80 元

版权所有 侵权必究
中 译 出 版 社